五南文庫 069

文心雕龍札記

黃侃◎著

五南圖書出版股份有限公司

五南文庫 069

文心雕龍札記

作　　者　黃侃
發 行 人　楊榮川
總 編 輯　王翠華
副 總 編　蘇美嬌
責任編輯　邱紫綾
封面設計　童安安

出　　版　五南圖書出版股份有限公司
地　　址　106台北市和平東路二段339號4F
電　　話　（02）2705-5066
傳　　真　（02）2709-4875
劃撥帳號　01068953
戶　　名　五南圖書出版股份有限公司
網　　址　http://www.wunan.com.tw
電子郵件　wunan@wunan.com.tw
法律顧問　林勝安律師事務所　林勝安律師
出版日期　2013年12月初版一刷
定　　價　新台幣320元

國家圖書館出版品預行編目資料

文心雕龍札記 / 黃侃著. -- 初版. --臺北市: 五南, 2013.12
　面；公分
ISBN 978-957-11-7365-8(平裝)

1.文心雕龍　2.研究考訂

820　　102020097

寫於五南文庫發刊之際——

不信春風喚不回……

在各項資訊隨手可得的今日，回首過往書香繚繞情景，已不復見！網路資訊普及、媒體傳播入微，不意味人們的智慧能倍速增長，曾幾何時「知識」這堂課，也如速食一般，無法細細品味，只得囫圇嚥下！慣性的瀏覽讓知識無法恆久，資訊的光速致使大眾正在減少甚或停止閱讀。由古至今，聚精會神之於「閱」、頷首朗頌之於「讀」，此刻，正面臨新舊世代的考驗。

身為一個投入文化暨學術多年的出版老兵，對此與其說憂心，毋寧說更感慚愧。自身的成長，得益於前輩們戮力出版的各類知識典籍。而今，卻無法讓社會大眾再次感受到知識的力量、閱讀的喜悅、解惑的滿足，這是以傳播知識、涵養文化為天職的吾人不能不反躬自省之責。職此之故，特別籌畫發行「五南文庫」，以盡己身之綿薄。

文庫，傳自西方，多少帶著點啟迪社會大眾的味道，這是歷史發展使然。德國雷克拉姆出版社的「世界文庫」、英國企鵝出版社的「企鵝文庫」、法國伽利瑪出版社的「七星文庫」、日本岩波書店的「岩波文庫」及講談社的「講談社文庫」，為箇中翹楚，全球聞名。華人世界裡商務印書館的「人人文庫」、志文出版社的「新潮文庫」，也都風行一時，滋養了好幾世代的讀書人和知識分子。此刻，「五南文庫」的出版，不再僅止於啟蒙，而是要在眾聲喧嘩、浮躁不定的當下，闢出一方閱讀的淨（靜）土，讓社會大眾能體驗到可藉由閱讀沉澱思緒、安定心靈，進而掌握方向、海闊天空。

五南出版公司一直致力於推廣專業學術知識，「五南文庫」則從立足學術，進而面向大眾，以價廉但優質、厚實卻易攜帶的小開本型式，取代知識的「沉重與昂貴」，亦即將知識的巨大形象裝進讀者的隨身口袋，既甜美可口又和善親切。除了古今中外歷久彌新的名著經典，更網羅當代名家學者的心血力作，於傳統中展現新意，連結過去與現在。

人生是一種從無到有、從學習到傳承的不間斷過程。出版也同樣隨著人的成長而發生、思索、變化與持續，建構著一個從過去到未來的想像藍圖，從閱讀到理解、從學習到體會、從經驗到傳承、從實踐到想像。吾人以出版為職責、為承諾，正是希望能建構這樣的知識寶庫，希冀讓閱讀成為大眾的一種習慣，喚回醇美而雋永的閱讀春風。

發行人 楊榮川

二〇〇八年六月

目次

題辭及略例

論文之書，鮮有專籍。自桓譚《新論》、王充《論衡》，雜論篇章。繼此以降，作者間出，然文或湮闕，有如《流別》、《翰林》之類；語或簡括，有如《典論》、《文賦》之儕。其敷陳詳核，徵證豐多，枝葉扶疏，原流粲然者，惟劉氏《文心》一書耳。雖所引之文，今或亡佚，而三隅之反，政在達材。自唐而下，文人踴多，論文者至有標羮門法，自成部區，然紃察其善言，無不本之故記。文氣、文格、文德諸端，蓋皆老生之常談，而非一家之眇論。若其悟解殊術，持測異方，雖百喙爭鳴，而要歸無二。世人忽遠而崇近，遺實而取名，則夫陽剛陰柔之說，起承轉合之談，吾儕所以為難循，而或者方矜為勝義。夫飲食之道，求其可口，是故鹹酸大苦，味異而皆容於舌眕；文章之嗜好，亦類是矣，何必盡同？今為講說計，自宜依用劉氏成書，加之詮釋；引申觸類，既任學者之自為，曲暢旁推，亦緣版業而散見。如謂劉氏去今已遠，不足誦說，則如劉子玄《史通》以後，亦罕嗣音，論史法著，未聞庋閣其作；故知滯於跡者，無向而不滯，通於理者，靡適而不通。自愧迂謹，不敢肆為論文之言，用是依旁舊文，聊資啓發，雖無卓爾之美，庶以免戾為賢。若夫補苴罅漏，張皇幽眇，是在吾黨之有志者矣。

《文心》舊有黃注，其書大抵成於賓客之手，故紕繆弘多，所引書往往為今世所無，輒轉取載而不著其出處，此是大病。今於黃注遺脫處偶加補苴，亦不能一一徵舉也。

瑞安孫君《禮迻》有校《文心》之語，並皆精美。茲悉取以入錄。

今人李詳審言，有《黃注補正》，時有善言，間或疏漏，茲亦採取而別白之。

《序志》篇云：選文以定篇。然則諸篇所舉舊文，悉是彥和所取以爲程式者，惜多有殘佚，今凡可見者，並皆繕錄，以備稽考。唯除《楚辭》、《文選》、《史記》、《漢書》所載，其未舉篇名，但舉人名者，亦擇其佳篇，隨宜迻寫。若有彥和所不載，而私意以爲可作楷槷者，偶爲抄撮，以便講說，非敢謂愚所去取盡當也。

原道第一

原道　《序志》篇云：《文心》之作也，本乎道。案彥和之意，以爲文章本由自然生，故篇中數言自然，一則曰：心生而言立，言立而文明，自然之道也。再則曰：夫豈外飾，蓋自然耳。三則曰：誰其尸之，亦神理而已。尋繹其旨，甚爲平易。蓋人有思心，即有言語，既有言語，即有文章，言語以表思心，文章以代言語，惟聖人爲能盡文之妙，所謂道者，如此而已。此與後世言文以載道者截然不同。詳淮南王書有《原道》篇，高誘注曰：原，本也。本道根眞，包裹天地，以歷萬物，故曰原道，用以題篇。此則道者，猶佛說之「如」，其運無乎不在，萬物之情，人倫之傳，孰非道之所寄乎？《韓非子．解老》篇曰：道者，萬物之所然也，萬理之所稽也。理者，成物之文也；道者，萬物之所以成也。道，公相。理，私相。故曰：道，理之者也。物有理，不可以相薄。物有理不可以相薄，故理之爲物之制。萬物各異理，而道盡稽萬物之理，故不得不化。不得不化，故無常操。無常操，是以死生氣稟焉，萬智斟酌焉，萬事廢興焉。《莊子．天下》篇曰：古之所謂道術者果惡乎在？曰：無乎不在。案莊、韓之言道，猶言萬物之所由然。文章之成，亦由自然，故韓子又言聖人得之以成文章。韓子之言，正彥和所祖也。道者，玄名也，非著名也，玄名故通於萬理。而莊子且言道在矢溺。今曰文以載道，則未知所載者即此萬物之所由然乎？抑別有所謂一家之道乎？如前之說，本文章之公理，無庸標楬以自殊於人；如後之說，則亦道其所道而已，文章之事，不如此狹隘也。夫堪輿之內，號物之數曰萬，其條理紛紜，人鬢蠶絲，猶將不足仿佛，今置一理以爲道，而曰文非此不可作，非獨昧於語言之本，其亦膠滯而罕通矣。察其表則爲諼言，察其裡初無勝義，使文章之事，愈痟愈削，浸成爲一種枯槁之形，而世之爲文者，亦不復撢究學術，研尋眞知，而惟此窾言之尙，然則階之厲者，非文以載道之說而又誰乎？通儒顧寧人生平篤信文以載道之言，至不肯爲李二曲之母作志，斯則矯枉之過，而非通方之談，後來君子，庶無瞢焉。

俯察含章 《易．上經．坤六三爻辭》：含章可貞。王弼說爲含美而可正，是以美釋章。

草木賁華 《易．釋文》引傅氏云：賁，古斑字，文章皃。王肅符文反。此類隔切，音如虎賁之賁。云：有文飾黃白皃。

和若救鍠 《書．皋陶謨》曰：戛擊鳴球。球，玉磬也。鍠，《說文》曰：鐘聲。《廣韻》作鐄，云大鐘，戶盲切。

形立則章成矣，聲發則文生矣 故知文章之事，以聲采爲本。彥和之意，蓋謂聲采由自然生，其雕琢過甚者，則浸失其本，故宜絕之，非有專隆樸質之語。

肇自太極 《易．繫辭上》韓注曰：太極者，無稱之稱，不可得而名，取有之所極況之太極者也。據韓義，則所謂形氣未分以前爲太極，而眾理之歸，言思俱斷，亦曰太極，非陳摶半明半昧之太極圖。

乾坤兩位，獨制文言，言之文也。天地之心哉 《周易音義》曰：文言，文飾卦下之言也。《正義》引莊氏曰：文謂文飾，以乾坤德大，故皆文飾以爲文言。案此二說與彥和意正同。儀徵阮君因以推衍爲《文言說》，而本師章氏非之。今併陳二說於後。決之以己意。

文言說《揅經室三集》二

古人無筆硯紙墨之便，往往鑄金刻石，始傳久遠；其著之簡策者，亦有漆書刀削之勞，非如今人下筆千言，言事甚易也。許氏《說文》：直言曰言，論難曰語；《左傳》曰：言之無文，行之不遠；此何也？古人以簡策傳事者少，以口舌傳事者多，以目治事者少，以口耳治事者多。故同爲一言，轉相告語，必有愆誤，原注：《說文》：言从口从辛。辛，愆也。是必寡其詞，協其音，以文其言，使人易於記誦，無能增改；且無方言俗語雜於其間，案此語誤。始能達意，始能行遠。此孔子於《易》所以著《文言》之篇也。古人歌詩箴銘諺語，凡有韻之文，皆此道也。謹案：音韻與言語並興，而文字尚在其後。《爾雅·釋訓》主於訓蒙，子子孫孫以下，用韻者三十二條，亦此道也。案陳伯弢先生謂：訓即大司樂以樂語教國子之道，諷誦言語之道，又即道盛德至善之道，此義眞精確無倫。孔子於乾坤之言，自名曰文，此千古文章之祖也。爲文章者，不務協音以成韻，修詞以達遠，使人易誦易記，而惟以單行之語，縱橫恣肆，動輒千言萬字，不知此乃古人所謂直言之言，論難之語，非言之有文者也，案此數言可證阮君此文實具救弊之苦心，惟古人言話亦有音節，亦須潤色修飾，故大司樂稱以樂語教言話，而仲尼亦曰：言之無文，行而不遠也。非孔子之所謂文也。《文言》數百字，幾於句句用韻。孔子於此，發明乾坤之蘊，詮釋四德之名，幾費修辭之意，冀達意外之言。原注：《說文》曰：詞，意内言外也。蓋詞亦言也，非文也。修辭立其誠。《說文》曰：修，飾也，詞之飾者，乃得爲文，不得以詞即文也。案此語亦稍誤。言語有修飾，文章亦有修飾，而皆稱之文。言曰文，其修飾者，雖言亦文；其不修飾者，雖名曰文，而實非文也。要使遠近易誦，古今易傳，公卿大夫皆能記誦。以通天地萬物，以警國家身心。不但多用韻，抑且多用偶。案此數言誠爲精諦。即如樂行、憂違，偶也。長人、合禮，偶也。和義、幹事，偶也。庸言、庸行，偶也。閑邪、善世，偶也。進德、修業，偶也。知至、知終，偶也。上位、下位，偶也。同聲、同氣，偶也。水濕、火燥，偶也。雲龍、風虎，偶也。本天、本地，偶也。無位、無民，偶也。勿用、在田，偶也。潛藏、文明，偶也。道革、位德，偶也。偕極、天則，偶也。隱見、行成，偶也。學聚、問辨，偶也。寬居、仁行，偶也。合德、合明、合序、合吉凶，倡也。先天、後天，偶也。存亡、得喪，偶也。餘慶、餘殃，偶也。直內、方外，偶也。通理、居體，偶也。凡偶皆文也。於物兩色相偶而交錯之，乃得名曰文，文即象其形也。原注：《考工記》曰：青與白謂之文，赤與黑謂之章。《說文》曰：文，錯畫也，象交文。然則千古之文，莫大於孔子之言《易》。案此論又信矣。孔子以用韻比偶之法，錯綜其言，而自名之曰文，何後人必欲反孔子之道，而自命曰文，且尊之曰古也！

案阮君尚有《書梁昭明太子文選序後》及《與友人論古文書》，皆推闡其說。又其子福有《文筆對》。《文筆對》太長，茲節錄二文於下：並見《揅經室三集》二。

書梁昭明太子文選序後

昭明所選，名之曰文，蓋必文而後選也，非文則不選也。經也，史也，子也，皆不可專名之爲文也。案此言方微誤，經、史、子亦有文有質，其文者安得不謂之文哉？故昭明《文選序》後三段，特明其不選之故，必沈思翰藻，始名之爲文，始以入選也。或曰：昭明必以沈思翰藻爲文，於古有徵乎？曰：事當求其始，凡以言語著之簡策，不必以文爲本者，曾經也，史也，子也。案此語亦未諦。韻語不必著簡策，又經史皆有文，《尚書·堯典》偶語甚多，《詩》三百篇全爲文事，《老子》亦用韻用偶。言必有文，專名之曰文者，自孔子《易·文言》始。案不如用莊、陸之說爲正，取於文飾以爲文言，非文言以前竟無文飾。傳曰：言之無文，行之不遠。故古人言貴有文。孔子《文言》，實爲萬世文章之祖，此語又不誤。此篇奇偶相生，音韻相和，如青白之成文，如咸韶之合節，非清言質說者比也，非振筆縱書者比也，非詰屈澀語者比也。是故昭明以爲經也，史也，子也，非可專名之爲文也；專名爲文，必沈思翰藻而後可也。自齊、梁以後，溺於聲律，案此語最爲分明，駢體之革爲古文，以此致之。彥和《雕龍》，漸開四六之體，至唐而四六更卑，然文體不可謂之不卑，而文統不得謂之不正。自唐宋韓、蘇諸大家以奇偶相生之文爲八代之衰而矯之，於是昭明所不選者，反皆爲諸家所取，故其所著者，非經即子，非子即史，案以此評八家，攻之反以譽之矣。求其合於昭明所謂文者鮮矣。案以下有數語略之。如必以比偶非文之古者而卑之，則孔子自名其言曰文者，一篇之中，偶句凡四十有八，韻語凡三十有五，豈可以爲非文之正體而卑之乎？案以下有數行删去。

與友人論古文書

夫勢窮者必變，案此上有數行刪去。情弊者務新，文家矯厲，每求相勝，其間轉變，實在昌黎。昌黎之文，矯《文選》之流弊而已。案此語亦有疵，文起八代之衰，乃後人以譽昌黎者，昌黎未嘗以此自任也。天監以還，文漸浮詭，昌黎所革，只此而已。阮雲矯《文選》之流弊，與文起八代之衰，皆非知言。案以下尚有數行略去。

案阮氏之言，誠有見於文章之始，而不足以盡文辭之封域。本師章氏駁之，見《國故論衡·文學總略》篇。以爲《文選》乃裒次總集，體例適然，非不易之定論；又謂文筆、文辭之分，皆足自陷，誠中其失矣。竊謂文辭封略，本可弛張，推而廣之，則凡書以文字，著之竹帛者，皆謂之文，非獨不論有文飾與無文飾，抑且不論有句讀與無句讀，此至大之範圍也。故《文心·書記》篇，雜文多品，悉可入錄。再縮小之，則凡有句讀者皆爲文，而不論其文飾與否，純任文飾，固謂之文矣，即樸質簡拙，亦不得不謂之文。此類所包，稍小於前，而經傳諸子，皆在其籠罩。若夫文章之初，實先韻語；傳久行遠，實貴偶詞；修飾潤色，實爲文事；敷文摛采，實異質言；則阮氏之言，良有不可廢者。即彥和泛論文章，而《神思》篇以下之文，乃專有所屬，非泛爲著之竹帛者而言，亦不能遍通於經傳諸子。然則拓其疆宇，則文無所不包，揆其本原，則文實有專美。特雕飾逾甚，則質日以漓，淺露是崇，則文失其本。又況文辭之事，章采爲要，盡去既不可法，太過亦足召譏，必也酌文質之宜而不偏，盡奇偶之變而不滯，復古以定則，裕學以立言，文章之宗，其在此乎？

河圖孕乎八卦，洛書韞乎九疇　《漢書．五行志》曰：劉歆以爲虙羲氏繼天而王，受《河圖》，則而畫之，八卦是也。禹治洪水，賜《雒書》，法而陳之，《洪範》是也。又曰，初一曰五行以下，凡此六十五字，皆《雒書》本文。彥和云：《雒書》韞乎九疇。正同此說。紀氏謂彥和用《雒書》配九宮，說同於盧辯，是又不詳考之言。

唐虞文章　案彥和以「元首載歌」、「益稷陳謨」屬之文章，則文章不用禮文之廣誼。

業峻鴻績　案業績同訓功，峻鴻皆訓大，此句位字，殊違常軌。

剬詩緝頌　李詳云：案張守節《史記正義．論字例》云：制字作剬。緣古字少，通共用之。《史》、《漢》本有此古字者，乃爲好本。據此則剬即制字，既不可依《說文》訓剸爲齊，亦不必辨制、剬相似之訛。謹按：李說是也。

觀天文以極變　《易．賁．彖》傳曰：觀乎天文，以察時變；觀乎人文，以化成天下。

發輝事業　《周易．乾音義》曰：發揮，音輝，本亦作輝，義取光輝也。

道沿聖以垂文，聖因文而明道　物理無窮，非言不顯，非文不傳，故所傳之道，即萬物之情，人倫之傳，無小無大，靡不並包。紀氏又傅會載道之言，殊爲未諦。

道心惟微　此荀子引道經之言，而梅賾僞古文採以入《大禹謨》，其辯詳見太原閻君《尚書古文疏證》。

徵聖第二

徵聖 此篇所謂宗師仲尼以重其言。紀氏謂爲裝點門面，不悟宣尼讚《易》、序《詩》、製作《春秋》，所以繼往開來，唯文是賴。後之人將欲隆文術於既頹，簡群言而取正，微孔子復安歸乎？且諸夏文辭之古，莫古於《帝典》，文辭之美，莫美於《易傳》。一則經宣尼之刊著，一則爲宣尼所自修。研論名理，則眇萬物而爲言；董正史文，則先百王以垂範，此乃九流之宗極，諸史之高曾，求之簡編，明證如此。至於微言所寄，及門所傳，貴文之辭，尤難悉數。詳自古文章之名，所包至廣，或以言治化，或以稱政典，或以目學藝，或以表辭言，必若偪促篇章，乃名文事，則聖言於此爲隘，文術有所未宏。周監二代，郁郁乎文，此以文言治化也。文王既沒，文不在茲，此以文稱政典也。餘力學文，此以文目學藝也。文以足言，此以文表辭言也。論其經略，宏大如此，所以牢籠傳記，亭毒百家，譬之溟渤之寬，眾流所赴，璣衡之運，七政攸齊，徵聖立言，固文章之上業也。近代唯阮君伯元知尊奉文言，以爲萬世文章之祖，猶不悟經、史、子、集一概皆名爲文，無一不本於聖，徒欲援引孔父，以自寵光，求爲隆高，先自減削，此固千慮之一失。然持校空言理氣，臆論典禮，以爲明道，實殊聖心者，貫三光而洞九泉，曾何足以語其高下也！

辭欲巧 鄭曰：巧，謂順而說也。孔疏言辭欲得和順美巧，不違逆於理，與巧言令色之巧異。案此《詩》所謂「有倫有脊」者也。《毛傳》：倫，道也。脊，理也。

或簡言以達旨四句 文術雖多，要不過繁簡隱顯而已，故彥和徵舉聖文，立四者以示例。

喪服舉輕以包重　黃注：所謂緦不祭，《檀弓》篇文。小功不稅，《曾子問》篇文。鄭注曰：日月已過，乃聞喪而服曰稅，大功以上然，小功輕不服。《喪服小記》注：稅者，喪與服不相當之言。

邠詩聯章以積句　《七月》一篇八章，章十一句，此《風》詩之最長者。

儒行縟說以繁辭　據鄭注，則《儒行》所舉十有五儒，加以聖人之儒，爲十六儒也。

昭晰　孫君云：元本晰作哲，哲爲晰之借，晰乃晰之訛。《說文》日部：昭晰，明也，《易》曰，明辯晢也。《釋文》云：晢又作哲。後《正緯》、《明詩》、《總術》篇昭晰字，元本皆作哲。按彥和用經字多異於今本，如發揮作發輝是也。

四象　彥和之意，蓋與莊氏同，故曰四象精義以曲隱。《正義》引莊氏曰：四象，謂六十四卦之中有實象、有假象、有義象、有用象。

辭尚體要，弗惟好異　僞《古文尚書．畢命》篇：政貴有恆，辭尚體要，不惟好異。梅氏傳：辭以體實爲要，故貴尚之，若異於先王，君子所不尚。

雖精義曲隱　案自《易》稱辨物正言，至正言共精義並用，乃承四象二語，以辯隱顯之宜，恐人疑聖文明著，無宜有隱晦之言，故申辨之。蓋正言者，求辨之正，而淵深之理，適使辨理堅強。體要者，制辭之成，而婉妙之文，益使辭致姱美。非獨隱顯不相妨礙，惟其能隱，所以爲顯也。然文章之事，固有宜隱而不宜顯者，《易》理邃微，自不能如《詩》、《書》之明葝，《春秋》簡約，自不能如傳記之周詳，必令繁辭稱說，乃與體制相乖。聖人爲文，亦因其體而異，《易》非典要，故多陳幾深之言，史本策書，故簡立褒貶之法，必通此意，而後可與談經；不然，視《易》爲卜筮之廋辭，謂《春秋》爲斷爛之朝報，惑經疑孔之弊，滋多於是矣。

銜華佩實 此彥和《徵聖》篇之本意。文章本之聖哲，而後世專尙華辭，則離本浸遠，故彥和必以華實兼言。孔子曰：質勝文則野，文勝質則史，文質彬彬，然後君子。包咸注曰：野如野人，言鄙略也。史者，文多而質少；彬彬者，文質相半之貌。審是，則文多者固孔子所譏，鄙略更非聖人所許，奈之何後人欲去華辭而專崇樸陋哉？如舍人者，可謂得尙於中行者矣。

宗經第三

宗經　《漢書・儒林傳序》：六藝者，王教之典籍。先王致至治之成法也。蓋古之時，道術未裂，學皆在於王官；王澤既竭，學亦分散，其在於詩書禮樂者，唯宣尼能明之。宗經者，則苦昔，稱先王，而折衷於孔子也。夫六藝所載，政教學藝耳，文章之用，隆之至於能載政教學藝而止。挹其流者：必擇其原，攬其末者，必循其柢。此爲文之宜宗經一矣。經體廣大，無所不包，其論政治典章，則後世史籍之所從出也；其論學術名理，則後世九流之所從出也；其言技藝度數，則後世術數方技之所從出也。不睹六藝，則無以見古人之全，而識其離合之理。此爲文之宜宗經二矣。雜文之類，名稱繁穰，循名責實，則皆可得之於古。彥和此篇所列，無過舉其大端。紀氏謂強爲分析，非是。若夫九能之見於《毛詩》，六辭之見於《周禮》，尤其淵源明白者也。此爲文之宜宗經三矣。文以字成，則訓故爲要；文以義立，則體例居先，此二者又莫備於經，莫精於經。欲得師資，舍經何適？此爲文之宜宗經四矣。謹推劉旨，舉此四端，至於經訓之博厚高明，蓋非區區短言所能揚榷也。

皇世三墳至大寶咸耀　此數語用僞孔《尚書・序》義。彼文曰：《春秋左氏傳》曰：楚左史倚相能讀《三墳》、《五典》、《八索》、《九丘》，即謂上世帝王遺書也，先君孔子生於周末，睹史籍之煩文，懼覽者之不一，遂乃定禮樂，明舊章，刪《詩》爲三百篇，約史記而修《春秋》，讚《易》道以黜《八索》，述職方以除《九丘》。

書標七觀　案七觀所屬之篇，皆在伏生二十九篇內，若信爲孔子之語，何以不及百篇？疑此爲伏生傳益之言，非今古文之通說也。

詩列四始　《詩．序》舉《風》、《雅》、《頌》之後，即云是謂四始，詩之至也。鄭云：始謂王教興衰所由。則始即指《風》、《雅》、《頌》，非謂《關雎》爲《風》始等也。《齊詩》四始。尤與《毛詩》四始不同。

旨遠辭文二句　《正義》曰：其旨遠者，近道此事，遠明彼事，是其旨意深遠，若龍戰於野，近言龍戰，乃遠明陰陽鬥爭，聖人變筆，是其旨遠也。其辭文者，不直言所論之事，乃以義理明之，是其辭文飾也，若黃裳元吉，不直言得中居職，乃云黃裳，是其辭文也。韓康伯注曰：變化無恆，不可爲典要。故其言曲而中也。其事肆而隱者，事顯而理微也。

書實記言四句　《藝文志》曰：《書》者，古之號令。號令於眾，其言不立具，則聽受施行者弗曉。古文讀應《爾雅》，故通今語而可知也。

詁訓同書　《詩》疏曰：毛以《爾雅》之作，多爲釋《詩》，而篇有《釋詁》、《釋訓》，故依《雅》訓而爲《詩》立傳。據此，則《詩》亦須通古今語而可知，故曰詁訓同書。

婉章志晦　此左氏義。上文五石六鷁之辭，乃公羊說。其實《春秋》精義並不在此。欲詳其說，宜覽杜元凱《春秋經傳集解序》。

覽文如詭　案《尚書》所記，即當時語言，當時固無所謂詭也。彥和此語，稍欠斟酌。然韓退之亦云周《誥》、殷《盤》，佶屈聱牙矣。

論說辭序，則易統其首　謂《繫辭》、《說卦》、《序卦》諸篇爲此數體之原也。尋其實質，則此類皆論理之文。

詔策章奏，則書發其原　謂《書》之記言，非上告下，則下告上也。尋其實質，此類皆論事之文。

賦頌歌讚，則詩立其本　謂《詩》爲韻文之總匯。尋其實質，此類皆敷情之文。

銘誄箴祝，則禮總其端　此亦韻文，但以行禮所用，故屬《禮》。

紀傳銘朱云：當作移。檄，則春秋爲根　紀傳乃紀事之文，移檄亦論事之文耳。

稟經以制式二句　此二句爲《宗經》篇正意。

體有六義　此乃文能宗經之效。六者之中，尤以事信體約二者爲要：折衷群言，俟解百世，事信之徵也，芟夷煩亂，剪截浮辭，體約之故也。

正緯第四

正緯 《說文》曰：讖，驗也。案讖之爲物，皆執後事以驗前文，非由前文以得後事。《老子》所謂前識，《中庸》所謂前知，皆持玄理以推測後事，非能明照方來，若數毛髮於盤水也。左氏所載童謠之應，如鴝鵒來巢，火中取虢，咸由後事比合前文，然謠諺始作之時，必不知有魯、虢之事。蓋人事雖繁，皆在思慮之內，文義雖眾，皆具因禪之能，輾轉分合，雖五經常語，未始不可作百代讖詞用也。古世人神雜糅，故隆於禨祥，迄周而舊污未滌，春秋史官所記，尚侈陳豫察之言，要之非聖人所作也。讖諱之隆，始於陰陽家；以明讖之術說經，始於道聽塗說之今文學；以讖爲緯，淆亂經文，始於哀、平以來曲學阿世之儒。何以明其然也？晚周學派六家，老子言有道之國，其鬼不神。又言前識者，道之華而愚之首也。則道家不得有讖。《中庸》言素隱行怪，吾不爲之。子不語怪力亂神。夫子言天道不可得聞。則儒家不得有讖。墨子雖尊天明鬼而非命，非命者，事不得前定，則墨家不得有讖。名家檢正形名，無譣之言則絕，亦不得有讖。法家出於老子，而旁取名家，施於人事，而貴隨時，亦不得有讖。唯獨陰陽家本出於司天之官，而末流營於禨祥，泥於小數。鄒衍深觀陰陽消息，而作怪迂之變、《終始》、《大聖》之篇十餘萬言，抽巫祝之緒，而下爲方十鬬利原，瀛海九州之說，令世主甘心至死而不悟；秦時方士入海者，還奏「亡秦者胡」之讖，始皇將死，復有璧遺滈池之訛言，此皆方士之詐訛，而實濫觴於鄒衍矣。南公之讖曰：楚雖三戶，亡秦必楚。南公亦陰陽家也。張蒼爲秦柱下史，故不得不從時主所好而治陰陽，賈生傳之，則五曹官制以著，顧其致用，獨在五德終始之說耳。觀賈生《鵩賦》之辭曰：命不可說：孰知其極？是知前知之談，通儒所未篤信也。武皇好神仙，與秦政異世同蔽，董仲舒既以引經治獄授張湯，又身爲巫師，作土龍以求雨，彼固工於揣摩人主之情者也。漢主好儒，兼好神仙，儒與神仙雖不合，於陰陽則有可緣飾者，故推陰陽以說《春秋》。今《春秋繁露》有《陰陽位》、《陰陽終始》諸篇，明其以鄒子、南公之道遂書於儒籍矣。仲舒雖不得志，又以大愚見誚於其徒，然其說則已深入於漢主之心，神仙之福未來，而巫蠱之禍踵起，甲兵興於闕下，儲貳縊於窮閻，則仲舒有以致之也。然盛漢之時，談陰陽者，其能不過推災異，淫鬼神，而猶不敢淆亂先王之典籍，故劉向校書，不見有緯。圖書秘記之目，此即緯家所謂《河圖》、《洛書》本文。廑在天文家。當時頌美朝廷者，其能事亦盡於稱說符命。自王莽引經作讖，以伏戎於莽爲己之應，當世阿諛苟合之士，始欲竄亂聖經以投主好，然五經明白近人事，作僞傅會，其事甚難，由是引舊讖而益新文，變其名曰緯，以爲經顯緯隱，而皆出自聖人，斯足以營惑觀者，通人討核，謂緯候起自哀、平，此至確之言，案以時事人情而合者也。光武以劉氏苗裔興，遠同少康之光復，本不待緯候以自崇，然親見王莽假符命四十二章以愚民，故亦欲假符命以明劉氏之當再立，赤伏符之至，適會其時，光武雖心知其僞，而亦不得不端拜以受矣。既以緯興，即宜尊緯，君信於上，臣和於下，於是緯之力超越於經。西漢之儒說經，不過非聖意。而猶近人情，東漢之儒則直以神道代聖言，以神保待孔子，以圖讖目聖經，於是《春秋》爲漢制法之說昌，微言大義由此斬矣。雖有骨鯁之士辨論其失，而習俗移人，賢者不免，康成大師，篤信圖讖，至於爲緯作注。《六藝論》云：六藝皆圖所生。凡所注書，徵引

《易說》、《詩說》，皆緯書也。降及宋孝武世，始禁圖讖，然鄭學既行，爲鄭學者不得不兼明圖讖，是故圖讖之學，在漢則用以趨時，而在六朝則資以考古。劉氏生於齊世，其時緯學猶未盡衰，故不可無以正其失，所獻四淨，洵爲剴明。自隋焚圖緯，此學遂亡，縱有殘餘，只供博覽，近世今文學者於讖緯亦不能鉤潛發微，徒依阿舊說而已。因讀劉文，善其精允，復爲推論如上。

緯書今存者，有《乾鑿度》二卷、《稽覽圖》二卷、《辨終備》一卷、《通卦驗》二卷、《是類謀》一卷、《坤靈圖》一卷，皆《易》緯也。明孫瑴輯《古微書》，無《河》、《洛》緯。清趙在翰輯《七緯》，皆甄錄佚文，可備參考。說《易》緯者，張惠言有《易緯略義》。

神龜見而洪範耀　九疇本於《雒書》，故莊子謂之《九雒》。先儒不言龜負。惟《中候》及諸緯言之，《洪範》僞孔傳乃用其說，劉又用僞孔說也。

孝論　即《孝經》、《論語》。

倍擿千里　孫云：此與下文倍摘字並與適通。《方言》云：適，牾也。倍適，猶背迕矣。

八十一篇，皆托於孔子　據《隋志》，則托於孔子者，只七經緯耳。

或說陰陽，或序災異　其端皆開自仲舒，觀《五行志》及《仲舒傳》可見。

桓譚疾其虛僞　《後漢書》載譚論讖事，錄之如下：

是時帝方信讖，多以決定嫌疑。《方術傳序》云：光武尤信讖言，士之赴趣時宜者，皆馳騁穿鑿爭談之也。故王梁、孫咸，名應圖箓，越登槐鼎之任。譚復上疏曰云云。帝省奏，愈不悅。其後有詔會議靈台所處，帝謂譚曰：吾欲讖決之何如？譚默然良久，曰：臣不讀讖。帝問其故。譚復極言讖之非經。帝大怒，曰：桓譚非聖無法。將下斬之。譚叩頭流血，良久乃得解。

尹敏戲其深瑕　案戲字不誤。《後漢書・儒林傳》曰：帝以敏博通經記，令校圖讖，使蠲去崔發所爲王莽箸錄次比。敏對曰：讖書非聖人所作，其中多近鄙別字，頗類世俗之辭，恐疑誤後生。帝不納。敏因其闕文增之曰：君無口，爲漢輔。帝見而怪之，召敏問其故。敏對曰：臣見前人增損圖書，敢不自量，竊幸萬一。帝深非之。此文所謂戲，即增闕事也。

張衡發其僻謬　案平子檢核僞跡，至爲精當，今錄《後漢書》傳所序於下：

初，光武善讖，及顯宗、肅宗，因祖述焉。自中興以後，儒者爭學圖緯，兼復附以妖言。衡以圖緯虛妄，非聖人之法，乃上疏曰云云。

無益經典，而有助文章　此言甚諦。然如《易緯》所說，有足以證明漢師說《易》者，《書緯》亦有可以考古曆法者，未可謂於說經毫無所用也。

辨騷第五

班固曰：賦者，古詩之流也。自變風終陳夏，而六詩不見採於國史。然歌詠胸懷，本於民性，聲詩之作，未遽廢頹。尋檢左氏內外傳文，所載當世謳詞，不一而足：若南蒯之歌，昭公十二年。萊人之歌，哀公五年。齊人之歌，哀公二十一年。申叔儀之歌，哀公十三年。以及魯人之譏臧孫，鄭人之誦子產，其結言位句，與三百篇固已小殊，而大體無別。是知詩句有時而變通，詩體相承而無革。降及戰代，楚國多材，屈子誕生於舊郢，孫卿退老於蘭陵，《史記正義》：蘭陵縣屬東海郡。案今山東兗州府峰縣東五十里。並為辭人之宗，開賦體之首。觀孫卿所作賦及佹詩，是四言為多，而《成相》之辭，則句度長短儳互。屈子《天問》、《大招》及《九章》諸亂辭，亦盡四言，惟《離騷》、《遠遊》之類，織以長句，而間以語詞，後世遂以此體為《楚辭》所獨具。檢《國語》載晉惠公改葬共世子，臭達於外，國人誦之曰：貞之無報也。孰是人斯而有是臭也！貞為不聽，信為不誠，國斯無刑，偷居幸生。不更厥貞，大命其傾！威兮懷兮，各聚爾有，以待所歸兮。猗兮違兮，心之哀兮！歲之二七，其靡有徵兮。若狄公子，吾是之依兮。鎮撫國家，為王妃兮。此先於屈子二百餘年，而其句度已長於舊式。《史記》載優孟歌孫叔敖事，亦先於屈子，又南土之舊音也。然則屈子之作，其意等於《風》、《雅》，《史記》：《國風》好色而不淫，《小雅》怨誹而不亂，若《離騷》者可謂兼之。而其體沿自謳謠。自承宣尼刪訂之緒餘，而下作宋、賈、馬、揚之矩矱。論其大名，則並之於詩，察其分流，則別稱為賦。班固之論，可謂深察名號，推見原流者已。自彥和論文，別騷於賦，蓋欲以尊屈子，使《離騷》上繼《詩經》，非謂騷賦有二。觀《詮賦》篇云：靈均唱騷，始廣聲貌。是仍以《離騷》爲賦矣。《隋書・經籍志》別《楚辭》於總集，意蓋亦同舍人。觀其序辭云：王逸集屈原以下迄劉向云云，是仍以《楚辭》爲總集矣。惟昭明選文，以《楚辭》所錄爲騷，斯爲大失，後之覽者，宜悉其違戾焉。《楚辭》是賦，不可別名爲騷。《離騷》二字，亦不可截去一字。紀評至諦。

淮南作傳　案《國風》好色而不淫已下至與日月爭光可也數語，今見《史記・屈原傳》。知史公作傳，即取《離騷傳序》之文。

羿澆二姚，與左氏不合　案班孟堅《序》譏淮南王安作《傳》，說羿、澆、少康、二姚、有娀、佚女，皆各以所識，有所增損，非譏屈子用事與左氏不合。彥和此語蓋有誤。

漢宣嗟嘆　見《漢書・王褒傳》。

孟堅謂不合傳　誤如前舉。

雖取鎔經意，亦自鑄偉詞　二語最諦。異於經典者，固由自鑄其詞；同於《風》、《雅》者，亦再經鎔湅，非徒貌取而已。

招魂招隱　《招隱》宜從《楚辭補注》本作《大招》。

卜居標放言之致　李云：陳星南云《論語・微子》篇，隱居放言。《集解》引包曰：放，置也，不復言世務。案《卜居》有云：吁嗟默默，誰知吾之廉貞？故彥和以放言美之。侃案：《卜居》命龜之辭，繁多不綢，故曰放言。放言猶云縱言。陳解未諦。

中巧者獵其艷辭　中巧猶言心巧。

酌奇而不失其眞，玩華而不墜其實　彥和論文，必以存眞實爲主，亦鑑於楚艷漢侈之流弊而立言。其實屈、宋之辭，辭華者其表儀，眞實者其骨幹，學之者遺神取貌，所以有僞體之譏。試取賈生《惜誓》、枚乘《七發》、相如《大人》、揚雄《河東》諸篇細玩之，可以悟摹擬屈、宋之法。蓋此諸篇，莫不工於變化，非夫沿襲聲調，剽剝採藻所敢印跂也。

彥和以前，論《楚辭》之文，有淮南王《離騷傳序》，太史公《屈原傳》，《漢書·藝文志·詩賦略序》，班孟堅《離騷序》、《離騷贊序》、王逸《楚辭章句序》及諸篇小序、《楚辭章句》十六卷。自屈原賦二十五篇爲七卷，其餘爲《九辨》、《招魂》、《大招》、《惜誓》、《招隱士》、《七諫》、《哀時命》、《九懷》、《九嘆》；附以王逸自作《九思》，爲十七卷。宋洪興祖《補注》最善。朱熹《集注》改易舊章，不爲典要。清世惠定宇、戴東原二君並有《屈原賦注》。戴注曾見之，惠注未見。言《楚辭》音者，《隋志》錄五家。又云隋時有釋道騫善讀之，能爲楚聲，音韻清切，至今傳《楚辭》者，皆祖騫公之音。尋《漢書》言九江被公能爲《楚辭》，召見誦讀。爾則《楚辭》之重楚音，其來舊矣。五家之音雖佚，然勞商遺響，激楚餘聲，千載下於方語中得之。

明詩第六

古昔篇章，大別之爲有韻、無韻二類，其有韻者，皆詩之屬也。其後因事立名，支庶繁滋，而本宗日以痟削，詩之題號，由此隘矣。彥和析論文體，首以《明詩》，可謂得其統序。然篇中所論，亦但侷於雅俗所稱爲詩者，則時序所拘，雖欲復古而不可得也。品物詞人，盡於劉宋之季，自爾迄今，更姓十數，詩體屢變，好尚亦隨世而殊，談詩之書，充盈篇幅，溯觀舍人之論，殆無不以爲已陳之芻狗者。傍有記室《詩品》，班弟《詩才》，只限梁武之世，所舉諸人，今日或不存只字，此與彥和之詩，皆運而往矣。自我觀之，詩體有時而變遷，詩道無時而可易，欲求上繼風雅，下異謳詞，革下裡之庸音，紹詞人之正軌，則固有共循之術焉。曰：本之情性，協之聲音，振之以文采，齊之以法度而已矣。歷觀古今詩人成名者，罔不如此。夫然，故彥和、仲偉之論，雖去今遼邈，而經緯本末，自有其期，年耆者又烏得而廢之者哉？詩體眾多，源流清濁，誠不可以短言盡。往爲《詩品講疏》，亦未卒業，茲但順釋舍人之文云爾。

詩者，持也　《古微書》引《詩緯含神霧》文。

黃帝雲門，理不空弦　理不空弦者，以其既得樂名，必有樂詞也。

至堯有大唐之歌　唐一作章。《尚書大傳》云：報事還歸，二年談然，乃作《大唐之歌》。鄭注曰：《大唐之歌》，美堯之禪也。據此文，是《大唐》乃舜作以美堯，則作大章者爲是。《樂記》曰：大章，章之也。鄭注曰：堯樂名。

九序惟歌　僞《大禹謨》文。

五子咸怨　僞《五子之歌》文。

順美匡惡《詩譜序》：論功頌德，所以將順其美；刺過譏失，所以匡救其惡。

秦皇滅典，亦造仙詩 《史記，秦始皇本紀》：三十六年，使博士爲《仙眞人》詩，及行所遊天下，傳令樂人歌弦之。案上文三十五年盧生說始皇曰：眞人者，入水不濡，人火不爇，凌雲氣，與天地久長。於是始皇曰：吾慕眞人。自謂眞人，不稱朕。

辭人遺翰至五言之冠冕也 往作《詩品講疏》，於此辯之甚析，茲錄如下：

《文心雕龍．明詩》篇曰：又《古詩》佳麗。或稱枚叔。徐陵《玉台新詠》有枚乘詩八首，謂青青河畔草一、西北有高樓二、涉江采夫容三、庭中有奇樹四、迢迢牽牛星五、東城高且長六、明月何皎皎七、行行重行行八，此皆在《十九首》中。《玉台》又有蘭若生春陽一首，亦云枚乘作。其《孤竹》一篇，則傅毅之辭，《後漢書》：傅毅字武仲，當明章時。《孤竹》，謂十一首中之冉冉孤生竹一篇也。比采而推，兩漢之作乎。《文選》李善注云：古詩，蓋不知作者，或云枚乘，疑不能明也。詩云：驅車上東門，《阮嗣宗詠懷詩注》引《河南郡圖經》曰：東有三門，最北頭曰上東門。案：此東都城門名也，故疑爲東漢人之辭。又云遊戲宛與洛，《古詩注》曰：《漢書》南陽郡有宛縣。洛，東都也。案張平子《南都賦》注引摯虞曰：南陽郡治宛，在京之南，故曰南都。《南都賦》曰：夫南陽者，眞所謂漢之舊都者也。詩以宛、洛並言，明在東漢之世。此則兼辭東都，非盡是乘明矣。尋李注所言，是古有以《十九首》皆枚乘所作者，故云非盡是乘。孝穆撰詩，但以《十九首》之九首爲乘所作，亦因其餘句多與時序不合爾。案明月皎夜光一詩，其稱節序，皆是太初未改曆以前之言，詩云玉衡指孟冬，而上云促織鳴東壁，下云秋蟬鳴樹間，玄鳥逝安適，是此孟冬正夏正之孟秋，若在改曆以還，稱節序者不應如此，然則此詩乃漢初之作矣。又凜凜歲雲暮一詩，言涼風率已厲，涼風之至，候在孟秋，《月令》：孟秋之月，涼風至。而此云歲暮，是亦太初以前之詞也。推而論之，五言之作，在西漢則歌謠樂府爲多，而辭人文士猶未肯相率模效，李都尉從戎之士，班婕妤宮女之流，當其感物興歌，初不殊於謠諺，然風人之旨，感慨之言，竟能擅美當時，垂範來世，推其原始，故亦閭裡之聲也。按《漢書．藝文志》云：自孝武立樂府而採歌謠，於是有代趙之謳，秦楚之風，皆感於哀樂，緣情而發，亦可以觀風俗，知厚薄云。歌詩二十八家中，除諸不系於地者，有吳楚汝南歌詩，燕代謳，雁門雲中隴西歌詩，邯鄲河間歌詩，齊鄭歌詩，淮南歌詩，左馮翊秦歌詩，京兆尹秦歌詩，河東蒲阪歌詩，洛陽歌詩，河南周歌詩，河南周歌聲曲折。周謠歌詩，周謠歌詩聲曲折。周歌詩，南郡歌詩，都凡十餘家，此與陳詩觀風初無二致。然則漢世歌謠之有十餘家，無殊於《詩》三百篇之有十五《國風》也。摯仲治《文章流別論》曰：古詩有三言、四言、五言、六言、七言、九言，大率以四言爲體，而時有一句二句雜在四言之問，後世演之，遂以爲篇。古詩之三言者，振振鷺、鷺於飛之屬是也，漢郊廟歌多用之。唐山夫人《安世房中歌》安其所、豐草葽、雷震震諸篇，皆三言。《郊祀歌》練時日、太乙況、天馬徠諸篇皆三言。五言者，誰謂雀無角、何以穿我屋之屬是也，案當舉《郊特牲》伊耆氏《蠟辭》草木歸其澤一句，爲詩中五言之始見者。於俳諧倡樂多用之。凡非大禮所用者，皆俳諧倡樂，此中兼有樂府所載歌謠。六言者，我姑酌彼金罍之屬是也，樂府亦用之。如《悲歌》：悲歌可以當泣、遠望可以當歸二句。《猛虎行》：饑不從猛虎食，暮不從野雀棲二句。又《上留田行》前四句，皆以六言成句者也。七言者，交交黃鳥止於桑之屬是也，案從鳥字斷句亦可，宜舉昔也日蹙國百里二句。於俳諧倡樂亦用之。樂府中多以七字爲句，如鼓吹鐃歌中，千秋萬歲樂無極、江有香草目以蘭。此外不能悉舉。古詩之九言者，洞酌彼行潦挹彼注玆之屬是也，案此仍從潦字斷句，《詩》三百篇實無九言，當舉《卜居》之與波上下偷以全吾軀（句末乎字爲助聲），《九辯》之吾固知其齟齬而難入。不入歌謠之章。按《烏生》篇，唶我秦氏家有遊蕩子及白鹿乃在上林西苑中，皆九言。所謂不入歌謠之章者，蓋因其希見爾。以摯氏之言推之，則五言固俳諧倡樂所多有，而《文心雕龍·明詩》篇猥云：成帝品錄，三百餘篇，朝章國采，亦云周備，而辭人遺翰，莫見五言。此以當世文士不爲五言，並疑樂府歌詩亦無五言也。今考西漢之世爲五言有主名者，李都尉、班婕妤而外，有虞美人《答項王歌》、見《楚漢春秋》。卓文君《白頭吟》、李延年歌、前四語。蘇武詩四首。其無主名者，樂府有《上陵》、前數語。《有所思》、篇中多五言。《雞鳴》、《陌上桑》、《長歌行》、《豫章行》、《相逢行》、《長安有狹邪行》、《隴西行》、《步出夏門行》、《豔歌何嘗行》、《豔歌行》、《怨歌行》、《上留田》、里中有啼兒一首。《古八變歌》、《豔歌》、《古咄唶歌》。此中容有東漢所造，然武帝樂府所錄，宜多存者。歌謠有《紫宮諺》、長安爲尹賞作歌、無名人詩八首、上山採蘼蕪一、四坐且莫喧二、悲與親友別三、穆穆清風至四、橘柚垂華實五、十五從軍征六、新樹蘭蕙葩七、步出城東門八。以上諸篇，或見《樂府詩集》，或見《詩紀》。古詩八首，五言四句，如採葵莫傷根之類。大抵淳厚清婉，其辭近於《國風》，不雜以賦頌，此乃五言之正軌矣。自建安以來，文人競作五言，篇章日富，然閭里歌謠，則猶遠同漢風，試觀所載清商曲辭，五言居其什九，托意造句，皆與漢世樂府共其波瀾，以此知五言之體肇於歌謠也。彥和云不見五言，此乃千慮之一失。唯仲偉斷爲炎漢之制，其鑒審矣。

清典可味　典一作曲。紀云：曲字是，字作婉字解。李詳云：梅慶生凌雲本併作清曲。《御覽》八百九十三引張衡怨詩曰：秋蘭，嘉美人也，嘉而不獲，故作是詩也。此是詩序，詩與黃引同。

仙詩緩歌　黃引《同聲歌》當之，紀氏譏之，是也。

暨建安之初至此其所同也　此節轉錄《詩品講疏》釋之如下：

詳建安五言，毗於樂府。魏武諸作，慷慨蒼涼，所以收東漢音，振發魏響。文帝弟兄所撰樂府最多，雖體有所因，而詞貴獨創，聲不變古，而采自己舒，其餘雜詩，皆崇藻麗，故沈休文曰：至於建安，曹氏基命，三祖陳王，咸蓄盛藻，甫乃以情緯文，以文被質。言自此以上質勝於文也。若其述歡宴，愍亂離，敦大朋，篤匹偶，雖篇題雜沓，而同以蘇、李古詩爲原，文采繽紛，而不能離閭里歌謠之質，故其稱景物則不尚雕鏤，敘胸情則唯求誠懇，而又緣以雅詞，振其英響，斯所以兼籠前美，作範後來者也。自魏文已往，罕以五言見諸品藻，至文帝《與吳質書》，始稱公幹五言詩之善者妙絕時人。蓋五言始興，惟樂歌爲眾，辭人競效，其風隆自建安，既作者滋多，故工拙之數可得而論矣。

何晏之徒，率多浮淺　晏詩《詩紀》載擬古失題二首。

江左篇制至挺拔而爲俊矣　此節較錄《詩品講疏》釋之如下：

《謝靈運傳論》曰：在晉中興，玄風獨扇，爲學窮於柱下，博物止乎七篇，馳騁文辭，義殫乎此。自建武愍帝年號。暨於義熙，安帝年號。歷載將百，雖比響聯辭，波屬雲委，莫不寄言上德，托意玄珠，遒麗之辭，無聞焉爾。《續晉陽秋》宋永嘉太守檀道鸞撰，書已佚，此見《困學紀聞》及《文選注》引。曰：自司馬相如、王褒、揚雄諸賢，世尚賦頌，皆體則詩騷，傍綜百家之言。及至建安，而詩章大盛。逮乎西朝之末，潘、陸之徒，雖時有質文，而宗歸不異也。正始中，王弼、何晏好莊、老玄勝之談，而俗遂貴焉。至過江，佛理尤盛，扶郭璞五言，始會合道家之言而韻之。許詢及大原孫綽，轉相祖尚，又加以三世之辭，而風騷之體盡矣。詢、綽並爲一時文宗，自此學者悉化之。據檀道鸞之說，是東晉玄言之詩，景純實爲之前導，特其才氣奇肆，遭逢險艱，故能假玄言以寫中情，非夫鈔錄文句者所可擬況。若孫、許之詩，但陳要妙，情既離乎比興，體有近於伽陀，徒以風會所趨，仿效日眾，覽《蘭亭集》詩，諸篇共旨，所謂琴瑟專一，誰能聽之？達志抒情，將復焉賴？謂之風騷道盡，誠不誣也。《文心雕龍·時序》篇曰：自中朝貴玄，江左彌盛，因談餘氣，流成文體，是以世極迍邅，而辭意夷泰，詩必柱下之旨歸，賦乃漆園之義疏，故知文變染乎世情，興廢系乎時序，原始以要終，雖百世可知也。此乃推明崇尚玄虛之習，成於世道之艱危。蓋恬憺之言，謬悠之理，所以排除憂患，消遣年涯，智士以之娛生，文人於焉托好，雖曰無用之用，亦時運爲之矣。

又案：袁、孫諸詩，傳者甚罕，《文選》載有江文通《擬孫廷尉》詩，可以知其大概。

宋初文詠至此近世之所競也 此節轉錄《詩品講疏》釋之如下：

《宋書．謝靈運傳》曰：靈運博覽群書，文章之美，江左莫逮。論曰：愛逮宋氏，顏謝騰聲，靈運之興會標舉，延年之體裁明密，並方軌前秀，垂範後崑。《文心雕龍．明詩》篇曰：宋初文詠，體有因革，莊、老告退，而山水方滋，儷採百字之偶，爭價一句之奇，情必極貌以寫物，辭必窮力而追新，此近世之所競也。案孫、許玄言，其勢易盡，故殷、謝振以景物，淵明雜以風華，浸欲夐規洛京，上繼鄴下。康樂以奇才博學，大變詩體，一篇既出，都邑競傳，所以弁冕當時，扢揚雅道。於時俊彥，尚有顏、鮑、二謝之倫，謝瞻、謝惠連。要皆取法中朝，力辭輕淺，雖偶傷刻飾，亦矯枉之理也。夫極貌寫物，有賴於深思，窮力追新，亦資於博學，將欲排除膚語，洗盪庸音，於此假塗，庶無迷路。世人好稱漢魏，而以顏、謝爲繁巧，不悟規摹古調，必須振以新詞，若虛響盈篇，徒生厭倦，其爲蔽害，與剿絕玄語者政復不殊。以此知顏、謝之術，乃五言之正軌矣。

四言正體　五言流調　摯虞《文章流別論》曰：雅音之韻，四言爲王，其餘雖備曲折之體，而非音之正也。

詩有恆裁八句　此數語見似膚廓，實則爲詩之道已具於此，隨性適分四字，已將古今家數派別不同之故包舉無遺矣。

離合之發　茲錄孔融《離合詩》一首以備考：

離合作郡姓名字詩

漁父屈節，水潛匿方；離魚字。與時進止，出行施張。離日字，二字合成魯。呂公磯釣，闔口渭旁；離口字。九域有聖，無土不王。離或字。二字合成國。好是正直，女回於匡；離子字。海外有截，隼逝鷹揚。離乙字。二字合成孔。六翮將奮，羽儀未彰；離鬲字。蛇龍之蟄，俾也可忘。離蟲字。二字合成融。玫璇隱耀，美玉韜光。去玉成文，不須合。無名無譽，放言深藏；離與字。按轡安行，誰謂路長。離手字。二字合成舉。

回文所興二句　李詳云：《困學紀聞》十八評詩云：《詩苑類格》謂回文出於竇滔妻所作。《文心雕龍》云：又傅咸有回文反復詩，溫嶠有回文詩，皆在竇妻前。翁元圻注引《四庫全書總目》宋桑世昌《回文類聚》四卷，《藝文類聚》載曹植《鏡銘》，回環誦之，無不成文，實在蘇蕙以前。詳案梅慶生音注本云：宋賀道慶作四言回文詩一首，計十一句，四十八言，從尾至首讀亦成韻，而道原無可考，恐原爲慶字之誤。侃案：道慶之前，回文作者已衆，不得定原字爲慶字之誤。

樂府第七

古者詩歌不別，覽《虞書》、《毛詩序》、《樂記》。《樂記》曰：凡音之起，由人心生也，人心之動，物使之然也，感於物而動，故形於聲，聲相應，故生變，變成方，謂之音，比音而樂之，及干戚羽旄，謂之樂。又曰：詩，言其志也，歌，詠其聲也，舞，動其容也，三者本於心，然後樂氣從之。《正義》曰：先心後志，先志後聲，先聲後舞，聲須合於宮商，舞須應於節奏，乃成於樂，是故然後樂氣從之。則可知矣。《漢書．藝文志》亦云：湧其言謂之詩，詠其聲謂之歌。《宋書．樂志》云：歌者樂之始，舞又歌之次，歌詠舞蹈，所以宣其喜心，喜而無節，則流淫莫反，故聖人以五聲和其性，以八音節其流，而謂之樂。然則樂以節歌，歌以詠詩，詩雖有不歌者，《藝文志》引傳曰：不歌而誦謂之賦。而歌未有非詩者也。劉向校書，以詩賦與六藝異略，故其歌詩亦不得不與六藝之詩異類。然觀《藝文志》所載，有樂府所採歌謠，吳、楚、汝南歌詩已下，至南郡歌詩。有郊廟所用樂章，《泰一》雜《甘泉》、《壽宮》歌詩十四篇，宗廟歌詩五篇，此即郊祀歌十九首。又有諸神歌詩，送迎靈頌歌詩二家。有歌詠功烈樂章，漢興以來兵所誅滅歌詩十四篇。有帝者自撰歌詩，高祖歌詩。又出行巡狩及遊歌詩，蓋武帝作。又李夫人及幸貴人歌詩，疑亦武帝所作。有材人名倡所作歌詩，詔賜中山靖王子噲及孺子妾冰、未央材人歌詩，謂以未央材人所作詩賜噲及冰也。又黃門倡車忠等歌詩十五篇。有雜歌詩，雜各有主名歌詩、雜歌詩，又臨江王及愁思節士歌詩。此則凡詩皆以入錄。以其可歌，故曰歌詩。劉彥和謂子政品文，詩與歌別。殆未詳考也。及後文士撰詩者眾，緣事立體，不盡施於樂府，然後詩之與歌始分區界。其號稱樂府而不能被管弦者，實與緣事立題者無殊，徒以蒙樂府之名，故亦從之入錄。蓋詩與樂府者，自其本言之，竟無區別，凡詩無不可歌，則統謂之樂府可也；自其末言之，則惟嘗被管弦者謂之樂，其未詔伶人者，遠之若曹、陸依擬古題之樂府，近之若唐人自撰新題之樂府，皆當歸之於詩，不宜與樂府淆溷也。《漢書・禮樂志》惟載《房中歌》、《郊祀歌》，《宋書・樂志》稍廣之，自郊廟、享宴、大射、鐃歌、相和、舞曲莫不悉載，然亦限於樂府所用而止。《隋書・經籍志》總集類有《古樂府》八卷、《樂府歌辭鈔》一卷、《歌錄》十卷、《古歌錄鈔》二卷、《晉歌章》八卷、《吳聲歌辭曲》一卷、《陳郊廟歌辭》三卷、《樂府新歌》十卷、《樂府新歌》二卷，而梁王書復有樂府歌詩以下十餘部。其所收寬狹今不可知，要之以但載樂府所用者爲正。其有並載因題擬作，若後之《樂府詩集》者，蓋期於博觀，而非所以嚴區畫也。郭茂倩曰：凡樂府歌辭，有因聲而作歌者，若魏之三調歌詩，因弦管金石造歌以被之，是也。有因歌而造聲者，若清商、吳聲諸曲，始皆徒歌，既而被之弦管，是也。案此本《宋書・樂志》文。有有聲有辭者，若郊廟、相和、鐃歌、橫吹等曲是也。有有辭無聲者，若後人之所述作，未必盡被於金石是也。案彥和作《樂府》篇，意主於被弦管之作，然又引及子建、士衡之擬作，則事謝絲管者亦附錄焉。故知詩樂界畫，漫汗難明，適與古初之義相合者已。今略區樂府以爲四種：一樂府所用本曲，若漢相和歌辭，江南東光乎之類是也。二依樂府本曲以制辭，而其聲亦被弦管者，若魏武依《苦寒行》以制《北上》、魏文依《燕歌行》以制《秋風》是也。三依樂府題以制辭，而其聲不被弦管者，若子建、士衡所作是也。四不依樂府舊題，自創新題以制辭，其聲亦不被弦管者，若杜子美《悲陳陶》諸篇、白樂天《新樂府》是也。從詩歌分途之說，則惟前二者得稱樂府，後二者雖名樂府，與雅俗之詩無殊。從詩樂同類之說，則前二者爲有辭有聲之樂府，後二者爲有辭無聲之樂府，如此復與雅俗之詩無殊。要之樂府四類，惟前二類名實相應，其後二類，但有樂府之名，無被管弦之實，亦視之爲雅俗之詩而已矣。

彥和此篇大旨，在於止節淫濫。蓋自秦以來，雅音淪喪，漢代常用，皆非雅聲。魏晉以來，陵替滋甚，遂使雅鄭混淆，鐘石斯繆。彥和閔正聲之難復，傷鄭曲之盛行，故欲歸本於正文。以爲詩文果王，則鄭聲無所附麗，古之雅聲雖不可復，古之雅詠固可放依。蓋欲去鄭聲，必先爲雅曲。至如魏氏三祖所爲，猶且謂非正響。推此以觀，則簡文賦詠，志在桑中，叔寶耽荒，歌高綺艷，隋煬艷篇，辭極淫綺，彌爲漢魏之罪人矣。彥和生於齊世，獨能抒此正論，以挽澆風，洵可謂卓爾之才矣。然鄭聲之生，亦本自然，而厭雅憙俗，古今不異，故王論雖陳，聽者藐藐，夫惟道古之君子，乃能去奇響以歸中和矣。《周禮．大司樂》：凡建國，禁其淫聲、過聲、凶聲、慢聲。注曰：淫聲，若鄭、衛也。過聲，失哀樂之節。凶聲，亡國之聲，若桑間濮上。慢聲，惰慢不恭。據此，是淫、過、凶、慢之聲，歷代所有，特以政化清明，故抑而不作耳。及後禮樂崩壞，教化陵夷，則雖君子亦耽俗樂。故魏文侯聞古樂則惟恐臥，聽鄭、衛之音則不知倦。子夏譏新樂進俯退俯，奸聲以濫，溺而不止，及優侏儒、獶雜子女，不知父子。是知樂音之有奇邪，自上世而已然。啓子太康之鏘鳴筦磬，已非正聲。在後孔甲好音，殷辛爲淫聲以變正聲，是音之不雅，自古有之矣。雅頌既亡，彌復猖獗，歷代雖或規存古樂，而不足以奪時所慕尙者。至於今日，樂器俗，樂聲亦俗，而獨欲爲雅辭，歸於正義，此必不可得之數也。君子詠都人士之詩，所以寄懷於出言有章之君子也。

自漢魏有雜曲，至於隋唐，其作漸繁。唐之燕樂，尤稱爲盛，後遂稱其歌詞者曰詞。宋之燕樂亦雜用唐聲調而增廣之，於是宋詞遂爲極多，於樂府外又別立題署，實則詞亦樂府之流也。凡塡詞但依古調爲之者，與前世擬樂府無異，蓋雖依其平仄，仍未能被諸管弦。正言其體，特長短句之詩耳。以其制篇擇辭有殊於雅俗之詩，因而別爲區域。然則七言殊於五言，律詩異乎古體，又何不可判畫之有？故凡有聲之詞宜歸樂府之條，無聲之詞宜附近體之列，如此則名實俱當矣。

錄古樂府之書，史志以《宋書》爲最詳最精。其書所錄，自晉、宋郊廟宴享之詩，及晉世所用相和曲、舞曲、鼓吹、鐃歌，莫不備載，《晉書》特依放之耳。《南齊書・樂志》所載樂詞，止於郊廟燕享之辭，其餘不錄，蓋以歌辭至繁，難可盡錄乎？總集以宋郭茂倩《樂府詩集》所錄爲最備，其推考源流，解釋題號，又至該洽，求古樂府者，未有能舍是書者也。今先順釋舍人之文，次錄《樂府詩集》每類序說於後。古樂府部署變遷，蓋可得其較略矣。

塗山歌於候人至西音以興　此本《呂氏春秋・音初》篇。案觀此，則後世依古題以制辭亦昉於古，塗山有候人之歌，其後《曹風》亦有《候人》之篇，則《曹風》依放塗山也。有娀有燕燕之歌，其後《邶風》亦有《燕燕》之篇，則《邶風》依放有娀也。孔甲有《破斧之歌》，其後《豳風》有《破斧》之篇，則《豳風》依放孔甲也。然其制題相同，托意則異。莊子言：《折揚》、《皇荂》，入於裡耳。尋其本，則《折揚》者，非即《雅詩》之《折柳樊圃》乎？《皇荂》者，非即《雅詩》之《皇皇者華》乎？漢鼓吹、鐃歌有《朱鷺》，朱鷺，鳥也，而何承天私造樂府曰《朱路》，朱路，車也。漢有《上邪》，邪，語辭也，何承天曰：《上邪》，邪曲也。此則但取聲音，不問義旨，用彼舊題，抒我新意，蓋其法由來久矣。

情感七始　《漢書．律曆志》引《書》曰：予欲聞六律、五聲、八音、七始詠。古文作在治忽、鄭作在治曶。釋之曰：七始，天地四時，人之始也。《大傳》曰：七始，天統也。鄭注曰：七始，謂黃鐘、太蔟、大呂、南呂、姑洗、蕤賓也。案《漢志》以林鐘爲地始，鄭以大呂爲地始。蓋《漢志》以林鐘爲地正，而鄭以大呂爲地統，《隋志》用《漢志》說。《房中歌》七始華始，正用《書》義。此則七音之起，起自虞時。而《國語》說武王克商，於是乎有七律。韋昭曰：七律爲音器，用黃鐘爲宮，太簇爲商，姑洗爲角，林鐘爲徵，南呂爲羽，應鐘變宮，蕤賓變徵也。是二變爲武王所加。《左傳》昭廿五年疏云：此二變者，舊樂無之，聲或不會，而以律和其聲，調和其聲，使與五者諧會，謂之七音由此也。武王始加二變，周樂有七音耳，以前未有七。案七始詠爲今文異文，未可信，據《國語》說，昭明若此。蓋七音實始於武王，《周禮》曰文之以五聲，文略故也。

武帝崇禮，始立樂府　此據《漢書．禮樂志》文。《樂府詩集》則云：孝惠時，夏侯寬爲樂府令、始以名官，至武帝乃立樂府云。

朱馬以騷體制歌　案朱馬爲字之誤。《漢書．禮樂志》云：以李延年爲協律都尉，多舉司馬相如等數十人，造爲歌賦。《佞幸傳》亦云：是時上欲造樂，令司馬相如等作詩頌，延年輒承意弦歌所造詩，謂之新聲曲。據此，朱馬乃司馬之誤。

桂華雜曲　即目《房中歌》。《房中歌》第七曰《桂華》。

赤雁群篇　即目《郊祀歌》。《郊祀歌・象載瑜》十八。太始三年，行幸東海，獲赤雁作。

暨後郊廟四句　案《後漢書・曹褒傳》：顯宗即位，曹充上言，請制禮樂，帝善之，詔曰：今且改太樂官曰太予樂，詩歌曲操，以俟君子。據此，後漢之樂一仍先漢之舊。《宋書・樂志》：漢明帝初，東平憲王制舞歌一章，薦之光武之廟。案《武德舞歌》詩見《樂府詩集》。又章帝自作食舉詩四篇，後漢樂詞之可考者僅此。

至於魏之三祖至韶夏之鄭曲　《宋書・樂志》載《相和歌辭》。《駕六龍》、當《氣出倡》。《厥初生》、當《精列》。《天地間》、當《度關山》。《惟漢二十二世》、當《薤露》。《關東有義士》、當《蒿里行》。《對酒歌太平時》、當《對酒》。《駕虹蜺》，當《陌上桑》。皆武帝作。《登山而遠望》、當《十五》。《棄故鄉》，當《陌上桑》。皆文帝作。又晉荀勖撰《清商三調》，舊詞施用者：《平調》則《周西》、《短歌行》。《對酒》《短歌行》。爲武帝詞。《秋風》、《燕歌行》。《仰瞻》、《短歌行》。《別日》、《燕歌行》。爲文帝詞。《清調》則《晨上》、《秋胡行》。《北上》、《苦寒行》。《願登》、《秋胡行》。《蒲生》《塘上行》。爲武帝詞。《悠悠》《苦寒行》。爲明帝詞。《瑟調》則《古公》、《善哉行》。《自惜》《善哉行》。爲武帝詞。《朝日》、《善哉行》。《上山》、《善哉行》。《朝遊》《善哉行》。爲文帝詞。《我徂》、《善哉行》。《赫赫》《善哉行》。爲明帝詞。此外武帝有《碣石》。《大曲・步出夏門行》。文帝有《西山》、《大曲・折楊柳行》。《園桃》。

《大曲・煌煌京洛行》。明帝有《夏門》、《大曲・步出夏門行》。《王者布大化》《大曲・棹歌行》。諸篇。陳王所作，被於樂者亦十餘篇。蓋樂詞以曹氏爲最富矣。彥和云三調正聲者，三謂本周《房中曲》之遺聲。《隋書》曰：《清樂》其始即《清商三調》是也。並漢來舊曲，樂器形制並歌章古詞，與魏三祖所作者，皆被於史籍。平陳後獲之。高祖聽之，善其節奏，曰：此華夏正聲也。然則三調之爲正聲，其來已久。彥和云三祖所作爲鄭曲者，蓋譏其詞之不雅耳。

傅玄曉音三句　案《晉書・樂志》曰：武帝受命，泰始二年，詔郊祀明堂禮樂權用魏儀，但改樂章，使傅玄爲之辭，凡十五篇。又傅玄造四廂樂歌三首，晉鼓吹曲二十二首，舞歌二首，宣武舞歌四首，宣文舞歌二首，鼙歌五首。

張華新篇二句　案張華作四廂樂歌十六首，晉凱歌二首，黃注但舉舞歌，非也。

然杜夔調律至後人驗其銅尺　《魏志・杜夔傳》曰：杜夔以知音爲雅樂郎，後以世亂奔荊州。荊州平，太祖以夔爲軍謀祭酒，參太樂事，因令創制雅樂。夔善鐘律，聰思過人。時散郎鄧靜、尹商善詠雅樂，歌師尹胡能歌宗廟郊祀之曲，舞師馮肅、服養曉知先代諸舞，夔總統研精，遠考諸經，近採故事，教習講肄，備作樂器，紹復先代古樂，皆自夔始也。《晉書・律曆志》云：武帝泰始九年，中書監荀勖校太樂，八音不和，始知後漢至魏尺長於古四分有餘，勖乃部著作郎劉恭依《周禮》制尺，所謂古尺也；依古尺更鑄銅律呂，以調聲韻，以尺量古器，與本銘尺寸無差。又汲郡盜發六國時魏襄王冢，得古周時玉律及鐘磬，與新律聲韻暗同。於時郡國或得漢時故鐘，吹律命之皆應。

勖銘所云此尺者，勖新尺也，今尺者，杜夔尺也。荀勖造新鐘律，與古器諧韻，時人稱其精密，惟散騎侍郎陳留阮咸譏其聲高，聲高則悲，非興國之音，亡國之音哀以思，其人困，今聲不合雅，愳非德正至和之音，必古今尺有長短所致也。會咸病卒，武帝以勖律與周、漢器合，故施用之。後始平掘地，得古銅尺，歲久欲腐，不知所出何代，果長勖尺四分，時人服咸之妙，而莫能厝意焉。史臣案勖於千載之外，推百代之法，度數既宜，聲韻又契，可謂切密，信而有征也，而時人寡識，據無聞之一尺，忽周、漢之兩器，雷同臧否，何其謬哉！《世說》稱有田父於野地中得周時玉尺，便是天下正尺，荀勖試以校己所治金石絲竹，皆短校一米云。《隋書·律曆志》云：炎曆將終，而天下大亂，樂工散亡，器法湮滅。魏武始獲杜夔，使定音律，夔依當時尺度，權備典章。及晉武受命，遵而不革。至泰始十年，光祿大夫荀勖奏造新度，更鑄律呂。又云：諸代尺度一十五等，一周尺、《漢志》王莽時劉歆銅斛尺、後漢建武銅尺、晉泰始十年荀勖律尺，爲晉前尺、祖沖之所傳銅尺。祖沖之所傳銅尺，其銘曰：晉泰始十年，中書考古器，揆校今尺，長四分半，所校古法有七品：一曰姑洗玉律，二曰小呂玉律，三曰西京嗣望臬，四曰金錯望臬，五曰銅斛，六曰古錢，案《宋史·律曆志》曰：古物之有分寸，明著史籍者，惟有古錢而已。七曰建武銅尺。姑洗微強，西京望臬微弱，其餘與此尺同。已上皆銘文，凡八十二字。此尺者，勖新尺也，今尺者，杜夔尺也。今以此尺爲本，以校諸代尺云。謹案如隋唐《志》言，則勖尺合於周尺，而杜夔尺長於勖尺一尺四分七厘，不合甚明，阮咸譏勖，則《唐志》所謂謬也。荀勖尺不可考。宋王厚之《鐘鼎款識》有《古尺銘》曰：周尺、《漢志》鎦歆銅尺、後漢建武阮元云：建下一字，戈旁可辨，蓋武字也。銅尺、晉前尺並同。此則依放晉前尺而鑄者，得以求古律名，信而有征。彥和所言，蓋亦《唐志》所云雷同臧否者也。又《隋志》云：晉時始平掘地得古銅尺，實比晉前尺一尺三分七毫。

陳思稱李延年閒於增損古辭　按李延年當作左延年。左延年，魏時之擅鄭聲者，見《魏誌・杜夔傳》、《晉書・樂志》。增損古辭者，取古辭以入樂，增損以就句度也。是以古樂府有與原本違異者，有不可句度者，或者以古樂府不可句度，遂嗤笑以爲不美，此大妄也。

陳思王植七哀詩原文《文選》

明月照高樓，流光正徘徊；上有愁思婦，悲嘆有餘哀。借問嘆者誰？言是客子妻；君行逾十年。賤妾常獨棲。君若清路塵，妾若濁水泥；浮沈各異勢，會合何時諧？願爲西南風，長逝入君懷；君懷良不開，賤妾當何依？

晉樂府所奏楚調怨詩明月篇東阿王詞七解

明月照高樓，流光正裴回；上有愁思婦，悲嘆有餘哀。一解。
借問嘆者誰？自云客子妻；夫行逾十載，賤妾常獨棲。二解。
念君過於渴，思君劇於飢；君爲高山柏，妻爲濁水泥。三解。

北風行蕭蕭，烈烈入我耳；心中念故人，淚墮不能止。四解。
沉浮各異路，會合當何諧？願作東北風，吹我入君懷。五解。
君懷常不開，賤妾當何依？恩情中道絕，流止任東西。六解。
我欲竟此曲，此曲悲且長；今日樂相樂，別後莫相忘。七解。

上古樂府與原本違異者。

齊書樂志載公莫辭《宋誌》亦載，而文相連不別，又與此異

吾不見公莫時。吾何嬰公來。嬰姥時吾。思君去時。吾何零。子以邪。思君去時。思來嬰。吾去時毋那。何去吾。

上一曲，晉《公莫舞》歌，二十章，無定句，前是第一解，後是第十九二十解，雜有三句，並不可曉解。

上古樂不可句度者。

《晉書・樂志》曰：魏《雅樂》四曲，《騶虞》、《伐檀》、《文王》皆左延年改其聲。晉武泰始五年，張華表曰：按魏《上壽食舉》詩，及漢氏所施用，其文句長短不齊，未皆合古。蓋以依詠弦節，本有因循，而識樂知音，足以制聲度曲，法用率非凡

近之所能改。二代三京，襲而不變，雖詩章詞異，廢興隨時。至其韻逗留曲折，皆係於舊，有由然也。據此，是古樂府韻逗有定，故採詩入樂府者，不得不增損其文，以求合古矣。

子建士衡，並有佳篇　案子建詩用入樂府者，惟《置酒》、《大曲·野臣黃雀行》。《明月》《楚調怨詩》及《鼙舞歌》五篇而已，其餘皆無詔伶人。士衡樂府數十篇，悉不被管弦之作也。今案《文選》所載，自陳思王《美女篇》以下至《名都篇》，陸士衡樂府十七首，謝靈運一首，鮑明遠八首，謝玄暉《鼓吹曲》，樂府所用。繆熙伯以下三家挽詩，皆非樂府所奏。將以樂音有定，以詩入樂，須有增損。至於當時樂府所歌，又皆體近謳謠，音靡鄭衛，故昭明屛不入錄乎。

軒岐鼓吹，漢世鐃挽　《鐃歌》即《鼓吹》，《挽歌》即《相和辭》之《蒿里》。戎喪殊事，謂《鐃歌》用之兵戒，《挽歌》以給喪事也。

繆襲所致　按繆襲作魏《鼓吹曲》十二首，又《挽歌》一首。

子政品文二句　此據《藝文志》爲言，然《七略》既以詩賦與六藝分略，故以歌詩與詩異類。如令二略不分，則歌詩之附詩，當如《戰國策》、《太史公書》之附入春秋家矣。此乃爲部類所拘，非子政果欲別歌於詩也。

《樂府詩集》分十二類，每類皆有敘說原流之辭，極爲詳賅，茲迻錄之略有刪節。如下：

郊廟歌辭

自黃帝已後，至於三代，千有餘年，而其禮樂之備，可以考而知者，唯周而已。兩漢已後，世有制作，其所以用於郊廟朝廷以接人神之歡者，其金石之響，歌舞之容，亦各因其功業治亂之所起，而本其風俗之所由。武帝時，詔司馬相如等造《郊祀歌詩》十九章，五郊互奏之。又作《安世歌詩》十七章，薦之宗廟，至明帝乃分樂爲四品，一曰《大予樂》，典郊廟上陵之樂。郊樂者，《易》所謂先王以作樂崇德，殷薦上帝。宗廟樂者，《虞書》所謂琴瑟以詠，祖考來格，《詩》云肅雍和鳴，先祖是聽也。二曰《雅頌樂》，典六宗社稷之樂。社稷樂者，《詩》所謂琴瑟擊鼓，以御田祖，《禮記》曰：樂施於金石，越於音聲，用乎宗廟社稷，事乎山川鬼神是也。永平三年，東平王蒼造《光武廟登歌》一章，稱述功德，而郊祀同用漢歌。魏歌辭不見，疑亦用漢辭也。武帝始命杜夔創定雅樂，時有鄧靜尹商善訓雅歌，歌師尹胡能習宗廟郊祀之曲，舞師馮肅服養曉知先代諸舞，夔總領之。魏復先代古樂，自夔始也。晉武受命，百度草創，秦始二年，詔郊廟明堂禮樂權用魏儀，遵周室肇稱殷禮之義，但使傅玄改其樂章而已。永嘉之亂，舊典不存，賀循爲太常，始有《登歌》之樂。明帝太寧末，又詔阮孚增益之。至孝武太元之世，郊祀遂不設樂。宋文帝元嘉中，南郊始設《登歌》，廟舞猶闕，乃詔顏延之造《天地》、《郊廟》、《登歌》三篇。大抵依仿晉曲，是則宋初又仍晉也。南齊、梁、陳，初皆沿襲，後更創制，以爲一代之典，元魏宇文，繼有朔漠，宣武已後，雅好胡曲，郊廟之樂，徒有其名。隋文平陳，始獲江左舊樂，乃謂五音，爲《五夏》、《二舞》、《登歌》、《房中》等十四調，賓祭用之。唐高祖受禪，未遑改造；樂府尚用前世舊文。武德九年，乃命祖孝孫修定雅樂、而梁陳盡吳楚之音，周齊森胡戎之伎，於是斟酌南北，考以古音，作爲唐樂，貞觀二年奏之。安史作亂，咸鎬爲墟，五代相承，享國不永，制作之事，蓋所未暇，朝廷宗廟典章文物，但按故常，以爲程式云。

燕射歌辭

《儀禮・燕禮》曰：工歌《鹿鳴》、《四牡》、《皇皇者華》。笙入，奏《南陔》、《白華》、《華黍》。乃間歌《魚麗》，笙《由庚》，歌《南有嘉魚》，笙《崇邱》，歌《南山有台》，笙《由儀》，遂歌《鄉樂》、《周南・關雎》、《葛覃》、《卷耳》、《召南・鵲巢》、《採蘩》、《採蘋》。此燕饗之有樂也。《大司樂》曰：大射，王出入，奏《王夏》。及射，令奏《騶虞》。詔諸侯以弓矢舞，樂師、燕射，帥射夫以弓矢舞，大師、大射，帥瞽而歌射節。此大射之有樂也。《王制》曰：天子食舉以樂。《大司樂》：王大食、三宥，皆令奏鐘鼓。漢鮑業曰：古者天子食飲必順四時五味，故有食舉之樂，所以順天地，養神明，求福應也。此食舉之有樂也。《隋書・樂志》曰：漢明帝時，樂有四品，其二曰《雅頌樂》，辟雍饗射之所用。則《孝經》所謂移風易俗，莫善於樂，《禮記》曰：揖讓而治天下者，禮樂之謂也。三曰《黃門鼓吹》，天子宴群臣之所用，則《詩》所謂「坎坎鼓我，蹲蹲舞我」者也。漢有《殿中御飯食舉》七曲，《太樂食舉》十三曲。魏有雅樂四曲，皆取周詩《鹿鳴》，晉荀勖以《鹿鳴》燕嘉賓，無取於朝，乃除《鹿鳴》舊歌，更作《行禮詩》四篇，先陳三朝朝宗之義，又爲《王公上壽酒食舉》樂歌詩十二篇。司律陳頎以爲三元肇發，群後奉璧，趨步拜起，莫非行禮，豈容別設一樂，謂之行禮？荀識《鹿鳴》之失，似悟昔繆，還制四篇，復襲前軌，亦未爲得也。終宋、齊以來，相承用之。梁、陳三朝樂有四十九等，其曲有《相和五引》及《俊雅》等七曲。後魏道武初，正月上日，饗群臣，備列宮縣正樂；奏燕、趙、秦、吳之音，五方殊俗之曲，四時饗會亦用之。隋煬帝初，詔秘書省學士定殿前樂，工歌十四曲，終大業之世，每舉用焉。其後又因高祖七部樂，乃定以爲九部。唐武德初，宴享承隋舊制，用九部樂。樂觀中，張文收造宴樂，於是分爲十部。後更分宴樂爲立坐二部。天寶以後，宴樂西涼、龜玆部著錄者二百餘曲，而清樂天竺諸部不在焉。

鼓吹曲辭

《鼓吹曲》，一曰《短簫鐃歌》。劉瓛定《軍禮》云：《鼓吹》，未知其始也，漢班壹雄朔野而有之矣，鳴笳以和簫聲，非八音也。騷人曰鳴篪吹竽是也。蔡邕《禮樂志》曰：漢樂四品，其四曰《短簫鐃歌》，軍樂也。黃帝、岐伯所作，以建威揚德，風敵勸士也。《周禮．大司樂》曰：王師大獻，則令奏《愷樂》。《大司馬》曰：師有功，則《愷樂》獻於社。鄭康成云：兵樂曰愷，獻功之樂也。《宋書．樂志》曰：雍門周說孟嘗君鼓吹於不測之淵。說者云，鼓自一物，吹自竽籟之屬，非簫鼓合奏，別爲一樂之名也。然則《短簫鐃歌》此時未名《鼓吹》矣。應劭《漢鹵簿圖》唯有騎執箛。箛即笳，不云鼓吹。而漢世有《黃門鼓吹》。漢《享宴食舉樂》十三曲，與魏世鼓吹長簫同。長簫短簫，《伎錄》並云絲竹合作，執節者歌。又《建初錄》云：《務成》、《黃爵》、《玄雲》、《遠期》，皆《騎吹曲》，非《鼓吹曲》。此則列於殿庭者名《鼓吹》，今之從行鼓吹爲《騎吹》，二曲異也。又孫權觀魏武軍。作《鼓吹曲》而還，此應是今之《鼓吹》。魏晉世又假諸將帥及牙門曲，蓋鼓吹，斯則其時方謂之《鼓吹》矣。按《西京雜記》，漢大駕祠甘泉、汾陰，備千乘萬騎，有黃門前後部鼓吹，則不獨列於殿庭者名《鼓吹》也。漢《遠如期》曲辭，有雅樂陳及增壽萬年等語，無馬上奏樂之意，則《遠如期》又非《騎吹曲》也。《晉中興書》曰：漢武帝時，南越加置交趾、九眞、日南、合浦、南海、郁林、蒼梧七郡，皆假《鼓吹》。《東觀漢記》曰：建初中，班超拜長史，假《鼓吹》麾幢。則《短簫鐃歌》，漢時已名《鼓吹》，不自魏晉始也。崔豹《古今注》曰：漢樂有《黃門鼓吹》，天子所以宴樂群臣也。《短簫鐃歌》，《鼓吹》之一章爾，亦以賜有功諸侯。然則《黃門鼓吹》、《短簫鐃歌》與《橫吹曲》得通名《鼓吹》，但所用異爾。漢有《朱鷺》等二十二曲，列於《鼓吹》，謂之《鐃歌》。及魏受命，使繆襲改其十二曲，而《君馬黃》、《雉子班》、《聖人出》、《臨高台》、《遠如期》、《石留》、《務成》、《玄雲》、《黃爵》、《釣竿》十曲並仍舊名。是時吳亦使韋昭改制十二曲，其十曲亦因之。而魏吳歌辭存者唯十二曲，餘皆不傳。晉武帝受禪，命傅玄制二十二曲，而《玄雲》、《釣竿》之名不改舊漢。宋齊並用漢曲，又《充庭》十六曲，梁高祖乃去其四，留其十二，更制新歌，合四時也。北齊二十曲，皆改古名，其《黃爵》、《釣竿》略而不用。後周宣帝革前代鼓吹，制爲十五曲，並述功德受命以相代，大抵多言戰陣之事。隋制，列鼓吹爲四部，唐則又增爲五部，部各有曲，唯《羽葆》諸曲，備敘功業，如前代之制。齊武帝時，壽昌殿南閣置《白鷺》、《鼓吹》二曲，以爲宴樂。陳後主常遣宮女習北方簫鼓，謂之《代北》，酒酣則奏之，此又施於燕私矣。

橫吹曲辭

《橫吹曲》，其始亦謂之《鼓吹》，馬上奏之，蓋軍中之樂也。北狄諸國，皆馬上作樂，故自漢以來，北狄樂總歸鼓吹署。其後分爲二部，有簫笳者爲鼓吹，用之朝會道路，亦以給賜；漢武帝時，南越七郡皆給《鼓吹》是也。有鼓角者爲《橫吹》，用之軍中，馬上所奏者是也。按《周禮》云：以鼖鼓鼓軍事。舊說云：蚩尤氏帥魑魅與黃帝戰於涿鹿，帝乃始命吹角爲龍鳴以御之。其後魏武北徵烏丸，越沙漠，而軍士思歸，於是減爲半鳴，尤更悲矣。《橫吹》有雙角，即胡樂也。漢博望侯張騫入西域，傳其法於西京，唯得《摩訶兜勒》一曲，李延年因胡曲更造新聲二十八解，乘輿以爲武樂，後漢以給邊將。和帝時，萬人將軍得用之。魏晉以來，二十八解不復具存，而世所用者，有《黃鵠》等十曲，其辭後亡。又有《關山月》等八曲，後世之所加也。後魏之世，有《簸邏回歌》，其曲多可汗之辭，皆燕魏之際鮮卑歌辭，虜音不可曉解，蓋《大角曲》也。又《古今樂錄》有梁《鼓角橫吹曲》，多敘慕容垂及姚泓時戰陣之事，其曲有《企喻》等歌三十六曲，總六十六曲。未詳時用何篇也。自隋以後，始以《橫吹》用之鹵簿，與《鼓吹》列爲四部，總謂之《鼓吹》：一曰棡鼓部，二曰鐃鼓部，三曰大橫吹部，四曰小橫吹部。唐制，太常鼓吹令掌鼓吹施用調勻之節，以備鹵簿之儀，而分五部：一曰鼓吹部，二曰羽葆部，三曰鐃吹部，四曰大橫吹部，五曰小橫吹部。

相和歌辭

《宋書·樂志》曰：《相和》，漢舊曲也。絲竹更相和，執節者歌。本一部，魏明帝分爲二：《更遞》、《夜宿》。本十七曲，朱生、宋識、列和等復合之爲十三曲。其後晉荀勖又採舊辭，施用於世，謂之《清商三調歌》詩，即沈約所謂因管弦金石造歌以被之者也。《唐書·樂志》曰：《平調》、《清調》、《瑟調》，皆周《房中曲》之遺聲，漢世謂之三調，又有《楚調》、《側調》。《楚調》者，漢《房中樂》也。高帝樂楚聲，故《房中樂》皆楚聲也。《側調》者，生於《楚調》，與前三調總謂之《相和調》。《晉書．樂志》曰：凡樂章古辭之存者，並漢世街陌謳謠，《江南可採蓮》、《烏生十五子》、《白頭吟》之屬。其後漸被於弦管，即《相和》諸曲是也。魏晉之世，相承用之。永嘉之亂，五都淪覆，中朝舊音，散落江左，後魏孝文、宣武用師淮漢，收其所獲南音，謂之《清商樂》、《相和》諸曲亦皆在焉。所謂《清商》、《正聲》、《相和五調伎》也。凡諸調歌辭，並以一章爲一解。《古今樂錄》曰：傖歌以一句爲一解。中國以一章爲一解。王僧虔啓云：古曰章，今曰解。解有多少，當時先詩而後聲，詩敘事，聲成文，必使志盡於詩，音盡於曲，是以作詩有豐約，制解有多少，猶《詩．君子陽陽》兩解、《南山有台》五解之類也。又諸調曲皆有辭有聲，而大曲又有艷，有趨，有亂。辭者，其歌詩也。聲者，若羊吾夷、伊那何之類也。艷在曲之前，趨與亂在垮之後，亦猶吳聲西曲前有和，後有送也。又《大曲》十五曲，沈約並列於《瑟調》，又別敘《大曲》於其後，唯《滿歌行》一曲，諸調不載，故附見於《大曲》之下。其曲調先後，亦准《技錄》爲次云。

清商曲辭

《清商樂》，一曰《清樂》。《清樂》者，九代之遺聲，其始即《相和三調》是也。並漢魏以來舊曲。其辭皆古調及魏三祖所作。自晉朝播遷，其音分散。苻堅滅涼得之，傳於前後二秦。及宋武定關中，因而入南，不復存於內地。自是已後，南朝文物，號爲最盛，民俗國謠，亦世有新聲，故王僧虔論《三調歌》曰：今之《清商》，實由《銅雀》，魏氏三祖，風流可懷，京、洛相高，江左彌重，而情變聽改，稍復零落，十數年間，亡者將半，所以追餘操而長懷，撫遺器而太息者矣。後魏孝文討淮、漢，宣武定壽春，收其聲伎，得江左所傳中原舊曲，《明君》、《聖主》、《公莫》、《白鳩》之屬，及江南吳歌，荊楚西聲，總謂之《清商樂》。至於殿庭饗宴，則兼奏之。遭陳梁亡亂，存者蓋寡。及隋平陳得之，文帝善其節奏，曰：此華夏正聲也。乃微更損益，去其哀怨，考而補之，以新定律呂，更造樂器，因於太常置清商署以管之，謂之《清樂》。開皇初，始置七部樂，《清商伎》其一也。大業中，煬帝乃定《清樂》、《西涼》等爲九部，而《清樂》歌曲有《楊伴》，舞曲有《明君》、《並契》，樂器有鐘、磬、琴、瑟、擊琴、琵琶、箜篌、筑、箏、節鼓、笙、笛、簫、篪、塤等十五種，爲一部。唐又增吹葉而無塤。隋室喪亂，日益淪缺，唐貞觀中，用十部樂，《清樂》亦在焉。至武后時。猶有六十三曲，其後四十四曲存焉。長安以後，朝廷不重古曲，工伎浸缺，能合於管弦者，惟《明君》、《楊伴》、《曉壺》、《春歌》、《秋歌》、《白雪》、《堂堂》、《春江花月夜》等八曲，自是樂章訛失，與吳音轉遠。開元中，劉貺以爲宜取吳人使之傳習，以問歌工李郎子。郎子北人，學於江都人俞才生，時聲調已失，唯《雅歌》曲辭，辭典而音雅。後郎子亡去，《清樂》之歌遂闕。自周、隋已來，管弦雅曲，將數百曲，多用西涼樂，鼓舞曲多用龜茲樂，唯琴工猶傳楚漢舊聲，及《清調》蔡邕五弄，《楚調》四弄，謂之九弄，雅聲獨存。

舞曲歌辭

《通曲》曰：樂之在耳者曰聲，在目者曰容，聲應乎耳，可以聽知，容藏於心，難以貌觀，故聖人假干戚羽旄以表其容，發揚蹈厲以見其意，聲容選和，而後大樂備矣。《詩序》曰：詠歌之不足，不知手之舞之，足之蹈之。然樂心內發，感物而動，不覺手之自運，歡之至也，此舞之所由起也。舞亦謂之萬。《禮記外傳》曰：武王以萬人同滅商，故謂舞爲萬；《商頌》曰：萬舞有弈，則殷已謂之萬矣；《魯頌》曰：萬舞洋洋；《衛詩》曰：公庭萬舞：然則萬亦舞之名也。《春秋》魯隱公五年：考仲子之宮，將萬焉。因問羽數於眾仲。眾仲對曰：天子用八，諸侯六，大夫四，士二：舞所以節八音而行八風，故自八而下。於是初獻六羽，始用六佾也。杜預以爲六六三十六人。而沈約非之，曰，八音克諧，然後成樂，故必以八人爲列，自天子至士，降殺以兩，兩者，減其二列爾。預以爲一列又減二人，至士止餘四人，豈復成樂？服虔謂：天子八八，諸侯六八。太夫四八，士二八，於義爲允也。周有六舞：一曰帗舞，二曰羽舞，三曰皇舞，四曰旄舞，五曰幹舞，六曰人舞。帗舞者，析五彩繒，若漢靈星舞子所持是也。羽舞者，析羽也。皇舞者，雜五彩羽如鳳凰色，持以舞者。旄舞者，犛牛之尾也。幹舞者，兵舞，持盾而舞也。人舞者，無所執，以手袖爲威儀也。《周官》：舞師掌教兵舞，帥而舞山川之祭祀；教帗舞，帥而舞社稷之祭祀；教羽舞，帥而舞四方之祭祀。教皇舞，帥而舞旱暵之事。樂師亦掌教國子小舞。自漢以後，樂舞浸盛，故有雅舞，有雜舞。雅舞用之郊廟朝饗，雜舞用之宴會。晉傅玄又有十餘小曲，名爲舞曲。故《南齊書》載其辭云：獲罪於天，北徙朔方，墳墓誰掃，超若流光。疑非宴樂之辭，未詳其所用也。前世樂飲，酒酣必自起舞，《詩》云屢舞仙仙是也。故知宴樂必舞，但不宜屢爾，譏在屢舞，不譏舞也。漢武帝樂飲，長沙定王起舞，是也。自是以後，尤重以舞相屬，所屬者代起舞，猶世飲酒以杯相屬也。灌夫起舞以屬田蚡，晉謝安舞以屬桓嗣，是也，近世以來，此風絕矣。

琴曲歌辭

琴者，先王所以修身理性禁邪防淫者也，是故君子無故不去其身。《唐書·樂志》曰：琴，禁也，夏至之音，陰氣初動，禁物之淫心也。《世本》曰：琴，神農所造。《廣雅》曰：伏羲造琴，長七尺二寸而有五弦。揚雄《琴清英》曰：舜彈五弦之琴，而天下化。《琴操》曰：琴長三尺六寸六分，象三百六十日；廣六寸，象六合也。其上曰池，池，水也，言其平；下曰濵，濵，賓也，言其服也。前廣後狹，尊卑象也。上圓下方，法天地也。五弦，象五行也。文王、武王加二弦，以合君臣之恩。《古今樂錄》曰：今稱二弦爲文武弦是也。應劭《風俗通》曰：七弦，法七星也。《三禮圖》曰：琴第一弦爲宮，次弦爲商，次爲角，次爲羽，次爲徵，次爲少宮，次爲少商。桓譚《新論》曰：今琴四尺五寸，法四時五行也。崔豹《古今注》曰：蔡邕益琴爲九弦，二弦大，次三弦小，次四弦尤小。梁元帝《纂要》曰：古琴名有清角，黃帝之琴也。鳴鹿、循況、濫脅、號鐘、自鳴、空中，皆齊桓公琴也。繞梁，楚莊王琴也。綠綺，司馬相如琴也。焦尾，蔡邕琴也。鳳凰，趙飛燕琴也。自伏羲制作之後，有瓠巴、師文、師襄、成連、伸牙、方子春、鍾子期皆善鼓琴，而其曲有暢、有操、有引、有弄。《琴論》曰：和樂而作，命之曰暢，言達則兼濟天下，而美暢其道也。憂愁而作，命之曰操，言窮則獨善其身，而不失其操也。引者，進德修業，申達之名也。弄者，情性和暢，寬泰之名也。其後西漢時有慶安世者，爲成帝侍郎，善爲《雙鳳離鸞》之曲，齊人劉道疆能作《單鳧寡鶴》之弄，趙飛燕亦善爲《歸風送遠》之操，皆妙絕當時，見稱後世。若夫心意感發，聲調諧應，大弦寬和而溫，小弦清廉而不亂，攫之深，醳之愉，斯爲盡善矣。古琴曲有五曲、九引、十二操。五曲：一曰《鹿鳴》，二曰《伐檀》，三曰《騶虞》，四曰《鵲巢》，五曰《白駒》。九引：一曰《烈女引》，二曰《伯妃引》，三曰《貞女引》，四曰《思歸引》，五曰《霹震引》，六曰《走馬引》，七曰《箜篌引》，八曰《琴引》，九曰《楚引》。十二操：一曰《將歸操》，二曰《猗蘭操》，三曰《龜山操》，四曰《越裳操》，五曰《拘幽操》，六曰《岐山操》，七曰《履霜操》，八曰《朝飛操》，九曰《別鶴操》，十曰《殘形操》，十一曰《水仙操》，十二曰《襄陵操》。自是以後，作者相繼，而其義與其所起略可考而知，教不復備論。《樂府解題》曰：《琴操》紀事，好與本傳相違，存之者，以廣異聞也。

雜曲歌辭

《宋書・樂志》曰：古者天子聽政，使公卿大夫獻詩，耆艾修之，而後王斟酌焉，然後被於聲。於是有採詩之官。周室下衰，官失其職。漢魏之世，歌詠雜興，而詩之流乃有八名：曰行，曰引，曰歌，曰謠，曰吟，曰詠，曰怨，曰嘆，皆詩人六義之餘也。至其協聲律，播金石，而總謂之曲。若夫均奏之高下，音節之緩急，文辭之多少，則系乎作者才思之淺深，與其風俗之薄厚。當是時，如司馬相如、曹植之徒，所爲文章，深厚爾雅，猶有古之遺風焉。自晉遷江左，下逮隋唐，德澤浸微，風化不競，去聖逾遠，繁音日滋，艷曲興於南朝，胡音生於北俗，哀淫靡漫慢之辭，迭作並起，流而忘返，以至陵夷。原其所由，蓋不能制雅樂以相變，大抵多溺於鄭衛，由是新聲熾而雅音廢矣。昔晉平公說新聲，而師曠知公室之將卑；李延年善爲新聲變曲，而聞者莫不感動；其後元帝自度曲被聲歌，而漢業遂衰；曹妙達等改易新聲，而隋文不能救。嗚呼，新聲之感人如此，是以爲世所貴。雖沿情之作，或出一時，而聲辭淺迫，少復近古。故蕭齊之將亡也，有《伴侶》；高齊之將亡也，有《無愁》；陳之將亡也，有《玉樹後庭花》；隋之將亡也，有《泛龍舟》。所謂煩手淫聲，爭新怨衰，此又新聲之弊也。雜曲者，歷代有之，或心志之所存，或情思之所感，或宴遊歡樂之所發，或憂愁憤怨之所興，或敘離別悲傷之懷，或言征戰行役之苦，或緣於佛老，或出自夷虜，兼收備載，故總謂之雜曲。自秦漢以來，數千百歲，文人才士，作者非一。干戈之後，喪亂之餘，亡失既多，聲辭不具，故有名存義亡，不見所起。而有古辭可考者，則若《傷歌行》、《生別離》、《長相思》、《棗下何纂纂》之類是也。復有不見古辭，而後人繼有擬述，可以概見其義者，則若《出自薊北門》、《結客少年場》、《秦女捲衣》、《半渡溪》、《空城雀》、《齊謳》、《吳趨》、《會吟》、《悲哉》之類是也。又如漢阮瑀之《駕出北郭門》，曹植之《惟漢苦思》、《欲遊南山》、《事君》、《車已駕》、《桂之樹》等行，《盤石》、《驅車》、《浮萍》、《種葛》、《吁嗟》、《鰕䱇》等篇，傅玄之《雲中白子高》、《前有一樽酒》、《鴻雁生塞北行》、《昔思君》、《飛塵》、《車遙遙》篇，陸機之《置酒》，謝惠連之《晨風》，鮑照之《鴻雁》，如此之類，其名甚多。或因意命題，或學古敘事，其辭具在，故不復備論。

近代曲辭

荀子曰：久則論略，近則論詳。言世近而易知也。兩漢聲詩著於史者，唯《郊祀》、《安世》之歌而已。班固以巡狩福應之事，不序郊廟，故餘皆弗論。由是漢之雜曲，所見者少，而《相和》、《鐃歌》，或至不可曉解，非無傳也，久故也。魏晉以後，訖於梁陳，雖略可考，猶不若隋唐之爲詳，非獨傳者加多也，近故也。近代曲者，亦雜曲也，以其出於隋唐之世，故曰近代曲也。隋自開皇初，文帝置七部樂：一曰西涼伎，二曰清商伎，三曰高麗伎，四曰天竺伎，五曰安國伎，六曰龜茲伎、七曰文康伎；

至大業中，煬帝乃立清樂，西涼、龜茲、天竺、康國、疏勒、安國、高麗、禮畢，以爲九部。樂器工衣，於是大備。唐武德初，因隋舊制，用九部樂。太宗增高昌樂，又造宴樂，而去禮畢曲，其著令者十部：一曰宴樂，二曰清商，三曰西涼，四曰天竺，五曰高麗，六曰龜茲，七曰安國，八曰疏勒，九曰高昌，十曰康國，而總謂之燕樂。聲辭繁雜，不可勝紀。凡燕樂諸曲，始於武德、貞觀，盛於開元、天寶。其著錄者十四調，二百二十二曲。又有梨園，別教院法，歌樂十一曲，云韶樂二十曲，肅、代以降，亦有因造，僖、昭之亂，典章亡缺，其所存者，概可見矣。

雜歌謠辭

言者，心之聲也，歌者，聲之文也，情動於中，而形於言，言之不足，故嗟嘆之，嗟嘆之不足，故詠歌之，歌之爲言也，長言之也。夫欲上如抗，下如墜，曲如折，止如槁木，倨中矩，句中鉤，累累乎連如貫珠，此歌之善也。《宋書・樂志》曰：黃帝、帝堯之世，王化下洽，民樂無事，故因擊壤之歡，慶雲之瑞，民因以作歌。其後風衰雅缺，而妖淫靡曼之聲起。周衰，有秦青者善謳，而薛談學謳於秦青，未窮青之伎而辭歸。青餞之於郊，乃撫節悲歌，聲震林木，響遏行雲，薛談遂留不去，以卒其業。又有韓娥者，東之齊，至雍門，匱糧，乃鬻歌假食，既去，餘哺繞梁，三日不絕，左右謂人不去也。過逆旅，人辱之，韓娥因曼聲哀哭，一里老幼悲愁，垂涕相對，三日不食，遽追之，韓娥還，復爲曼聲長歌，一里老幼喜躍抃舞，不能自禁，忘向之悲也，乃厚贈遣之。故雍門之人善歌哭，效韓娥之遺聲。衛人王豹處淇川，善謳，河西之民皆化之。齊人綿駒處高唐，善歌，齊之右地亦傳其業。前漢有魯人虞公者，善歌，能令梁上塵起。若斯之類，並徒歌也。《爾雅》曰：徒歌謂之謠。《廣雅》曰：聲比於琴瑟曰歌。《韓詩章句》曰：有章曲曰歌，無章曲曰謠。梁元帝《纂要》曰：齊歌曰謳，吳歌曰歈，楚歌曰艷，淫歌曰哇，振旅而歌曰凱歌，堂上奏樂而歌曰登歌，亦曰升歌。故歌曲有《陽陵》、《白露》、《朝日》、《魚麗》、《白水》、《白雪》、《江南》、《陽春》、《淮南》、《駕辯》、《淥水》、《陽阿》、《採菱》、《下里》、《巴人》，又有《長歌》、《短歌》、《雅歌》、《緩歌》、《浩歌》、《放歌》、《怨歌》、《勞歌》等行。漢世有《相和歌》，本出於街陌謳謠，而吳歌雜曲，始亦徒歌。復有《但歌》四曲，亦出自漢世，無弦節作伎，最先一人唱，三人和，魏武帝尤好之。時有宋容華者，清澈好聲，善唱此曲，當時特妙。自晉以後不復傳，遂絕。凡歌有因地而作者，《京兆》、《邯鄲歌》之類是也。有因人而作者，《孺子》、《才人歌》之類是也。有傷時而作者，微子《麥秀歌》之類是也。有寓意而作者，張衡《同聲歌》之類是也。寧戚以困而歌，項籍以窮而歌，屈原以愁而歌，卞和以怨而歌，雖所遇不同，至於發乎其情則一也。歷世以來，歌謠雜出，今並採錄，且以謠讖係其末云。

新樂府辭

樂府之名，起於漢魏，自孝惠帝時夏侯寬爲樂府令，始以名官。至武帝乃立樂府，採詩夜誦，有趙、代、秦、楚之謳。剛採歌謠被聲樂，其來蓋亦遠矣。凡樂府歌辭，在因聲而作歌者，若魏之三調歌詩，因弦管金石造歌以被之是也。有因歌而造聲者，若《清商》、《吳聲》諸曲，始皆徒歌，既而被之弦管是也。有有聲有辭者，若《郊廟》、《相和》、《鐃歌》、《橫吹》等曲是也。有有辭無聲者，若後人之所述作，未必盡被於金石是也。新樂府者，皆唐世之新歌也。以其辭實樂府，而未嘗被於聲，故曰新樂府也。元微之病後人沿襲古題，唱和重複，謂不如寓意古題，刺美見事，猶有詩人引古以諷之義。近代唯杜甫《悲陳陶》、《哀江頭》、《兵車》、《麗人》等歌行，率皆即事名篇，無復倚傍，乃與白樂天、李公垂輩謂是爲當，遂不復更擬古題。因劉猛、李餘賦樂府詩，咸有新意，乃作《出門》等行十餘篇。其有雖用古題，全無古義，則《出門行》不言離別，《將進酒》特書列女。其或頗同古義，全創新詞，則《田家》止述軍輸，《捉捕》請先螻蟻，如此之類，皆名樂府。由是觀之，自風雅之作以至於今，莫非諷興當時之事，以貽後世之審音者，儻採歌謠以被聲樂，則新樂府其庶幾焉。

詮賦第八

自淮南作《離騷傳》以來，論賦之言，略可見者數家。宣帝好《楚辭》，征被公，召見，誦讀。帝又云：辭賦大者與古詩同義，小者辯麗可喜，闢如女工有綺縠，音樂有鄭、衛，今世俗猶以此虞說耳目。辭賦比之，尚有仁義風諭、鳥獸草木多聞之觀，賢於倡優博弈遠矣。此讚揚辭賦之詞最先者。其後劉向、《藝文志》所載詩賦類論語。揚雄、《法言》所載凡數條。桓譚、《新論》有《道賦》篇，其他篇載揚子云論賦語數則。班固、《兩都賦序》。王充、《論衡》所載。魏文帝、《典論．論文》。陸機、《文賦》。皇甫謐、《三都賦序》。摯虞，《文章流別》。皆有論賦之詞，而以虞所論爲最明暢綜切，可以與舍人之說互證。其言曰：賦者，敷陳之稱，古詩之流也。前世爲賦者，有孫卿、屈原，尚頗有古詩之義，至宋玉，則多淫浮之病矣。謂《高唐》、《神女》、《登徒子好色》。《楚辭》之賦，賦之善者也，故揚子稱賦莫深於《離騷》；賈誼之作，則屈原儔也。又曰：古之作詩者，發乎情，止乎禮義，情之發，因辭以形之，禮義之旨，須事以明之，故有賦焉，所以假象盡辭，敷陳其志。古詩之賦，以情義爲主，以事類爲佐；今之賦，以事形爲主，以義正爲助。情義爲主，則言省而文有例矣，事形爲本，則言當而辭無常矣。文之煩省，辭之險易。蓋由於此。夫假象過大，則與類相遠；選辭過壯，則與事相違；辯言過理，則與義相失；麗靡過美，則與情相悖。此四過者，所以背大體而害政教。是以司馬遷割相如之浮說，揚雄疾辭人之賦麗以淫。觀彥和此篇，亦以麗詞雅義，符採相勝，風歸麗則，辭翦美稗爲要，蓋與仲治同其意旨。然自魏晉以降，賦體漸趨整練，而齊梁益之以妍華，江、鮑、徐、庾之作，蓋已不逮古處。自唐迄宋，以賦取士，創爲律賦，用便程式，命題貴巧，選韻貴險，其規矩則有破題頷接之稱，其精彩限於聲律對仗之內，故或謂賦至唐而遂絕，由其體盡變，非復古義也。今之作者，亦惟取法摯、劉之言，以合六義之旨斯可矣。

論賦源流，以本師所說爲核；評古之作者，以張皋文氏之言爲精。茲並錄之。

國故論衡辨詩篇一節

《七略》次賦爲四家：一曰《屈原賦》，二曰《陸賈賦》，三曰《孫卿賦》，四曰《雜賦》。屈原言情，孫卿效物，《陸賈賦》不可見，其屬有朱建、嚴助、朱買臣諸家，蓋縱橫之變也。揚雄賦本擬相如，《七略》相如與屈原同次，班生以揚雄賦隸陸賈下，蓋誤也。然言賦者多本屈原。漢世自賈生《惜誓》上接《楚辭》，《鵩鳥》亦方物《卜居》。而相如《大人賦》，自《遠遊》流變。枚乘大以《大招》、《招魂》散爲《七發》。其後漢武帝悼李夫人，班婕妤自悼，外及淮南、東方朔、劉向之倫，未有出屈、宋、唐、景外者也。孫卿五賦，寫物效情，《蠶》、《箴》諸篇，與屈原《橘頌》異狀。其後《鸚鵡》、《焦鷯》，時有方物。及宋世《雪月》、《舞鶴》、《赭白馬》諸賦放焉。《洞簫》、《長笛》、《琴笙》之屬，宜法孫卿，其辭義咸不類。徐幹有《玄猿》、《漏卮》、《圓扇》、《橘賦》諸篇，雜書徵引，時見一端，然勿能得全賦，大抵孫卿之體微矣。陸賈不可得蹤跡。雖然，縱橫者賦之本。古者誦詩三百，足以專對，七國之際，行人胥附，折衝於尊俎間，其說恢張譎宇，紬繹無窮，解散賦體，易人心志。魚豢稱魯連、鄒陽之徒，援譬引類，以解締結，誠文辯之雋也。武帝以後，宗室削弱，藩臣無邦交之禮，縱橫既黜，然後退爲賦家，時有解散。故用之符合，即有《封禪》、《典引》；用之自述，而《答客》、《解窗》興，文辭之繁，賦之末流爾也。雜賦有《隱書》者，傳曰，談言微中，亦可以解紛，與縱橫稍出入。淳於髡《諫長夜飲》一篇，純爲賦體，優孟諸家顧少耳。東方朔與郭舍人爲隱，依以譎諫，世傳《靈棋經》誠僞書，然其後漸流爲古佔繇矣。管輅、郭璞爲人佔皆有韻，斯亦賦之流也。自屈、宋以至鮑、謝，賦道既極，至於江淹、沈約，稍近凡俗。庾信之作，去古逾遠。世多慕《小圓》、《哀江南》輩，若以上擬《登樓》、《閒居》、《秋興》、《蕪城》之儕，其靡已甚。賦之亡蓋先於詩，繼隋而後，李白賦《明堂》，杜甫賦《三大禮》，誠欲爲揚雄台隸，猶幾弗及。世無作者，二家亦足以殿。自是賦遂泯絕。近世徒有張惠言，區區修補，黃山諸賦雖未至，庶幾李、杜之倫，承千年之絕業，欲以一朝復之，固難能也。然自詩賦道分，漢世爲賦者多無詩，自枚乘外，賈誼、相如、揚雄諸公不見樂府五言，其道與故訓相儷，故小學亡而賦不作。

七十家賦鈔序

凡賦七十家；二百六篇，通人碩士先代所傳奇辭奧旨備於此矣；其離章斷句，闕佚不屬者，與其文不稱詞者，皆不與是。論曰：賦烏乎統？曰：統乎志。志烏乎歸？

曰：歸乎正。夫民有感於心，有慨於事，有達於性，有郁於情，故有不得已者而假於言。言，象也，象必有所寓，其在物之變化，天之漻漻，地之嚣嚣，日出月入，一幽一昭，山川之崔蜀杳伏，畏佳林木，振硪谿谷，風雲霧霿，霆震寒暑，雨則爲雪，霜則爲露，生殺之代新而嬗故，鳥獸與魚，草木之華，蟲走蟻趨，陵變谷易，震動薄蝕，人事老少，生死傾植，禮樂戰鬥，號令之紀，悲愁勞苦，忠臣孝子，羈士寡婦，愉佚愕駭，有動於中，久而不去，然後形而爲言，於是錯綜其辭，回牾其理，鏗鎗其音，以求理其志。其在六經則爲《詩》，《詩》之義六：曰風、曰賦、曰比、曰興、曰雅、曰頌。六者之體，主於一而用其五，故風有雅頌焉，《七月》是也；雅有頌焉，有風焉，《烝民》、《崧高》是也。周澤衰，禮樂缺，《詩》終三百，文學之統熄，古聖人之美言，規矩之奧趣，郁而不發，則有趙人荀卿，楚人屈原，引詞表旨，譬物連類，述三五之道以譏切當世，振塵滓之澤，發方香之鬯，不謀同稱，並名爲賦。故知賦者，詩之體也。其後藻麗之士，祖述憲章，厥制益繁，然其能之者爲之，愉暢輸寫，盡其物，和其志，變而不失其宗；其淫宕佚放者爲之，則流遁忘返，壞亂而不可紀，譎而不觚，盡而不觳，肆而不衍。比物而不醜，其志潔，其物芳，其道杳冥而有常，此屈平之爲也，與風雅爲節，渙乎若翔風之運輕翮，灑乎若源泉之出乎蓬萊而注渤澥。及其徒宋玉、景差爲之，其質也華，然其文也縱而後反，雖然，其與物椎拍宛轉，泠汰其義，轂輠於物，芴芴乎古之徒也。剛志決理，輐斷以爲紀，內而不污，表而不著，則荀卿之爲也，其原出乎《禮經》，樸而飾，不斷而節。及孔臧、司馬遷爲之，章約句制，奡不可理，其辭深而旨文，確乎其不頗者也。其趣不兩，其於物無甥，若枝葉之附其根本，則賈誼之爲也，其原出於屈平，斷以正誼，不由其曼，其氣則引。費而不可執，循有樞，執有盧，頡滑而不可居，開決宦突，而與萬物都，其終也芴莫，而明神爲之槖，則司馬相如之爲也，其原出於宋玉，揚雄恢之，脅入竅出，緣督以及節，其超軼絕塵而莫之控也，其波駭石咢而沒乎其無垠也，張衡盰盰，塊若有餘，上與造物爲友，而下不遺埃墟，雖然，其神也充，其精也苶，及王延壽、張融爲之，傑格拮摋，鉤孑蕨捂，而俶佹可睹，其於宗也無蜕也。平敞通洞，博厚而中，大而無瓠，孫而無弧，指事類情，必偶其徒，則班固之爲也，其原出於相如，而要之使夷，昌之使明，及左思爲之，博而不沈，贍而不華，連犿焉而不可上。言無端崖，傲倪以爲質，以天下爲郛郭，入其中者，眩震而謬悠之，則阮籍之爲也，其原出於莊周，雖然，其辭也悲，其韻也迫，而憂患之辭也。塗澤律切，荂蕍紛悅，則曹植之爲也，其端自宋玉，而枅其角，摧其牙，離其本而抑其末，浮華之學者相與屍之，率以變古，曹植則可謂才士矣。搰搰乎改繩墨，易規矩，則佞之徒也。不搰於同，不獨於異，其來也首首，其往也曳曳，動靜與適，而不爲固植，則陸機、潘岳之爲也，其原出於張衡、曹植，矯矯乎振時之儁也，以情爲裡，以物爲裸，鑱雕風雲，琢削支鄂，其懷永而不可忘也。坌乎其氣，煊乎其華，則謝莊、鮑照之爲也，江淹爲最賢，其原出於屈平《九歌》，其掩抑沈怨，泠泠輕輕，其縱脫浮宕而歸大常，鮑照、江淹，其體則非也，其意則是也。逐物而不反，駘蕩而駁舛，俗者之圄而古是抗，其言滑滑而不背於塗奧，則庾信之爲也，其規步矱驟，則揚雄、班固之所引銜而控巒，惜乎拘於時而不能騁，然而其志達，其思哀，其體之變則窮矣，後之作者，概乎其未之或聞也。

鋪采摛文二句　李云：《詩・關雎正義》云：賦者，鋪陳今之政教善惡，其言通正變，兼美刺。又云：直陳其事不譬喻者皆賦辭。按彥和鋪採二語，特指辭人之賦而言，非六義之本源也。

傳雲三句　李云：此《毛詩・定之方中》傳文。《毛傳》登作升。傳言九能，能賦居第五。

結言拉韻　拉即短之訛別字。逢盛碑：命有悠拉。悠拉即修短也。《廣韻》上聲二十四，緩、短，都管切。拉同上。（焯案：唐人殘寫本拉正作短。）

荀況禮智　《荀子》賦篇所載六首，《禮》、《知》、《雲》、《蠶》、《箴》及篇末《僞詩》是也。茲錄《禮》、《知》二篇於下：

荀卿禮賦

爰有大物，非絲非帛，文理成章；非日非月，爲天下明。生者以壽，死者以葬；城郭以固，三軍以強；粹而王，駁而伯，無一焉而亡。臣愚不識，敢請之王。案此即彥和所云荀結隱語。下《知賦》同。王曰：此夫文而不採者與？簡然易知，而致有理者與？君子所敬，而小人所不者歟？性不得，則若禽獸，性得之，則甚雅似者與？匹夫隆之，則爲聖人，諸侯隆之，測一四海者與？致明而約，甚順而體。請歸之禮。禮，此一字題目上文，古書題多在文後，如《禮記．樂記》篇子貢問樂即其例。

荀卿知賦

皇天隆物，以示下民。或厚或薄，常不齊均。桀紂以亂，湯武以賢。涽涽淑淑，皇皇穆穆；周流四海，曾不崇日。君子以修，跖以穿室。大參乎天，精微而無形；行義以正，事業以成；可以禁暴足窮，百姓待之而後寧泰。楊注云：當爲泰寧。臣愚不識，願問其名。曰：此夫安寬平而危險隘者邪？修潔之爲親而雜污之爲狄者耶？狄讀爲逖。甚深藏而外勝敵者邪？法舜禹而能弇跡者邪？行爲動靜待之而後適者邪？血氣之精也，志意之榮也，百姓待之而後寧也，天下待之而後平也，明達純粹而無疵也，夫是之謂君子之知。

宋玉風鈞　宋賦自《楚辭》、《文選》所載外，有《諷》、《笛》、《鈞》、《大言》、《小言》、《舞》六篇，皆出《古文苑》。張皋文氏以爲皆五代宋人聚斂假託爲之。今錄《鈞賦》一篇於下。

宋玉釣賦

宋玉與登徒子偕受釣於玄洲。張皋文云：篇内洲字皆當作淵，按即蜎淵，亦即蜎蠉也。止而並見於楚襄王。登徒子曰，夫玄洲，天下之善釣者也，願王觀焉。王曰：其善奈何？登徒子對曰：夫玄洲釣也，以三尋之竿，八絲之線，餌若蛆蚓，鉤如細針，以出三赤之魚於數仞之水中，豈可謂無術乎？夫玄洲芳水餌，掛繳鉤，其意不可得，退而牽行，下觸清泥，上則波颺，玄洲因水勢而施之，一作善。頡之頏之，委縱收斂，與魚沈浮，及其解弛也，因而獲之。襄王曰：善。宋玉進曰：今察玄洲之釣，未可謂能持竿也，又烏足爲大王言乎？王曰：子之所謂善釣者何？玉曰：臣所謂善釣者，其竿非竹，其綸非絲，其鉤非針，其餌非蚓也。王曰：願遂聞之。宋玉對曰：昔堯、舜、禹、湯之釣也，以賢聖爲竿，道德爲綸，仁義爲鉤，祿利爲餌，四海爲池，萬民爲魚。釣道微矣，非聖人其孰能察之？王曰：迅哉説乎，其釣不可見也。宋玉對曰：其釣易見，王不察爾。昔殷湯以七十里，周文以百里，興利除害，天下歸之，其餌可謂芳矣。南面而掌天下，歷載數百，到今不廢，其綸可謂紉矣。群生浸其澤，民氓畏其罰，其釣可謂拘矣。拘一作善。案當爲竭。功成而不隳，名立而不改，其竿可謂強矣。若夫竿折綸絕，餌墜鉤決，波湧魚失，是則夏桀、商紂不通夫釣術也。今察玄洲之釣也，左挾魚罶，右執槁竿，立乎潢污之涯，倚乎楊柳之間，精不離乎魚喙，思不出乎鮒鯿，形容枯槁，神色憔悴，樂不役勤，役，張惠言改爲復。獲不當費，斯乃水濱之役夫也已，君王又何稱焉？王若見張改建。堯舜之洪竿，擴張改攄。湯禹之修綸，投立於瀆，視之於海，漫漫群生，孰非吾有？其爲大王之釣，不亦樂乎？

陸賈扣其端　賈賦今無可見。

皋翔已下，品物畢圖　皋賦今無可見。《漢書·枚皋傳》曰：皋爲文疾，受詔輒成，故所作者多。枚皋賦百二十篇。見《藝文志》。司馬相如善爲文而遲，故所作少而善於皋。

草區　草木賦《文選》無載者，茲錄魏文帝《柳賦》《西京雜記》載枚乘《柳賦》一篇，恐非眞作。以示例。

魏文帝柳賦 並序

昔建安五年，上與袁紹戰於官渡，時餘從行，始植斯柳，自彼迄今，十五載矣，感物傷懷，乃作斯賦，曰：

伊中域之偉木兮，瑰姿妙其可珍；稟靈祇之篤施兮，與造化乎相因。四氣邁而代運兮，去冬節而涉春；彼庶卉之未動兮，固肇萌而先辰。盛德遷而南移兮，星鳥正而司分；應隆時而繁育兮，揚翠葉之青純。修干偃蹇以虹指兮，柔條阿那而蛇伸；上扶疏而孛散兮，下交錯以龍鱗。在餘年之二七，植斯柳於中庭；始圍寸而高尺，今連拱而九成。嗟日月之逝邁，忽亹亹以遄征；昔周遊而處此，今倏忽而弗形；感遺物而懷故，俛悵惘以傷情。於是曜靈次乎鶉首兮，景風扇而增暖；豐宏陰而博覆兮，躬愷悌而弗倦；四馬望而傾蓋兮，行旅仰而回眷。秉至德而不伐兮，豈簡單而擇賤；會精靈而寄生兮，保休體之豐衍；惟尺斷而能植兮，信永貞而可羨。此賦王粲亦同作，而文不全。

枚乘兔園　《古文苑》載有此文，錯脫不可理。今就其所知，校釋如下：

枚乘梁王菟園賦

修竹檀欒（均）　夾池水（句）　旋菟目（均）旋，回旋之旋。並馳道（句）並，步浪切。臨廣衍（均）長冗坂（均）長冗二字有誤。〔故〕即坂字形近訛。徑一作正。〔於〕崑崙（均）於字疑衍。貇即貌字。觀相物〔芴焉〕芴即物字之誤。焉涉下字而衍。子兮字之誤也。有似乎西山（均），西山隑隑（均）企立之皃。卹一件邵。焉隗隗（均）、即隗字。高皃。巷嶐二字有誤。崣嵾嶘（句）　崟岩峷　即紆字如山爾。（嵸）涉上而誤。巍（均）（嵷）即巍字之誤。巍或作巋。巋旁俗書或作來。所謂追來爲歸也，山又訛爲巛。焉上有脫。暴熛（句）　激揚塵埃（均）蛇上有脫文。龍（句）　奏林薄（句）　（竹）疑衍。遊風踴焉（句）　秋風揚焉（句）　滿庶庶焉（句）紛紛紜紜（句）　騰踴雲亂（均）　枝葉翬散（均）　摩疑當作麾。（來）涉上而形誤。幡幡焉（均）　溪谷沙石（句）　涸波沸日（句）湲（湲）即湲之誤。疾東流（句）　連焉轔轔（均）　陰發緒此三字有誤。菲菲（句），誾誾歡擾（句）　昆即鵾之省。雞蝭一作鶊。蛙（均）即鶗鴂也。倉庚密切（句）　別烏相離（均）　哀鳴其中（均）　若乃附巢蹇鷙二字有誤。之傳於列樹也（句） 欐欐讀與蓰同。若飛雪之重弗麗三字有誤。也（句） 西望西山（句） 山鵲野鳩（均） 白鷺鶻桐（均） 蓋鶻鵃之誤。鸊鶂鴒雕（均） 翡翠鴝鴿（均） 守蓋鴙字之訛。《爾雅》：鴙，天狗。狗戴勝（句） 巢枝穴藏（句） 被塘臨谷（句） 聲音相聞（句） 喙讀爲味。尾離屬（均） 翱翔群熙（均） 交頸接翼（均） 闔而未至（句） 徐飛翋𦑸（均）即颯沓。往來霞水（句） 離款而沒合（均） 疾疾紛紛（均） 若塵埃之間白雲（均）也 予之幽冥（句）予字有誤。究之乎無端（均） 於是晚春早夏（句） 邯鄲襄國易陽之容麗人及其燕飾子相子予之訛。讀爲與。雜還而往款（均）焉 車馬接軫相屬（均） 方輪錯轂（均） 接服何字有誤。騁（句） 披銜跡蹶（均） 自奮增絕（均） 怵惕騰躍（均） 水字有誤。意而未發（均） 因更陰逐心相秩奔一作奮，一作奪。六字有誤。隧與墜字同。林臨河（句） 怒氣未竭（均） 羽蓋繇繁字之說。起（句） 被以紅沫 濛濛若雨委雪（均） 高冠扁（均）即翩之省。焉長劍閒（均）《文選・宦者傳論》注引作閈。蓋讀爲岸。焉 左挾彈焉（均） 右執鞭焉（均） 日移樂衰（句） 遊觀西園（均） （之芝）二字並涉下衍。芝成宮闕（句） 枝葉榮茂（均） 選擇純熟（句） 挈取含苴（均）讀與咀同。復取其次（均） 顧賜從者（均） 於是從容安步（均） 鬥雞走兔（均） 俯仰釣射（均） 煎熬炮炙（均） 極歡到莫（均） 若乃夫郊採桑之婦人兮 袿裼錯紆（均） 連袖方路（均） 摩貤陀之訛。長髲（句）髮之訛。便娟數顧（均）《文選》謝靈運《會吟行》注引作若採桑之女、連褰方路。磨陀長髻。便娟數顧。芳溫往來（均） 接精之訛。神（連）即神字訛衍。才結（句） 已諾不分（均） 縹並讀爲絕。進靖（句）請之訛。儐讀如嚬。笑連便（均） 不可忍視也（均） 於是婦人先稱曰（句） 春陽生兮萋萋（均） 不才子兮心哀（均） 見嘉客兮

不能歸（均） 桑萎蠶飢 中人望（句） 奈何

偉長博通 徐幹賦，《典論》所稱《玄猿》、《漏卮》、《圓扇》、《橘賦》四篇，並皆不存，所存賦無一完者。惟《齊都賦》一篇多見徵引，劣能窺其體勢耳。

彥伯梗概 袁宏賦存者亦無完篇。《晉書．文苑傳》曰：宏有逸才，文章絕美，累遷大司馬桓溫府記室，溫重其文筆，專綜書記。後爲《東征賦》，賦末列稱過江諸名德，而獨不載桓彝。時伏滔先在溫府，又與宏善，苦諫之，宏笑而不答。溫知之，甚忿，而憚宏一時文宗，不欲令人顯問。後遊青山飲歸，命宏同載，衆爲之懼。行數里，問宏云：聞君作《東征賦》，多稱先賢，何故不及家君？答曰：尊公稱謂，非下官敢專，既未遑啓，不敢顯之耳。溫疑不實，乃曰：君欲爲何辭？宏即答云：風鑒散朗，或搜或引，身雖可亡，道不可隕，宣城之節，信義爲允也。溫泫然而止。宏賦又不及陶侃，侃子胡奴嘗於曲室抽刃問宏曰：家公勳跡如此，君賦云何相忽？宏窘急，答曰：我已盛述尊公，何乃言無？因曰：精金百汰，在割能斷，功以濟時，職思靜亂，長沙之勳，爲史所讚。胡奴乃止。從桓溫北征，作《北征賦》，皆其文之高者。嘗與王珣、伏滔同在溫坐，溫令滔讀其《北征賦》，至聞所傳於相傳，雲獲麟於此野，誕靈物以瑞德，奚授體於虞者，疚尼父之洞《世說新語．文學》篇注作慟，是也。泣，似實慟而非假，豈一性《世說》注作物。之足傷，乃致傷於天下。其本至此便改韻，珣云：此賦方傳千載，無容率爾。今於天下之後，移韻徙事，然於寫送之致，似爲未盡。滔云：得益寫韻一句，或爲小勝。溫曰：卿思益之。宏應聲答曰：感不絕於餘心，愬《世說》作溯。流風而獨寫。珣誦味久之，謂滔曰：當今文章之美，故當共推此生。

組織之品朱紫二句　本司馬相如語意。《西京雜記》載相如之詞曰：合纂組以成文，列錦繡以爲質，一經一緯，一富一商，此賦之跡也。若賦家之心，控引天地，總覽人物，錯綜古今，此得之於內，不可得而言傳。

辭翦美稗　美當作荑。《孟子・告子》上：不如荑稗。荑與稊通。

頌讚第九

彥和分序文體，自《明詩》以下凡二十篇，韻文之屬十又一，《明詩》盡《諧讔》加以《封禪》一首是也。詳夫文體多名，難可拘滯，有沿古以爲號，有隨宜以立稱，有因舊名而質與古異，有創新號而實與古同，此唯推跡其本原，診求其旨趣，然後不爲名實玄紐所惑，而收以簡馭繁之功。

頌　《周禮·太師》注曰：頌之言誦也，容也；誦今之德，廣以美之。是頌本兼誦、容二誼。以今考之，誦其本誼，頌爲借字，而形容頌美，又緣字後起之誼也。詳《大司樂》以樂語教國子，興、道、諷、誦、言、語。注曰：倍文曰諷，以聲節之曰誦。疏曰：諷是直言無吟詠，誦則非直背文，又爲吟詠，以聲節之。又瞽蒙諷誦詩。注曰：謂暗讀之，不依詠也。蓋不依詠者，謂雖有聲節，而仍不必與琴瑟相應也。然則誦而不依詠，即與歌之依詠者殊，故《左傳》襄十四年云：衛獻公使太師歌《巧言》之卒章，師曹請爲之，公使歌之，遂誦之。又廿八年傳云：叔孫穆子食慶封，使工爲之誦《茅鴟》。又《毛詩·鄭風·子衿》傳云：古者教以詩樂，誦之歌之，弦之舞之。據此諸文，是詩不與樂相依，即謂之誦。故《詩》、《嵩高》、《烝民》曰：吉甫作誦。《國語·周語》曰：瞍賦蒙頌。《楚語》曰：宴居有師工之誦。《樂師》先鄭注云：敕爾瞽，率爾眾工，奏爾悲誦。此皆頌字之本誼。及其假借爲頌，而舊誼猶時有存。故《太卜》其頌千有二百，卜繇也而謂之誦。侖章歙𪊲頌，風也而謂之頌。瞽蒙諷誦詩，後鄭曰：諷誦詩，謂廞作柩謚時也，諷誦王治功之詩以爲謚，則誄也而亦謂之頌。《九夏》之章，後鄭以爲頌之類，則樂曲也而亦可謂之頌。此頌名至廣之證也。厥後《周頌》以容告神明爲體，《商頌》雖頌德，而非告成功；《魯頌》則與風同流，而特借美名以示異。是則頌之誼，廣之則籠罩成韻之文，狹之則唯取頌美功德。至於後世，二義俱行。屬前義者，《原田》、《裘韠》，屈原《橘頌》，馬融《廣成》，本非頌美，而亦被頌名。屬後義者，則自秦皇刻石以來，皆同其致；其體或先序而後結韻，或通篇全作散語。如王子淵《聖主得賢臣頌》是。又或變其名而實同頌體，則有若贊，彥和云：頌家之細條。有若祭文，彥和云：中代祭文，兼讚言行。有若銘，《左傳》論銘云：天子令德，諸侯計功，大夫稱伐。又始皇上泰山刻石頌秦德，而彥和《銘箴》篇稱之曰銘。有若箴，《國語》云：工誦箴諫。有若誄，彥和云：傳體而頌文。有若碑文，彥和云：標序盛德，昭紀鴻懿，此碑之制也。漢人碑文多稱頌，如《張遷碑》名表頌，此施於死者。蔡邕《胡公碑》云：樹石作頌。《胡夫人靈表》稱頌曰。此施於死者。有若封禪，彥和云：歌德銘勳，乃鴻績耳。其實皆與頌相類似。此則頌名至廣，用之者或以爲局，頌類至繁，而執名者不知其同然，故不可以不審察也。《文章流別論》云：頌，詩之美者也。古者聖帝明王功成治定而頌聲興，於是史錄其篇，工歌其章，以奏於宗廟，告於鬼神，故頌之所美者，聖王之德也，則以爲律呂，或以頌聲，或以頌形，其細已甚，非古頌之意。昔班固爲《安豐戴侯頌》，史岑爲《出師頌》、《和熹鄧後頌》，與《魯頌》體意相類，而文辭之異，古今之變也。揚雄《充國頌》，頌而似雅，傅毅《顯宗頌》，文與《周頌》相似，而雜以風雅之意。若馬融《廣成》、《上林》之屬，純爲今賦之體，而謂之頌，失之遠矣。案仲治論頌，多爲彥和所取，然於頌之源流變體有所未盡。故今補述之如上云。

秦政刻文

《史記》載泰山、瑯玡台、之罘、東觀、碣石、會稽刻石文凡六篇，獨不載鄒嶧山刻石文。案秦刻石文多三句用韻，其後唐元結作《大唐中興頌》，而三韻輒易，清音淵淵，如出金石，說者以爲創體，而不知遠效秦文也。

孟堅之序戴侯　文今佚。

武仲之美顯宗　並有上頌表，見《文選·責躬詩》注，而文皆佚。

史岑之述熹後　此史岑字孝山，在和帝時，與王莽時謁者史岑字子孝者爲二人，見《文選·出師頌》注。《和熹頌》今亦佚。

班傅之北征西巡　班有《竇將軍北征頌》、《東巡頌》、《南巡頌》；傅有《竇將軍北征頌》、《西征頌》。班之《北征頌》在《古文苑》。

馬融之廣成上林　《廣成頌》見《後漢書》本傳。《上林》無可考，黃注謂《上林》疑作《東巡》。案《全後漢文》十八有《東巡頌》佚文，其體頗與《廣成》相類。

崔瑗文學　案南陽《文學頌》見《全後漢文》四十五，蓋南陽文學官志之頌也。

陳思所綴，以皇子爲標　文見《全三國文》十七。

頌惟典雅至汪洋以樹義　陸士衡《文賦》云：頌優遊以彬蔚。李善注云：頌以褒述功美，以辭爲上，故優遊彬蔚。案彥和此文敷寫似賦二句，即彬蔚之說；敬愼如銘二句，即優遊之說。

贊　彥和兼舉明、助二義，至爲賅備。詳贊字見經，始於《臯陶謨》。鄭君注曰，明也。蓋義有未明，賴讚以明之。故孔子贊《易》，而鄭君復作《易贊》，由先有《易》而後贊有所施，《書贊》亦同此例。至班孟堅《漢書贊》，亦由紀傳意有未明，作此以彰顯之，善惡並施。故贊非讚美之意。太史書每紀、傳、世家後稱太史公曰，亦同此例。荀悅改名曰論。自是以後，或名序，或名論，或名評，或名議，或名述，或名奏，要之皆贊體耳。至於歷敘紀傳用意爲韻語，首自《太史公自序》。班孟堅《敘傳》則曰述某紀，范氏則又改用贊名。而後史或全不用贊，如《元史》。或其人非善，則亦不贊。如《明史·流賊傳》是。此緣以贊爲美，故歧誤至斯。劉向《列女傳》亦頌孽嬖。史贊之外，若夏侯孝若《東方朔畫贊》，則贊爲畫施；陸士龍《榮啓期贊》亦同。郭景純《山海經》、《爾雅》《圖贊》，則贊爲圖起，此贊有所附著，專以助爲義者也。若乃空爲贊語以形狀事物，則是頌之細條，故亦與頌互稱。陸士衡《高祖功臣頌》，與袁彥伯《三國名臣贊》同體。郭景純《山海經圖贊》，與江文通《閩中草木頌》同體。晉左貴嬪有《德柔頌》，又有《德剛贊》，文體如一，而別二名，故知相通。蓋始自相如贊荊軻，而其文不傳，無以知其結體何若。後之爲贊，則大都四言用韻爲多，若施之於人事，若戴安道《閒遊贊》之屬；施之於技藝，若崔子玉《草書勢》之屬，皆贊之流類矣。贊之精整可法，以范蔚宗《後漢書贊》爲最，自云：贊自是吾文之傑思，幾無一字虛設。由今觀之，自陸、袁以降，誠未有美於詹事者也。

伊陟贊於巫咸 《書》序文。

以唱拜爲贊 漢代祝文亦稱贊饗，見《郊祀志》。

托贊褒貶 謂紀傳後《史記》稱太史公曰，《漢書》稱讚曰之類。

紀傳後評 謂《太史公自序》述每篇作意，如云作《五帝本紀》第一之類。《漢書·敘傳》亦仿其體，而云述《高祖本紀》第一。諸紀傳評皆總萃一篇之中，至范氏《後漢書》始散入各紀傳後，而稱爲贊，其用韻則正馬、班之體也。

景純注雅　案景純《爾雅圖贊》，《隋志》已亡，嚴氏可均輯錄得四十八篇。

事生奬歎　案奬嘆即託贊褒貶，非必純爲讚美。

促而不廣　案四言之贊，大抵不過一韻數言而止，惟東方《畫贊》稍長。《三國名巨序贊》及漢書偶一換韻。至崔子玉《草書勢》，蔡伯喈《篆勢》、《隸勢》，則又似賦矣。唐世司空圖《二十四詩品》，造語精警，亦贊之美者也。

議對第二十四

周愛諮謀，是謂爲議　《說文》言部：議，語也。論，議也。謀，慮難曰謀。口部：謀事曰咨。然則議亦論事之泛稱。

魯桓務議　李詳云：《十駕齋養新錄》引惠學士士奇云：按文當作魯僖預議，預與與同，傳寫訛爲務耳。詳按《史記・酈生陸賈列傳》云：將相調和，則士務附。《集解》徐廣曰：務一作豫，豫與預通，作務未爲不可。侃案惠說是，以通假說之轉迂。

始立駁議　《後漢書・胡廣傳》注引《漢雜事》曰：凡群臣之書通於天子者四品，一曰章，二曰奏，三曰表，四曰駁議。

劉歆之辨於祖宗　文載《漢書・韋賢傳》。班彪讚曰：考觀諸儒之議，劉歆博而篤矣。

張敏之斷輕侮　文見《後漢書・張敏傳》：建初中，有人侮辱人父者，而其子殺之，肅宗貰其死刑而降宥之。自後因以爲比。是時遂定其議，以爲輕侮法。敏駁議曰：「夫輕侮之法，先帝一切之恩，不有成科，班之律令也。夫死生之決，宜從上下；猶天之四時，有生有殺。若開相容恕，著爲定法者，則是故設奸萌，生長罪隙。孔子曰：民可使由之，不可使知之。《春秋》之義，子不報仇，非子也。而法令不爲之減者，以相殺之路不可開故也。今托義者得減，妄殺者有差，使執憲之吏，得設巧詐，非所以導在醜不爭之義。又輕侮之比，浸以繁滋，至有四五百科，轉相顧望，彌復增甚，難以垂之萬載。臣聞師言：救文莫如質。故高帝去煩苛之法，爲三章之約。建初詔書有改於古者，可下三公廷尉蠲除其敝。」議寢不省。敏復上疏曰：「臣敏蒙恩，特見拔擢；愚心所不曉，迷意所不解，誠不敢苟隨眾議。臣伏見孔子垂經典，皋陶造法律，原其本意，皆欲禁民爲非也。未曉輕侮之法，將以何禁？必不能使不相輕侮，而更開相殺之路，執憲之吏，復容其奸枉。議者或曰：平法當先論生。臣愚以爲天地之性，唯人爲貴，殺人者死，三代通制，今欲趣生，反開殺路，一人不死，天下受敝。記曰：利一害百，人去城郭。夫春生秋殺，天道之常；春一物枯即爲災，秋一物華即爲異。王者承天地，順四時，法聖人，從經律。願陛下留意下民，考尋利害，廣令平議，天下幸甚。」和帝從之。

郭躬之議擅誅　事見《後漢書・郭躬傳》。永平中，奉車都尉竇固出擊匈奴，騎都尉秦彭爲副。彭在別屯，而輒以法斬人。固奏彭專擅，請誅之。顯宗乃引公卿朝臣平其罪科。躬以明法律召入議。議者皆然固奏。躬獨曰：於法，彭得斬之。帝曰，軍征，校尉一統於督。彭既無斧鉞，可得專殺人乎？躬對曰：一統於督者，謂在部曲也。今彭專軍別將，有異於此。兵事呼吸，不容先關督師；且漢制，棨戟章懷注：有衣之戟曰棨。即爲斧鉞，於法不合罪。帝從躬議。

程曉之駁校事　文見《魏志・程昱傳》：時校事放橫。俞正燮《癸巳存稿》七《校事考》曰：魏、吳有校事官，似北魏之候官，明之廠衛。《徐邈傳》云：邈爲尚書郎，私飲，沈醉。校事趙達問以曹事。邈曰：中聖人。達白之太祖。《高柔傳》云：宜陽典農劉龜於禁地內射兔，功曹張京詣校事言之，帝匿京名，收龜付獄。《衛臻傳》云：殿中監擅收蘭台令史。臻言：校事侵官，類皆如此。《高桑傳》云：太祖置校事盧洪、趙達等，使察群下。柔言：達等擅作威福。太祖曰：要使刺舉而辦眾事，使賢人君子爲之，則不能也。其言任人，可云至暢。《常林傳》注：《魏略》云：

沐並爲成皋令，校事劉肇出過縣，遣人呼縣吏，求索藁谷。未具之間，桀入從人之並閣下，呴呼罵詈。並怒，躧履提刀而出，多從吏卒收肇。肇覺，驅走，具以狀聞。有詔，肇爲牧司爪牙吏。收並，欲殺之。是黃初中事，其制未革也。

曉上疏曰：「《周禮》云：設官分職，以爲民極。《春秋傳》曰：天有十日，人有十等。愚不得臨賢，賤不得臨貴，於是並建聖哲，樹之風聲，明試以功，九載考績，各修厥業，思不出位。故欒書欲拯晉侯，其子不聽；死人橫於街路，邴吉不問。上不責非職之功，下不務分外之賞，吏無兼統之勢，民無二事之役，斯誠爲國要道，治亂所由也。遠覽典志，近觀秦漢，雖官民改易，職司不同，至於崇上抑下，顯分明例，其致一也。初無校事之官，干與庶政者也。昔武皇帝大業草創，衆官未備，而軍旅勤苦，民心不安，乃有小罪，不可不察，故置校事，取其一切耳。然檢御有方，不至縱恣也。此霸世之權宜，非帝王之王典。其後漸蒙見任，復爲疾病，轉相因仍，莫正其本，遂令上察宮廟，下攝衆司，官無局業，職無分限，隨意任情，唯心所適。法造於筆端，不依科詔，獄成於門下，不顧復訊。其選官屬，以謹慎爲粗疏，以謥詷爲賢能；其治事，以刻暴爲公嚴，以循理爲怯弱。外則托天威以爲聲勢，內則聚群奸以爲腹心，大臣恥與分勢，含忍而不言；小人畏其鋒芒，郁結而無告。至使尹摸公於日下肆其奸慝，罪惡之著，行路皆知，纖惡之過，積年不聞。既非《周禮》設官之意，又非《春秋》十等之義也。今外有公卿將校總統諸署，內有侍中尚書綜理萬機，司隸校尉督察京輦，禦史中丞董攝宮殿，皆高選賢才以充其職，申明科詔以督其違。若此諸賢猶不足任，校事小吏益不可信；若此諸賢各思盡忠，校事區區亦復無益。若更高選國士以爲校事，則是中丞司隸重增一官耳。

若如舊選，尹摸之奸，今復發矣。進退推算，無所用之。昔桑弘羊爲漢求利，卜式以爲獨烹弘羊，天乃可雨。若使政治得失必感天地，臣恐水旱之災，未必非校事之由也。曹恭公遠君子，近小人，《國風》托以爲刺；衛獻公捨大臣與小臣謀，定姜謂之有罪。縱今校事有益於國，以禮義言之，尚傷大臣之心。況奸回暴露，而復不罷，是袞闕不補，迷而不反也。」於是遂罷校事官。裴注引曉別傳曰：曉大著文章，多亡失，今之存者不能十分之一。案如此言，則本文士，故其文峻利允當若是矣。

司馬芝之議貨錢　黃注引《司馬芝傳》，今傳無其文，蓋妄引也。《晉書・食貨志》云：魏文帝黃初二年，以谷貴，始罷五銖錢，使百姓以谷帛爲市買。至明帝代，錢廢谷用既久，人間巧僞漸多，競濕谷以要利，作薄絹以爲市，雖處以嚴刑，而不能禁也。司馬芝等舉朝大議，以爲用錢非徒豐國，亦所以省刑也，今若更鑄五銖，於事爲便。帝乃更立五銖錢。案芝議可見者，僅此數言而已。

何曾蠲出女之科　案曾使程咸上議，非曾自撰。全文見《晉書・刑法志》：「夫司寇作典，建三等之制；甫侯修刑，通輕重之法。叔世多變，秦立重辟，漢又修之，大魏承秦漢之弊，未及革制，所以追戮已出之女，誠欲殄醜類之族也。然則法貴得中，刑慎過制。臣以爲女人有三從之義，無自專之道。出適他族，還喪父母，降其服紀，所以明外成之節，異在室之恩。而父母有罪，追刑已出之女；夫黨見誅，又有隨姓之戮。一人之身，內外受辟。今女既嫁，則爲異姓之妻，如或產育，則爲他族之母，此爲元惡之所忽，戮無辜之所重；於防則不足懲奸亂之源，於情則傷孝子之心；男不得罪於他族，而女獨嬰戮於二門，非所以哀矜女弱，蠲明法制之本分也。臣以為在室之女，從父母之誅；既醮之婦，從夫家之罰。宜改舊科，以為永制。」

秦秀定賈充之謚　見《晉書．秦秀傳》：充舍宗族弗授，而以異姓為後，悖禮溺情，以亂大倫。昔鄫養外孫莒公子為後，《春秋》書莒人滅鄫。聖人豈不知外孫親邪？但以義推之，則無父子耳。又案詔書，自非功如太宰，始封無後如太宰，所取必己自出如太宰，不得以為比。然則以外孫為後，自非元功顯德不之得也。天子之禮，蓋可然乎？絕父祖之血食，開朝廷之禍門。案謚法：昏亂紀度曰荒，請謚荒公。秀又有何曾謚議，文繁不備錄。

應劭為首　《後漢書．劭傳》載有《駁韓卓募兵鮮卑議》及《追駁尚書陳忠活尹次史玉議》二首。

傅咸為宗　《晉書．禮志》載有咸議二社表，及駁成粲議太社，又本傳載咸為司隸校尉，劾王戎，御史中丞解結以咸為違典制，越局侵官。咸上書自辨，其辭甚繁。李充《翰林論》曰：嚴輯。世以傅長虞每奏駁事，為邦之司直矣。

陸機斷議　案此謂士衡議《晉書》限斷也。李充《翰林論》曰：在朝辨政而議奏書，宜以遠大為本。陸機議晉斷，亦名其美矣。諛辭正謂諂諛之辭。紀雲諛當作腴。未知何據？陸文已闕，《全晉文》九十七。錄其數語：

三祖實終為臣，故書為臣之事，不可不如傳，此實錄之謂也。而名同帝王。故自帝王之籍，不可以不稱紀，則追王之義。

郊祀必洞於禮四句　論議之文，無一可以陵虛構造，必先習其事，明其委曲，然後可以建言。虛張議論，而無當於理，此乃對策八面鋒之技，非獨不能與於文章之數，亦言政者所憎棄也。彥和此四語，眞扼要之言。

鼂錯仲舒公孫杜欽　各見《漢書》本傳。

及後漢魯丕，辭氣質素　袁宏《後漢紀》十六載丕舉賢良方正對策文如下：

政莫先於從民之所欲，除民之所惡，先教後刑，先近後遠。君爲陽，臣爲陰；君子爲陽，小人爲陰；京師爲陽，諸夏爲陰；男爲陽，女爲陰；樂和爲陽，憂苦爲陰；各得其所，則調和。精誠之所發，無不感浹。吏多不良，在於賤德而貴功欲速，莫能修長久之道。古者貢士，得其人者有慶，不得其人者有讓。是以舉者務力行，選舉不實，咎在刺史二千石。《書》曰：天工人其代之。觀人之道，幼則觀其孝順而好學，長則觀其慈愛而能教，設難以觀其謀，煩事以觀其治，窮則觀其所守，達則觀其所施，此所以核之也。民多貧困者急，急則致寒，寒則萬物多不成，去本就末，奢所致也。制度明則民用足。刑罰不中，則於名不正。正名之道，所以明上下之稱，班爵號之制，定卿大夫之位也。獄訟不息，在爭奪之心不絕。法者，民之儀表也，法正則民慤。吏民凋弊，所從久矣，不求其本，浸以益甚。吏致多欲速，又州官秩卑而任重，競爲小功，以求進取，生凋弊之俗。救弊莫若忠。故孔子曰：孝慈則忠。治奸詭之道，必明慎刑罰。孔子曰：導之以禮樂，而民和睦，說以犯難，民忘其死。死且忘之，況使爲禮義乎？

斷理必綱　此句與下句一意相足，云擿辭無懦，則此綱字爲剛字之訛。《檄移》篇贊：三驅弛剛。彼文本作網，訛爲綱，又訛爲剛；此則剛反訛綱矣。

書記第二十五

聖賢言辭，總謂之書，書之爲體，主言者也　案箸之竹帛謂之書，故《說文》曰：箸也。聿部。傳其言語謂之書，故《說文》曰：如也。序。是則古代之文，一皆稱之曰書。故外史稱三皇五帝之書；又小史以書敘昭穆之俎簋。又小行人及其萬民之利害爲一書；其禮俗、政事、教治、刑禁之逆順爲一書；其悖逆、暴亂、作慝、猶與欲同。犯順者爲一書；其札喪、凶荒、厄貧爲一書；其康樂、和親、安平爲一書。據此諸文，知古代凡箸簡策者，皆書之類。又記者，疏也。《說文》言部。疋，記也。《說文》疋部。知記之名，亦緣有文字箸之竹帛，不限於告人，故書記之科，所包至廣。彥和謂書記廣大，衣被事體，筆札雜名，古今多品，是眞能悉文章之原者。紀氏乃欲刪其繁文，是則有意狹小文辭之封域，烏足與知舍人之妙誼哉？

文翰頗疏　古者使受辭命而行，且簡牘繁累，故用書者少。其見於傳，與人書最先，實爲鄭子家。

繞朝贈士會以策　此用服義也。《左傳》文十三年《正義》曰：服虔云：繞朝以策書贈士會。若杜注則云：策，馬撾，臨別授之馬撾，並示己所策以示情。《正義》曰：杜不然者。壽餘請訖，士會即行，不暇書策爲辭；且事既密，不宜以簡贈人。傳稱以書相與，皆云與書，此獨不宜云贈之以策，知是馬撾。據此，解作馬策正是。而紀氏乃云杜氏誤解爲書策，毋亦勞於攻杜，而逸於檢書乎！

子家與趙宣子書　見《左傳》文十七年。

巫臣之遺子反　見《左傳》成七年。

子產之諫范宣　見《左傳》襄二十四年。

辭若對面　觀此益知書所以代言語矣。

七國獻書　今可見者，若樂毅《報燕惠王書》、魯連《遺燕將書》、荀卿《與春申君書》、李斯《諫逐客書》、張儀《與楚相書》，皆是。

漢來筆札　札與牘同，東方朔上書用三千牘，是漢時用紙時少，用木時多。又後稱尺牘，漢稱短書。古詩：袖中有短書，願寄雙飛燕是也。

史遷之報任安　見《漢書．司馬遷傳》及《文選》。

東方朔之難公孫　李詳云：《御覽》四百六引東方朔《與公孫弘書》：蓋聞爵祿不相責以禮，同類之遊，不以遠近爲是。故東門先生居蓬戶空穴之中，而魏公子一朝以百騎日造之；呂望未嘗與文王同席而坐，一朝讓以天下半。夫丈夫相知，何必以撫塵而遊，垂發齊年，偃伏以日數哉。玩其辭氣，似與公孫弘不協，疑即此書矣。

楊惲之酬會宗　見《漢書．楊惲傳》及《文選》。

子雲之答劉歆　歆書子雲答書並見《方言》卷首，茲錄於下：

劉子駿與楊雄書從取方言

歆叩頭。昨受詔，宓(當爲案)。五官郎中田儀與官婢陳徵、駱驛等私通，盜刷越巾事，即其夕竟。歸府，詔問三代、周、秦軒車使者，遒人使者，以歲八月巡路，宋代語僮謠歌戲，欲頗得其最目。因從事郝隆宷之有日，篇中但有其目，無見文者。歆先君數爲孝成皇帝言：當使諸儒共集訓詁，《爾雅》所及，五經所詁不合《爾雅》者，詁籒爲病；及諸經氏誤字。之屬皆無證驗，博士至以窮。世之博學者偶有所見，非徒無主而生是也。會成帝未以爲意，先君又不能獨集。至於歆身，修軌不暇，何偟更創。屬聞子雲獨採集先代絕言，異國殊語，以爲十五卷，其所解略多矣，而不知其目。非子雲澹雅之才，沉郁之思，不能經年銳精，以成此書，良爲勤矣。歆雖不遘當爲逮。過庭，亦克識先君雅訓，三代之書，蘊藏於家，直不計耳。今聞此，甚爲子雲嘉之已。今聖朝留心典誥，發精於殊語，欲以驗考四方之事，不勞戎馬高車之使，坐知傜俗，適子雲攘意之秋也。不以是時發倉廩以振贍，殊無爲明語。將何獨挈之寶，上以忠信明於上，不以置恩於罷朽，所謂知蓄積、善布施也。蓋蕭何造律，張倉推歷，皆成之於帷幕，貢之於王門，功列於漢室，名流於無窮。誠以隆秋之時，收藏不殆，當爲怠。譏春之歲，散之不疑，故至於此也。今謹使密人奉手書，願頗與其最目，使得入篆，今聖朝留明明之典。歆叩頭叩頭。

揚子雲答劉歆書

雄叩頭。賜命謹至，又告以田儀事。事窮竟白，案顯出，甚厚甚厚。田儀與雄同鄉里，幼稚爲鄰，長艾相更，視覬動精彩，似不爲非者，故舉至之，雄之任也。不意淫迹暴於官朝，令舉者懷赧而低眉，任者含聲而冤舌。知人之德，堯猶病諸，推何慚焉！叩頭叩頭。又敕以《殊言》十五卷，君何由知之？謹歸誠底里，不敢違信。雄少不師章句，亦於五經之訓所不解。嘗聞先代輶軒之使，奏籍之書，皆藏於周秦之室。及其破也，遺棄無見之者。獨蜀人有嚴君平、臨邛林閭翁孺者，深好訓詁，猶見輶軒之使所奏言。翁孺與雄外家牽連之親，又君平過誤，有以私遇，少而與雄也。君平財有千言耳。翁孺梗概之法略有。翁孺往數歲死，婦蜀郡掌氏子，無子而去。而雄始能草文，先作《縣邸銘》、《玉佴當爲王爾．頌》、《階闥銘》及《成都城四隅銘》。蜀人有楊莊者，爲郎，誦之於成帝。成帝好之，以爲似相如，雄遂以此得外見。《文選．甘泉賦》注無外字。此數者，皆都水君常見也，故不復奏。雄爲郎之歲，自奏少不得學，而心好沈博絕麗之文，願不受三歲之奉，且休脫直事之繇，得肆心廣意以自克就。有詔：可不奪奉，令尚書賜筆墨錢六萬，得觀書於石室。如是後一歲，作《繡補》、《靈節》、《龍骨》之銘詩三章。成帝好之，遂得盡意。故天下上計孝廉及內郡衛卒會者，雄常把三寸弱翰，齎油素四尺，以問其異語，歸即以鉛摘次立於槧，二十七歲於今矣。而語言或交錯相反，方覆論思，詳悉集之，燕其疑。張伯松不好雄賦頌之文，然亦有以奇之。常爲雄道言其父及其先君竦祖敞也。憙典訓，屬雄以此篇目頗示其成者。伯松曰：是懸諸日月不刊之書也。又言：恐雄爲《太玄經》，由鼠坻之與牛場也。如其用，則實五稼飽邦民；否則爲牴糞，棄之於道矣。而雄般當爲服。之。伯松吉雄獨何德慧，惠同。而君與雄獨何譖隟，當匿乎哉？其不勞戎馬高車，令人君坐帷幕之中，知絕遐異俗之語，典流於崑嗣，言列於漢籍，誠雄心所絕極，至精之所想遘也扶。當爲夫。聖朝遠照之明，使君宷此。如君之意，誠雄散之之會也。死之日，則今之榮也。不敢在貳，不敢有愛。少而不以行立於鄉里，長而不以功顯於縣官，著訓於帝籍，但言詞博覽，翰墨爲事，誠欲崇而就之，不可以遺，不可以怠。即君必欲脅之以威，陵之以武，欲令入立於此，此又未定，未可以見，令君又終之，則縊死以從命也。而可且寬假延期，必不敢有愛。雄之所爲，得使君輔貢於明朝，則雄無撼，何敢有匿。唯執事圖之。長監於規繡之就，死以爲小，雄敢行之。謹因還使。雄叩頭叩頭。

案子雲所以不與歆書者，以其書未成，且又無副本，子駿索之甚急，不得不以死自誓也。古人自視其學問如此，不似今人苟自衒價也。

杼軸乎尺素　李詳云：語本《文賦》。

崔瑗尤善　《全後漢文》四十五載其《與葛元甫書》佚文，餘無所考。

元瑜文舉休璉　《文選》並載其書牘。

嵇康絕交　見《文選》。

趙至敘離　見《文選》。

陳遵禰衡　辭並無考。

詳總書體，本在盡言　此數語與書之爲體主言者也相應。條暢任氣，優柔懌懷，書之妙盡之矣。自晉而降，邱遲《與陳伯之書》、徐孝穆《在北與楊僕射求還書》，皆其選也。

張敞奏書於膠後　見《漢書．張敞傳》。

公府奏記而郡將奏箋　案箋之與記，隨事立名，義非有別。觀《文選》所載阮嗣宗《奏記詣蔣公》，誠爲公府所施：而任彥升《到大司馬記室箋》，則亦公府也。故知漢來二體非甚分析也。

崔寔奏記於公府　今元所考。公府蓋謂梁冀，寔嘗爲大將軍冀司馬也。《後漢書》本傳云：所箸碑、論、箴、銘、答、七言、詞、文、表、記、書凡十五篇。是子眞之文有記。

黃香奏箋於江夏　無考。但本傳敘其所著有箋。

公幹箋記　李詳云：《魏志．邢顒傳》載楨《諫植書》。又《王粲傳》注引《典略》楨《答魏文帝書》，此皆彥和所言麗而規益者。《典論．論文》但以琳、瑀書記爲儁，而云公幹莊而不密，是不重楨之爲文，故言弗論。黃注未悉。案《全後漢文》六十五尙輯有楨《與曹植書》，又一首，玆並錄於下：

與曹植書

明使君始垂哀憐，意眷日崇，譬之疾病，乃使炎、農分藥，岐伯下針，疾雖未除，就沒無恨。何者？以其天醫至神，而營魄自盡也。

諫曹植書

家丞邢顒，北土之彥，少秉高節，玄靜澹泊，言少理多，眞雅士也。楨誠不足同貫斯人，並列左右。而楨禮遇殊特，顒反疏簡。私懼觀者將謂君侯習近不肖，禮賢不足，採庶子之春華，忘家丞之秋實，爲上招謗，其罪不小，以此反側。

答魏太子丕借廓落帶書

楨聞荊山之璞、曜元後之寶；隨侯之珠，燭衆士之好；南垠之金，登窈窕之首；貂貚《御覽》作貚貂。之尾，綴侍臣之幘。此四寶者，伏朽石之下，潛污泥之中，而揚光千載之上，發彩疇昔之外；亦皆未能初自接於至尊也。夫尊者所服，卑者所修也；貴者所御，賤者所先也。故夏屋初成，而大匠先立其下；嘉禾始熟，而農夫先嘗其粒。恨楨所帶，無他妙飾，若實殊異，尚可納也。

《典略》曰：文帝常賜楨廓落帶，其後師死，欲借取以爲像，因書嘲楨云：夫物因人爲貴，故在賤者之手，不御至尊之側。今雖取之，勿嫌其不反也。楨答云云。案公幹之文，正與子桓之言相酬酢，故補錄《典略》之文於此。

劉廙謝恩　見《魏志・劉廙傳》，文如下：

臣罪應傾宗，禍應覆族。遭乾坤之靈，值時來之運，揚湯止沸，使不焦爛。起煙於寒灰之上，生華於已枯之木。物不答施於天地，子不謝生於父母；可以死效，難用筆陳。

案劉廙文，《魏志》目之爲疏。

陸機自理　黃注以《謝平原內史表》當之。案表文有云：崎嶇自列，片言只字，不關其間，事蹤筆跡，皆可推校，而一朝翻然，更以爲罪。是士衡本先有自理之文。檢《全晉文》九十七載有《與吳王表》佚文二條，則眞自理之詞也。文如下：臣以職在中書，詔命所出。臣本以筆札見知。禪文本草，見在中書，一字一跡，自可分別。第二條與謝表所舉踦嶇自列之辭相應。

蓋箋記之分也　謂敬而不懾，所以殊於表；簡而無傲，所以殊於書。

簿　《藝文志》雜家有解子簿書。

制　《史記．封禪宅索隱》引劉向《七錄》云：文帝所造書有《本制》、《兵制》、《服制》篇。

列　案陸機文有自列之言。又任彥升《奏彈劉整》云：輒攝整亡父舊使到台辨問，列稱云云。沈休文《奏彈王源》云：輒攝媒人劉嗣之到台辯問，嗣之列稱云云。是列與辭同，即今世讞獄之供招也。

飛伏　晉《天文志》自下而上曰飛。案伏者，匿不見也。

末代從省，易以書翰矣　案南朝稱被台符、被尚書符。其時已用紙，今則稱爲票。符之與票，非奉音轉。

王褒髯奴　即《僮約》，見《全漢文》四十二。《古文苑》有章樵注，訛字亦眾，今校定如下，文爲俳諧之作，非當時果有此約契也。

王子淵僮約

蜀郡王子淵以事到湔，止寡婦楊惠舍。惠有夫時奴名便了，子淵倩奴行酤酒，便了拽大杖上夫冢巔，曰：大夫買便了時，但要守冢，不要爲他人男子酤酒。子淵大怒，曰：奴寧欲賣耶？惠曰：奴大忤人，人無欲者。子淵即決買券云云。奴復曰：欲使皆上券，不上券，便了不能爲也。子淵曰：諾。券文曰：

神爵三年正月十五日，資中男子王子淵從成都安志里女子楊惠買亡夫時户下髯奴便了，決賈萬五千。奴當從百役使，不得有二言。晨起早掃，食了洗滌。掃滌爲韻。居當穿臼縛箒，截竿鑿斗。浚渠縛落，鉏園斫陌。杜埤地，刻大枷，屈竹作杷，削治鹿盧。出入不得騎馬載車，踑箕同。坐大呶。下床振頭，垂鉤刈芻，結葦躐纑。孟子曰：妻辟纑。汲水酪，佐䣸醆。織履作粗，粘雀張鳥。結網捕魚，繳雁彈鳧。登山射鹿，入水捕魚。與魚部字爲韻，今吳音猶然矣。後園縱養雁鶩百餘，驅逐鴟鳥，持梢牧豬。種姜養芋，長育豚駒。糞除堂廡，喂食讀爲飼。馬牛。鼓四起坐，夜半益芻。二月春分，被堤杜疆，落桑皮棕。謂取棕木皮也。種瓜作瓠，別茄當爲茗。披蔥。棕蔥爲韻。焚槎發芋，壟集破封。日中早熭，雞鳴起舂。調治馬户，兼落三重。舍中有客，提壺行酤，汲水作餔。餔酤爲韻。滌杯整碗，園中拔蒜，斷蘇切脯。築肉臛芋，膾魚炰鱉，烹茶盡具。據此知漢時已飲茶。已而蓋藏，關門塞竇。喂豬縱犬，勿與鄰里爭鬥。奴但當飯豆飲水，不得嗜酒。欲飲美酒，唯得染唇漬口，不得傾盂覆斗。不得辰出夜入，交關並偶。舍後有樹，當裁作船。上至江州下至湔，主爲府掾求用錢。推訪堊，訪當爲紡之訛，販棕索。堊索爲韻。綿亭買席，往來都洛。洛當爲落，謂村落也。當爲婦女求脂澤，販於小市，歸都擔枲，轉出旁蹉。牽犬販鵝，武都買茶。即茶也。楊氏擔荷，往來市聚，慎護奸偷。聚偷爲韻。入市不得夷蹲旁臥，惡言醜罵。臥罵爲韻。多作刀矛，持入益州，貨易羊牛。奴自教精慧，不得痴愚。矛州牛愚爲韻。持斧入山，斷輮裁轅。若有餘殘，當作俎機木屐，及犬彘盤。焚薪作炭，壘石薄岸。治舍蓋屋，削書代牘。日暮欲歸，當送乾柴兩三束。四月當披，九月當獲，十月收豆。掄麥窖芋，南安拾栗採橘，持車載輳。獲芋輳爲韻。多取蒲苧，益作繩索。雨墮無所爲，當編蔣織簿。當作箔。種植桃李，梨柿柘桑，三丈一樹，八尺爲行。果類相從，縱橫相當。果熟收斂，不得吮嘗。犬吠當起，驚告鄰里。棖門柱户，上樓擊鼓。荷盾曳矛，還讀爲環。落三周。勤心疾作，不得遨遊。奴老力索，種莞織席。事訖休息，當舂一石。夜半無事，浣衣當白。若有私錢，主給賓客。奴不得有奸私，事事當關白。奴不聽教，當笞一百。索席石白客白百爲韻。

讀券文適訖，詞窮咋索。仡仡叩頭，兩手自搏。目淚下落，鼻涕長一尺。審如王大夫言，不如早歸黃土陌，蚯蚓鑽額。早知當爾，爲王大夫酤酒，眞不敢作惡。索摶落尺陌額爲韻。

籤　籤之名蓋起於魏。魏文帝爲諸王置典籤，猶中朝之有尙書爾。

吊亦稱諺　案吊唁之唁，與諺語之諺異字。《說文》：唁，吊生也。諺，傳言也。音近相假，彥和乃合爲一矣。

囊滿儲中　滿當依汪本作漏。儲，今《賈子》作貯，作儲者當爲褚，本字當爲䜿。《說文》曰：㡸也，所以盛米也。㡸，載米䜿也。㡸，陟倫切。《莊子》曰：褚小不可以懷大，即此䜿字。囊漏䜿中者，遺小而存大也。作貯者亦借字。

掌珠　掌珠不見潘文。傅玄《短歌行》：昔君視我如掌中珠。蓋當世常諺矣。或全任質素，或雜用綺麗。觀此言，故知文質無常，視其體所宜耳。

即馳金相，亦運木訥　上句謂宜文者，下句謂宜質者。

神思第二十六

神思　自此至《總術》及《物色》篇，析論爲文之術，《時序》及《才略》以下三篇，綜論循省前文之方。比於上篇，一則爲提挈綱維之言，一則爲辨章眾體之論。詮解上篇，惟在探明徵證，榷舉規繩而已，至於下篇以下，選辭簡練而含理閎深，若非反覆疏通，廣爲引喻，誠恐精義等於常理，長義屈於短詞；故不避駢枝，爲之銷解，如有獻替，心細加思慮，不敢以瓶蠡之見，輕量古賢也。

文之思也，其神遠矣　此言思心之用，不限於身觀，或感物而造端，或憑心而構象，無有幽深遠近，皆思理之所行也。尋心智之象，約有二端：一則緣此知彼，有斠量之能；一則即異求同，有綜合之用。由此二方，以馭萬理，學術之原，悉從此出，文章之富，亦職茲之由矣。

神與物遊　此言內心與外境相接也。內心與外境，非能一往相符會，當其窒塞，則耳目之近，神有不周；及其怡懌，則八極之外，理無不浹。然則以心求境，境足以役心；取境赴心，心難於照境。必令心境相得，見相交融，斯則成連所以移情，庖丁所以滿志也。

陶鈞文思，貴在虛靜　此與《養氣》篇參看。《莊子》之言曰：惟道集虛。《老子》之言曰：三十輻共一轂，當其無，有車之用。爾則宰有者無，制實者虛，物之常理也。文章之事，形態蕃變，條理紛紜，如令心無天遊，適令萬狀相攘。故爲文之術，首在治心，遲速縱殊，而心未嘗不靜，大小或異，而氣未嘗不虛。執璇機以運大象，處戶牖而得天倪，惟虛與靜之故也。

積學以儲寶 此下四語，其事皆立於神思之先，故曰馭文之首術，謀篇之大端。言於此未嘗致功，即徒思無益，故後文又曰：秉心養術，無務苦慮，含章司契，不必勞情。言誠能秉心養術，則思慮不至有困；誠能含章司契，則情志無用徒勞也。紀氏以爲彥和結字未穩，乃明於解下四字，而未遑細審上四字之過也。

酌理以富才 凡言理者，必審於形名，檢以法式，虛以待物，而不爲成說所拘，博以求通，而不爲偏智所蔽，如此則所求之理，眞信可憑，智力之充，由漸而致。不然，膠守腐論，錮其聰明，此賊其才，非富才之道也。

暨乎篇成，半折心始 半折心始者，猶言僅乃得半耳。尋思與文不能相傅，由於思多變狀，文有定形；加以研文常遲，馳思常速，以遲追速，則文歉於意，以常馭變，則思溢於文。陸士衡云：恆患意不稱物，文不逮意。與彥和之言若重視疊矩矣。

張衡左思 案二文之遲，非盡由思力之緩，蓋敘述都邑，理資實事，故太沖嘗從文士問其方俗山川，是則其緩亦半由儲學所致也。

淮南崇朝而賦騷 孫君云：高誘《淮南子序》云：詔使爲《離騷賦》，自旦受詔，至早食已上。此彥和所本。《漢書》本傳云：作傳。王逸《楚辭序》云：作章句。傳及章句，非崇朝所能就，疑高說得之。

駿發之士至**研慮方定** 此言文有遲速，關乎體性，然亦舉其大概而已。世固有爲文常速，忽窘於數行，爲文每遲，偶利於一首，此由機有通滯，亦緣能有短長，機滯者驟難求通，能長者早有所豫，是故遲速之狀，非可以一理齊也。

博而能一　四字最要。不博，則苦其空疏；不一，則憂其淩雜。於此致意，庶思學不致偏廢，而罔殆之患可以免。

杼軸獻功　此言文貴修飾潤色。拙辭孕巧義，修飾則巧義顯；庸事萌新意，潤色則新意出。凡言文不加點，文如宿構者，其刊改之功，已用之平日，練術即熟，斯疵累漸除，非生而能然者也。

體性第二十七

體性　體斥文章形狀，性謂人性氣有殊，緣性氣之殊而所爲之文異狀。然性由天定，亦可以人力輔助之，是故愼於所習。此篇大旨在斯。中間較論前世文士情性，皆細覘其文辭而得之，非同影響之論。紀氏謂不必皆確，不悟因文見人，非必視其義理之當否，須綜其意言氣韻而察之也。安仁《閒居》、《秋興》，雖托詞恬澹，跡其讀史至司馬安廢書而嘆，稱他人之已工，恨己事之過拙，躁競之情，露於辭表矣。心聲之語，夫豈失之於此乎？原言語所以宣心，因言觀人之法，雖聖哲無以易。《易》曰：將叛者其辭慚，中心疑者其辭枝，吉人之辭寡，躁人之辭多，誣善之人其辭遊，失其守者其辭屈。是則以言觀人，其來舊矣。惟是人情萬端，文體亦多遷變，拘者或執一文而定人品，則其說又疐礙而不通。其倒植之甚，則謂名德大賢，文宜則效，神奸巨慝，文宜棄捐，是則劉歆《移讓太常》，必不如茂叔《通書》、《橫渠》兩銘之美，而宋明語錄，其可模式等於九流之書也，是豈通論乎？唐人柳冕有言：以揚、馬之才，則不知教化，以荀、陳之道，則不知文章，以孔門之教評之，皆非君子也。其說雖過，然猶愈於頌美大儒，謂道高即文美者。今謂人之賢否，不系於文之工拙，而因文實可以窺測其性情，雖非若景之附形，響之隨聲，而其大齊不甚相遠，庶幾契中之論，合於彥和因內符外之旨者歟。

子有庸俊四句　才氣本之情性，學習並歸陶染，括而論之，性習二者而已。

筆區雲譎二語　李詳云：揚雄《甘泉賦》：於是大廈雲譎波詭。孟康曰：言廈屋變巧，乃爲雲氣水波相譎詭也。

風趣則柔，寧或改其氣　風趣即風氣，或稱風氣，或稱風力，或稱體氣，或稱風辭，或稱意氣，皆同一義。氣有清濁，亦有則柔，誠不可力強而致，爲文者欲練其氣，亦惟於用意裁篇致力而已。《風骨》篇云：深乎風考，述情必顯。又云：思不環周，索莫乏氣，無風之驗。可知情顯爲風深之符，思周乃氣足之證，彼捨情思而空言文氣者，蕩蕩如係風捕景，烏可得哉？《養氣》篇說乃養神氣以助思理，與此氣殊。

體式雅鄭，鮮有反其習　體式全由研閱而得，故云鮮有反其習。

數窮八體　八體之成，兼因性習。不可指若者屬辭理，若者屬風趣也。又彥和之意，八體並陳，文狀不同，而皆能成體，了無輕重之見存於其間，下文云：雅與奇反，奧與顯殊，繁與約舛，壯與輕乖。然此處文例，未嘗依其次第，故知塗轍雖異，樞機實同，略舉畛封，本無軒輊也。

典雅者，鎔式經誥，方軌儒門者也　義歸正直，辭取雅馴，皆入此類。若班固《幽通賦》，劉歆《讓太常博士》之流是也。

遠奧者，馥採典文，經理玄宗者也　理致淵深，辭採微妙，皆入此類。若賈誼《鵩賦》，李康《運命論》之流是也。

精約者，核字省句，剖析豪氂者也　斷義務明，練辭務簡，皆入此類。若陸機之《文賦》，范曄《後漢書》諸論文流是也。

顯附者，辭直義暢，切理厭心者也　語貴丁寧，義求周浹，皆入此類。若諸葛亮《出師表》，曹冏《六代論》之類是也。

繁縟者，博喻釀采，煒燁枝派者也　辭采紛披，意義稠復，皆入此類。若枚乘《七發》，劉峻《辨命論》之流是也。

壯麗者，高論宏裁，卓爍異采者也　陳義俊偉，措辭雄瑰，皆入此類。揚雄《河東賦》，班固《典引》之流是也。

新奇者，擯古競今，危側趣詭者也　詞必研新，意必矜創，皆入此類。潘岳《射雉賦》，顏延之《曲水詩序》之流是也。

輕靡者，浮文弱植，縹渺附俗者也　辭須茜秀，意取柔靡，皆入此類。江淹《恨賦》，孔稚圭《北山移文》之流是也。

八體屢遷　此語甚爲明憭。人之爲文，難拘一體，非謂工爲典雅者，遂不能爲新奇，能爲精約者，遂不能爲繁縟。下文云：八體雖殊，會通合數，得其環中，則輻湊相成。此則撢本之談，通變之術，異夫膠柱鍥舟之見者也。

功以學成　此句已下至才氣之大略句，皆言學習之功，雖可自致，而情性所定，亦有大齊，故廣舉前文以爲證。

賈生俊發　《史記．屈賈列傳》：廷尉乃言賈生年少，頗通諸子百家之書。文帝召以爲博士。是時賈生年二十餘，最爲少，每詔令議下，諸老先生不能言，賈生盡爲之對。此俊發之徵。

長卿傲誕　《文選》謝惠連《秋懷詩》注引嵇康《高士傳贊》曰：長卿慢世，越禮自放；犢鼻居市，不恥其狀；托疾避患，蔑此卿相；乃賦《大人》，超然莫尚。此傲誕之徵。

子雲沈寂　《漢書．揚雄傳》曰：默而好深湛之思，清靜亡爲，少嗜欲。此沈寂之徵。

子政簡傷　《漢書．劉向傳》曰：向爲人簡傷，無威儀，廉靖樂道，不交接世俗。此簡傷之徵。

孟堅雅懿　《後漢書．班固傳》曰：及長，遂博貫載籍，九流百家之言，無不窮究。性寬和容眾，不以才能高人。此雅懿之徵。

平子淹通　《後漢書．張衡傳》曰：通五經，貫六藝，雖才高於世，而無驕尚之情。常從容淡靜，不好交接俗人。此淹通之徵。

仲宣躁銳　《程器》篇亦曰：仲宣輕脆以躁競。《魏志．王粲》篇曰：之荊州，依劉表，表以粲貌寢而體弱通侻，不甚重也。案此彥和所本。

公幹氣褊　《魏志．王粲》篇注引《典略》載楨平視太子夫人甄氏事。謝靈運《擬鄴中集詩序》曰：楨卓犖偏人。此氣褊之徵。

嗣宗俶儻　《魏志．王粲》篇曰：籍才藻艷逸，而倜儻放蕩，行己寡欲，以莊周爲模。此俶儻之徵。

叔夜儁俠　《魏志．王粲》篇曰：康文辭壯麗，好言老莊而尚奇任俠。注引康《別傳》曰：孫登謂康曰：君性烈而才俊。此俊俠之徵。

安仁輕敏　《晉書．潘岳傳》曰：岳性輕操趨世利，與石崇等諂事賈謐，每候其出，輒望塵而拜。構愍懷文。岳之辭也。此輕敏之徵。

士衡矜重　《晉書・陸機傳》曰：機服膺儒術，非禮不動。此矜重之徵。

才氣之大略　此語甚明，蓋謂因文觀人，亦但得其大端而已。

才有天資，學愼始習　自此已下，言性非可力致，而爲學則在人。雖才性有偏，可用學習以相補救。如令所習紕繆，亦足以賊其天性，縱姿淑而無成。貴在省其所短，因其所長，加以陶染之功，庶成器服之美；若習與性乖，則勤苦而罕效，性爲習誤，則劬勞而鮮成，性習相資，不宜或廢。求其無弊，惟有專練雅文，此定習之正術，性雖異而可共宗者也。

風骨第二十八

風骨　二者皆假於物以爲喻。文之有意，所以宣達思理，綱維全篇，譬之於物，則猶風也。文之有辭，所以攄寫中懷，顯明條貫，譬之於物，則猶骨也。必知風即文意，骨即文辭，然後不蹈空虛之弊。或者捨辭意而別求風骨，言之愈高，即之愈渺，彥和本意不如此也。紬誦斯篇之辭，其曰怊悵述情，必始於風，沈吟鋪辭，莫先於骨者，明風緣情顯，辭緣骨立也。其曰辭之待骨，如體之樹骸，情之含風，猶形之包氣者，明體恃骸以立，形恃氣以生；辭之於文，必如骨之於身，不然則不成爲辭也，意之於文，必若氣之於形，不然則不成爲意也。其曰結言端直，則文骨成焉，意氣駿爽，則文風清焉者，明言外無骨，結言之端直者，即文骨也；意外無風，意氣之駿爽著，即文風也。其曰豐藻克贍，風骨不飛者，即徒有華辭，不關實義者也。其曰綴慮裁篇，務盈守氣者，即謂文以命意爲主也。其曰練於骨者，析辭必精，深乎風者，述情必顯者，即謂辭精則文骨成，情顯則文風生也。其云瘠義肥辭，無骨之徵，思不環周，無氣之徵著，明治文氣以運思爲要，植文骨以修辭爲要也。其曰情與氣偕，辭共體並者，明氣不能自顯，情顯則氣具其中，骨不能獨章，辭章則骨在其中也。綜覽劉氏之論，風骨與意辭，初非有二。然則察前文者，欲求其風骨，不能捨意與辭也；自爲文著，欲健其風骨，不能無注意於命意與修辭也。風骨之名，比也；意辭之實，所比也。今捨其實而求其名，則適令人迷罔而不得所歸宿，海氣之樓台，可以踐歷乎？病眼之空花，可以把玩乎？彼捨意與辭而別求風骨者，其亦海氣、空花氣之類也。彥和既明言風骨即辭意，復恐學者失命意修辭之本而以奇巧爲務也，故更揭示其術曰：鎔鑄經典氣之範，翔集、子、史之術，洞曉情變，曲昭文體，然後能孚甲新意，雕畫奇辭。昭體故意新而不亂，曉變故辭奇而不黷。明命意修辭，皆有法式，合於法式者，以新為美，不合法式者，經新為病。推此言之，風藉意顯，骨緣辭章，意顯辭章，皆遵軌轍，非夫弄虛響以為風，結奇辭以為骨者矣。大抵舍人論文，皆以循實反本酌中合古為貴，全書用意，必與此符。《風骨》篇之說易於淩虛，故首則詮釋其實質，繼則指明其徑途，仍令學者不致迷罔，其斯以為文術之圭臬者乎。

捶字堅而難移　此修辭合法之效。大抵翦截浮詞之法，宜令篇無盈句，句無贅字，字在句中，必有其用，非苟以足句也；句在篇中，必有其用，非苟以充篇也。然唐以前文，有不工之文，少不工之句；唐以後之文或工矣，而句或不工。此其故，關於文體者有之，關於捶字之術亦有之也。

結響凝而不滯　此緣意義充足，故聲律暢調，凝者不可轉迻。聲律以凝為貴，猶捶字以堅為貴也。不滯者，由思理圓周，天機駿利，所以免於滯澀之病也。

潘勖錫魏　此贊其選辭之美。

相如賦仙三句　此贊其命意之高。李云：《漢書．敘傳》述司馬相如，蔚為辭宗，賦頌之首。

魏文稱文以氣為主至**殆不可勝**　案文帝所稱氣，皆氣性之氣。此隨人而殊，不可力強者，惟為文命意，則可以學致。劉氏引此以見文因性氣，發而為意，往往與氣相符耳。黃氏謂氣是風骨之本，未為大繆，蓋專以性氣立言也。紀氏駁之謂氣即風骨，更無本末。今試釋其辭曰：風骨即意與辭，氣即風骨，故氣即意與辭，斯不可通矣。

風骨乏采　紀曰：風骨乏采，是陪筆開合以盡意，此評是也。骨即指辭，選辭果當，焉有乏采之患乎？

鎔鑄經典之範至紕繆而成經矣　此乃研練風骨之正術，必如此而後意貞辭雅，雖新非病。紀氏謂：補此一段，以防縱橫逾法之弊。非也。

文術多門已下　此言命意選辭，好尚各異，惟有師古酌中，庶無疵咎也。能研諸慮，何遠之有？指明風骨之即辭意，欲美其風骨者，惟有致力於修辭命意也。

通變第二十九

通變　此篇大指，示人勿爲循俗之文，宜反之於古。其要語曰：矯訛翻淺，還宗經誥，斯斟酌乎質文之間，而檃括乎雅俗之際，可與言通變矣。此則彥和之言通變，猶補偏救弊云爾。文有可變革者，有不可變革者。可變革著，遺辭捶字，宅句安章，隨手之變，人各不同。不可變革者，規矩法律是也，雖歷千載，而粲然如新，由之則成文，不由之而師心自用，苟作聰明，雖或要譽一時，徒黨猥盛，曾不轉瞬而爲人唾棄矣。拘者規摹古人，不敢或失，放者又自立規則，自以爲救患起衰。二者交譏，與不得已，拘者猶爲上也。彥和此篇，既以通變爲旨，而章內乃歷舉古人轉相因襲之文，可知通變之道，惟在師古，所謂變者，變世俗之文，非變古昔之法也。自世人誤會昌黎韓氏之言，以爲文必己出；不悟文固貴出於己，然亦必求合於古人之法，博覽往載，熟精文律，則雖自有造作，不害於義，用古人之法，是亦古人也。若夫小智自私，訏言欺世，既違故訓，復背文條，於此而欲以善變成名，適爲識者所嗤笑耳。彥和云：誇張聲貌，漢初已極，自茲厥後，循環相因，雖軒翥出轍，而終入籠內。明古有善作，雖工變者不能越其範圍，知此，則通變之爲復古，更無疑義矣。陸士衡曰：收百世之闕文，採千載之遺韻，謝朝華於已披，啓夕秀於未振。此言通變也。普辭條與文律，良餘膺之所服，練世情之常尤，識前修之所淑。此言師古也。抽繹其意，蓋謂法必師古，而放言造辭，宜補苴古人之闕遺。究之美自我成，術由前授，以此求新，人不厭其新，以此率舊，人不厭其舊。天動星回，辰極無改；機旋輪轉，衡軸常中；振垂弛之文統，而常爲世師者，其在斯乎？

文辭氣力，通變則久　放言遣辭，運思致力，即一身前後所作，亦不能盡同。前篇云：八體雖殊，變通會適，得其環中，則輻湊相成是也。況於規摹往文，自宜斟酌損益，非如契舟膠柱者之所爲明矣。

數必酌於新聲　新舊之名無定，新法使人厭觀，則亦舊矣；舊法久廢，一旦出之塵薶之中，加以拂拭之事，則亦新矣。變古亂常而欲求新，吾未見其果能新也。通變之術，詳在後文，所謂規略文統，宜宏大體，先博覽以精閱，總綱紀以攝契，然後憑情以會通，負氣以適變是也。體統即昧，雖有巧心，亦謂之不善變矣。

黃歌斷竹　《斷竹歌》見《吳越春秋》，不云作於黃世。彥和《章句》篇又云：《斷竹》黃歌，乃二言之始。以爲本於黃世，未知何據？

唐歌在昔　案上文黃歌《斷竹》，下文虞歌《卿雲》，夏歌《雕牆》。《斷竹》、《卿雲》、《雕牆》，皆歌中字。此云在昔，獨無所徵，倘昔爲蠟之訛與？《禮記》載伊耆氏蠟辭。伊耆氏，或雲堯也。

夏歌雕牆　此僞古文《五子之歌》辭。

序志述時，其揆一也　據此，知質文之變，獨在文辭。至於實際，古今所均也。

黃唐淳而質六句　此數句猶《禮記》云：虞夏之質，不勝其文；商周之文，不勝其質。乃比較之詞，意謂後遜於前，非謂楚漢以下，必無可師也。且彥和之所謂侈艷、淺綺、訛新，今日視之，皆爲佳制，故知所謂侈者，視漢於周之言，所謂訛者，視宋於魏之言。彥和生當齊世，故欲矯當時習尚，反之於古，豈知文術隨世益衰，後世又不逮宋遠甚。或據彥和此言，以爲楚漢尚不能無弊，於是侈言旁搜遠紹，自東京以下，鮮有不遭攻射者，此則誤會前旨之過，彥和不爲此曹任咎也。

參伍因革，通變之數也 彥和此言，非教人直錄古作，蓋謂古人之文，有能變者，有不能變者，有須因襲者，有不可因襲者，在人斟酌用之。大抵初學作文，於摹擬昔文，有二事當知，第一，當取古今相同之情事而試序之。譬如序山川，寫物色，古今所同也。遠視黃山，氣成蔥翠，適當秋日，草盡萎黃，古作此言，今亦無能異也。第二，當知古今情事有相殊者，須斟酌而爲之。或古無而今有，則不宜強以古事傅會，施床垂腳，必無危坐之儀，髡首戴帽，必無免冠之禮，此一事也。或古有而今無，亦不宜以今事比合，古上書曰死罪，而後世但曰跪奏，古允奏稱制曰可，而後世但曰照所請，若改以就古，則於理甚乖，此二事也。必於古今同異之理，名實分合之原，旁及訓故文律，悉能諳練，然後擬古無憂孟之譏，自作無刻楮之誚，此制文之要術也。

唐劉子玄《模擬》篇，謂模擬之體，厥途有二：一曰貌同而心異，二曰貌異而心同。貌異心同，模擬之上，貌同心異，模擬之下，卒之以擬古不類爲難之極。竊謂模擬自以脫化爲貴，次之則求其的當，雖使心貌俱同，固無譏也。若乃貌同心異，固不可謂之模擬，但能謂之紕繆。子玄所舉殺大夫、稱我、襲忘亡、書帝正、稱何以書數條，要皆於昔文未嘗細核，率爾仿效，固宜其被誚也。

先博覽以精閱 博精二字最要，不博則師資不廣，不精則去取不明，不博不精而好變古，必有陷濘之憂矣。

齷齪於偏解，矜激於一致　彥和此言，爲時人而發，後世有人高談宗派，壟斷文林，據其私心以爲文章之要止此，合之則是，不合則非，雖士衡、蔚宗，不免攻擊，此亦彥和所譏也。嘉定錢君有與人書一首，足以解拘攣，攻頑頓，錄之如下：

錢曉徵與友人書《潛研堂文集》三十五

前晤吾兄，極稱近日古文家以桐城方氏爲最。予取方氏文讀之，其波瀾意度，頗有韓歐陽王之規模，視世俗冗蔓揉集之作，固不可同日語，惜乎其未喻古文之義法爾。夫古文之體，奇正濃淡詳略，本無定法，要其爲文之旨有四：曰明道，曰經世，曰闡幽，曰正俗。有是四者，而後以法律約之，夫然後可以羽翼經史而傳之天下後世。至於親戚故舊聚散存沒之感，一時有所寄託而宣之於文，使其姓名附見集中者，此其人事跡原無足傳，故一切闕而不載，非本有所紀而略之，以爲文之義法如此也。方氏以世人誦歐公、王恭武、社祁公諸志，不若黃夢升、張子野諸志之熟，遂謂功德之崇，不若情辭之動人心目。然則使方氏援筆而爲王、杜之志，亦將捨其勳業之大者，而徒以應酬之空言了之乎？六經三史之文，世人不能盡好，間有讀之者，僅以供場屋餖飣之用，求通其大義者罕矣。至於傳奇之演繹，優伶之賓白，情辭動人心目，雖里巷小夫婦人無不爲之歌泣者，所謂曲彌高則和彌寡，讀者之熟與不熟，非文之有優劣也。以此論文，其與孫鑛、林雲銘、金人瑞之徒何異？文有繁有簡，繁者不可減之使少，猶之簡者不可使之增多；左氏之繁，勝於公、穀之簡，《史記》、《漢書》，互有繁簡，謂文未有繁而能工者，非通論也。太史公，漢時官名，司馬談父子爲之，故《史記・自序》云：談爲太史公。又云：卒三歲，而遷爲太史公。《報任安書》亦自稱太史公。公非尊其父之稱，而方以爲稱太史公曰者皆褚少孫所加。《秦本紀》、《田單傳》別出它説，此史家存類之法，《漢書》亦間有之，而方以爲後人所附綴。韓退之撰《順宗實錄》，載陸贄《陽城傳》，此實錄之體應爾，非退之所創，方亦不知而妄譏之。蓋方所謂古文義法者，特世俗選本之古文，未嘗博觀而求其法也。法且不知，而義於何有！昔劉原父譏歐陽公不讀書，原父博聞誠勝於歐陽，然其言未免太過。若方氏乃眞不讀書之甚者。吾兄特以其文之波瀾意度近於古而喜之，予以爲方所得者，古文之糟魄，非古文之神理也。王若霖言：靈皋以古文爲時文，卻以時文爲古文。方終身病之。若霖可謂洞中垣一方症結者矣。泥濘不及面質，聊述所懷，吾兄以爲然否？

定勢第三十

古今言文勢者，提封有三焉：其一以爲文之有勢，取其盛壯，若飄風之旋，奔馬之馳，長河大江之傾注，此專標慷慨以爲勢，然不能盡文而有之。其次以爲勢有紓急，有剛柔，有陰陽向背，此與徒崇慷慨者異撰矣。然執一而不通，則謂既受成形，不可變革；爲春溫者，必不能爲秋肅，近強陽者，必不能爲慘陰，爲是取往世之文，分其條品，曰：此陽也，彼陰也，此純剛而彼略柔也。一夫倡之，眾人和之。噫！自文術之衰，窾言文勢者，何其紛紛耶！吾嘗取劉舍人之言，審思而熟察之矣。彼標其篇曰《定勢》，而篇中所言，則皆言勢之無定也。其開宗也，曰：因情立體，即體成勢。明勢不自成，隨體而成也。申之曰：機發矢直，澗曲湍回，自然之趣；激水不漪，槁木無陰，自然之勢。明體以定勢，離體立勢，雖玄宰哲匠有所不能也。又曰：循體成勢，因變立巧。明文勢無定，不可執一也。舉桓譚以下諸子之言，明拘固者之有所謝短也。終譏近代辭人以效奇取勢，明文勢隨體變遷，苟以效奇爲能，是使體束於勢，勢雖若奇，而體因之弊，不可爲訓也。贊曰：形生勢成，始末相承。明物不能有末而無本，末又必自本生也。凡若此者，一言蔽之曰，體勢相須而已。爲文者信喻乎此，則知定勢之要，在乎隨體，譬如水焉，槃圓則圓，盂方則方；譬如雪焉，因方爲珪，遇圓成璧，焉有執一定之勢，以御數多之體，趣捷狹之徑，以偭往舊之規，而陽陽然自以爲能得文勢，妄引前修以自尉薦者乎！是故彥和之說，視夫專標文勢妄分條品者，若山頭之與井底也，視徒知崇慷慨者，相去乃不可以道理計也。雖然，勢之爲訓隱矣。不顯言之，則其封略不憭，而空言文勢者，得以反唇而相稽。《考工記》曰：審曲面勢。鄭司農以爲審察五材曲直、方面、形勢之宜。是以曲、面、勢爲三，於詞不順。蓋匠人置槷以縣，其形如柱，傳之平地，其長八尺以測日景，故勢當爲槷，槷者臬之假借。《說文》：臬，射埻的也。其字通作藝。《上林賦》：弦矢分，藝殪僕。是也。本爲射的，以其端正有法度，則引申爲凡法度之稱。《書》曰：汝陳時臬事。傳曰：陳之藝極。作臬、作槷、作埶，藝即埶之後出字。一也。言形勢者，原於臬之測遠近，視朝夕，苟無其形，則臬無所加，是故勢不得離形而成用。言氣勢者，原於用臬者之辨趣向，決從違，苟無其臬，則無所奉以爲準，是故氣勢亦不得離形而獨立。文之有勢，蓋兼二者之義而用之。知凡勢之不能離形，則文勢亦不能離體也；知遠近朝夕非槷所能自爲，則陰陽剛柔亦非文勢所能自爲也；知趣向從違隨乎物形而不可橫雜以成見，則爲文定勢，一切率乎文體之自然，而不可橫雜以成見也。惟彥和深明勢之隨體，故一篇之中，數言自然，而設譬於織綜之因於本地，善言文勢者，孰有過於彥和者乎？若乃拘一定之勢，馭無窮之體，在彥和時則有厭黷舊式；顚倒文句者；其後數百年，則有磔裂章句，隳廢聲均者，彼皆非所明而明之，知文勢之說者所不予也。要之文有坦途而無門戶，彼矜言文勢，拘執虛名，而不究實義，以出於己爲是，以守舊爲非者，盍亦研撣彥和之說哉。

並總文勢至剛柔雖殊，必隨時而適用　此明言迭用柔剛，勢必加以銓別，相其所宜，既非執一而鮮通，亦非雜用而不次。

宮商朱紫，隨勢各配　宮商謂聲律，朱紫謂采藻。觀此，知文質之用，都無定準。

章表奏議已下六句 《典論・論文》與《文賦》論文體所宜，與此可以參觀。

劉楨語 文之體指實強弱句有誤。細審彥和語，疑此句當作文之體指貴強，下衍弱字。

陸雲語 尚勢，今本《陸士龍集》作尚潔，蓋草書勢絜形近，初論爲絜，又訛爲潔也。

情采第三十一

舍人處齊梁之世，其時文體方趨於縟麗，以藻飾相高，文勝質衰，是以不得無救正之術。此篇旨歸，即在挽爾日之頹風，令循其本，故所譏獨在採溢於情，而於淺露樸陋之文未遑多責，蓋揉曲木者未有不過其直者也。雖然，彥和之言文質之宜，亦甚明憭矣。首推文章之稱，緣於彩繪，次論文質相待，本於神理，上舉經子以證文之未嘗質，文之不棄美，其重視文采如此，曷嘗有偏畸之論乎？然自義熙以來，力變過江玄虛沖淡之習而振以文藻，其波流所蕩，下至陳隋，言既隱於榮華，則其弊復與淺露樸陋相等，舍人所譏，重於此而輕於彼，抑有由也。綜覽南國之文，其文質相劑，情韻相兼者，蓋居泰半，而蕪辭濫體，足以召後來之謗議者，亦有三焉：一曰繁，二曰浮，三曰晦。繁者，多徵事類，意在鋪張；浮者，緣文生情，不關實義；晦者，竄易故訓，文理迂迴。此雖篤好文采者不能為諱。愛而知惡，理固宜爾也。或者因彥和之言，遂謂南國之文，大抵侈豔居多，宜從屏棄，而別求所謂古者，此亦失當之論。蓋侈豔誠不可宗，而文采則不宜去；清眞固可為範，而樸陋則不足多。若引前修以自張，背文質之定律，目質野為淳古，以獨造為高奇，則又墮入邊見，未為合中。方乃標樹風聲，傳詒來葉，借令彥和生於斯際，其所譏當又在此而不在彼矣。故知文質之中，罕能不越，或失則過質，或失則過文。救質者不得不多其文，救文者不得不隆其質，芻狗有時而見棄，澼絖有時而利師，善學者高下在心，進退可法，何必以井蛙夏蟲自處，而妄詒冰海也哉？若夫言與志反，劉氏所呵，察此過愆，非昔文所獨具。夫志深軒冕而泛詠皋壤，心纏幾務而虛述人外，此之諼詐，誠可笑嗤，還視後賢，豈無其比？博弈飲酒而高言性道，服食煉藥而呵罵浮屠，乞丐權門而誇張介操，不窺章句而傅會六經，從政無聞而空言經濟，行才中人而力肩道統，此雖其文過於顏、謝、康、徐百倍，猶謂之採浮華而棄忠信也，焉得謂文勝之世士有誇言，質勝之時人皆篤論哉？蓋聞修辭立誠，大《易》之明訓，無文不遠，古志之嘉謨。稱情立言，因理舒藻，亦庶幾彬彬君子。孰謂中庸不可能哉？

鎔裁第三十二

作文之術，誠非一二言能盡，然挈其綱維，不外命意修詞二者而已。意立而詞從之以生，詞具而意緣之以顯，二者相倚，不可或離。意之患二：曰雜，曰竭。竭者，不能自宣；雜者，無復統序。辭之患二：曰枯，曰繁。枯者，不能求達；繁者，徒逐浮蕪。枯竭之弊，宜救之以博覽；繁雜之弊，宜納之於鎔裁。舍人此篇，專論其事。尋鎔裁之義，取譬於範金制服；範金有齊，齊失則器不精良；制服有制，制謬而衣難被御；洵令多寡得宜，修短合度，酌中以立體，循實以敷文，斯鎔裁之要術也。然命意修詞，皆本自然以爲質，必知駢拇懸疣，誠爲形累，鳧脛鶴膝，亦由性生。意多者未必盡可訾謷，辭眾者未必盡堪删剟；惟意多而雜，詞眾而蕪，庶將施以爐錘，加之剪截耳。又鎔裁之名，取其合法，如使意郁結而空簡，辭枯槁而徒略，是乃以銖黍之金，鑄半兩之幣，持尺寸之帛，爲逢掖之衣，必不就矣。或著誤會鎔裁之名，專以簡短爲貴，斯又失自然之理，而趨狹隘之塗者也。

草創鴻筆已下八語，亦設言命意謀篇之事，有此經營。總之意定而後敷辭，體具而後取勢，則其文自有條理。舍人本意，非立一術以爲定程，謂凡文必須循此所謂始中終之步驟也，不可執詞以害意。舍人妙達文理，豈有自制一法，使古今之文必出於其道者哉？近世有人論文章命意謀篇之法，大旨謂一篇之內，端緒不宜繁多，譬如萬山旁薄，必有主峰，龍袞九章，但挈一領，否則首尾衝決，陳義蕪雜，其言本於舍人而私據以爲戒律，蔽者不察，則謂文章格局皆宜有定，譬如案譜著棋，依物寫貌，戕賊自然以爲美，而舉世莫敢非之，斯未可假借舍人以自壯也。章實齋《古文十弊》篇有一節論文無定格，其論閎通，足以藥拘攣之病，與劉論相補苴，玆錄於下：

古文十弊一節

古人文成法立，未嘗有定格也。傳人適如其人，述事適如其事，無定之中有一定焉。知其意者旦暮遇之，不知其意，襲其形貌，神弗肖也。往余撰《和州志．故給事成性傳》，性以建言著稱，故採錄其奏議。然性少遭亂離，全家被害，追悼先世，每見文辭，而《猛省》之篇，尤沈痛可以教孝，故於終篇全錄其文。其鄉有知名士賞餘文曰：前載如許奏章，若無《猛省》之篇，譬如行船，鷁首重而舵樓輕矣，今此婪尾，可謂善謀篇也。餘戲詰云：設成君本無此篇，此船終不行耶？蓋塾師講授四書文義，謂之時文，必有法度以合程式；而法度難以空言，則往往取譬以示蒙學：擬於房室，則有所謂間架結構；擬於身體，則有所謂眉目筋節；擬於繪畫，則有所謂點清畫毫；擬於形家，則有所謂來龍結穴；隨時取譬，然爲初學示法，亦自不得不然，無庸責也。惟時文結習，深錮腸府，進窺一切古書古文，皆此時文見解，動操塾師啓蒙議論，則如用象棋枰布圍棋子，必不合矣。

士衡才優已下一段，極論文之不宜繁，自是正論。然士龍所云清新相接，不以爲病，士衡所云榛楛勿翦，蒙茸集翠，亦有此一理。古人文傷繁者，不塵士衡一人，閱之而不以繁爲病者，必由有新意清氣以彌縫之也。患專在辭，故其疵猶小，若意辭俱濫，斯眞無足觀採矣。

聲律第三十三

爲文須論聲律，其說始於魏晉之際，而遺文粲然可見者，惟士衡《文賦》數言。其言曰：曁音聲之迭代，若五色之相宣；雖逝止之無常，固崎錡而難便；苟達變而識次，猶開流以納泉；如失機而後會，恆操末以續顚；謬玄黃之袟敘，故淟涊而不鮮。齊陸厥《與沈約書》云：自魏文屬論，深以清濁爲言，劉楨奏書，大明體勢之致。《典論・論文》但雲氣之清濁有體，非謂音律清濁，陸論似不無差失。至公幹明體勢者，今無可見，故但舉士衡之言爲首。細審其旨，蓋謂文章音節須令諧調，本之《詩序》情發於聲，成文爲音之說，稽之《左氏》琴瑟專一，誰能聽之之言，故非士衡所創獲也。其後范蔚宗自謂識宮商，別清濁，能適艱難，濟輕重，遂乃譏訶古今文人，謂其多不全了此處。沈約作《宋書》，於《謝靈運傳》後爲論云：靈均以來，此秘未睹。或暗與理合，匪由思至。其說勇於自崇，而皆忘士衡導其先路，所以來韓卿之義也。然聲律之論，實以永明爲極盛之時。《南史・陸厥傳》云：時盛爲文章，吳興沈約、陳郡謝朓、瑯邪王融。以氣類相推轂，汝南周顒善識音韻。封演《聞見記》：周顒好爲體語，因此切字皆有紐，紐有平上去入之異。戴君《聲韻考》曰：顒無書。梁武帝不解四聲，以問周舍，舍即顒之子，蓋周沈諸人同時治聲韻，各有創識，議論各出，而約爲尤盛。約等文皆用宮商，將平上去入四聲以此制韻，有平頭、上尾、蜂腰、鶴膝，五字之中，輕重悉異，兩句之內，角徵不同，不可增減，世呼爲永明體。夫王、謝諸賢，身皆貴顯，佐以詞華，宜其致士流之景慕，爲文苑別辟術阡。即實論之，文固以音節諧適爲宜，至於襞積細微，務爲瑣屑，笑古人之未工，詫此秘爲獨得，則亦賢哲之過也。彥和生於齊世，適當王、沈之時，又《文心》初成，將欲取定沈約，不得不枉道從人，以期見譽。觀《南史》舍人傳，言約既取讀，大重之，謂深得文理，知隱侯所賞，獨在此一篇矣。當其時，獨持己說，不隨波而靡者，惟有鍾記室一人，其《詩品》下篇詆訶王、謝、沈三宇，皆平心之論，非由於報宿憾而爲之。《南史》嶸傳：嶸嘗求譽於約，約拒之，及約卒，嶸品古今詩爲評，言其優劣云云，蓋追宿憾，以此報之也。今案記室之言，無傷直道，《南史》所言，非篤論也。若舉此一節而言，記室固優於舍人無算也。嗟乎！學貴隨時，人忌介立，舍人亦誠有不得已者乎！自梁以來，聲律之學，愈爲精密，至於唐世，文則漸成四六，詩則別有近體，推原其溯，不能不歸其績於隱侯，此韓卿所云質文時異，今古好殊，謂積重難返則可，謂理本宜然卿不可也。紀氏於《文心》它篇，往往無故而加攻難，其於此篇則曰：齊梁文格卑靡，獨此學獨有千古，兩獨字不詞。鍾記室以私憾排之，未爲公論也。夫言聲韻之學，在今日誠不能廢四聲，至於言文，又何必爲此拘忌？紀氏蓋以聲韻之學與聲律之文並爲一談，因以獻諛於劉氏。元遺山詩云：少陵自有連城璧，爭奈微之識碔砆。紀氏之於《文心》亦若此矣。詳文章原於言語，疾徐高下，本自天倪，宣之於口而順，聽之於耳而調，斯已矣。典樂教冑子以詩歌，成均教國子以樂語，斯並文貴聲音之明驗。觀夫虞夏之籍，姬孔之書，諸子之文，辭人之作，雖高下洪細，判然有殊，至於便籀誦、利稱說者，總歸一揆，亦何必拘拘於浮切，齗齗於宮徵，然後爲貴乎？至於古代詩歌，皆先成文章，而後被聲樂，諧適與否，斷以胸懷，亦非若後世之詞曲，必按譜以爲之也。自聲律之論興，拘者則留情於四聲八病，矯之者則務欲隳廢之，至於佶屈蹇吃而後已，斯皆未爲中道。善乎鍾記室之言曰：文制本須諷讀，不可蹇礙，但令清濁通流，口吻調利，斯爲足矣。斯可謂曉音節之理，藥聲律之拘。《莊子》云：市南宜僚弄丸，而兩家之難解。惟鍾君其足以與此哉。今仍順釋舍人之文，附沈、陸、鍾三君之說於後。

夫音律所始至**聲非學器者也**　《詩·大序》疏云：原夫作樂之始，樂寫人音，人音有小大高下之殊，樂器有宮徵商羽之異，依人音而制樂，托樂器以寫人，是樂本效人，非人效樂。案沖遠此論，與彥和有如合符矣。

故言語者，文章神明樞機，吐納律呂，脣吻而已　案彥和此數語之意，即云言語已具宮商。文章下當脫二字，者下一豆，神明樞機四字一豆，吐納律呂四字一豆。

古之教歌四句　《韓非子·外儲說右上》曰：夫教歌著，使先呼而詘之，其聲反清徵者乃教之。一曰，教歌者先揆以法，疾呼中宮，徐呼中徵，疾不中宮，徐不中徵，不可謂與爲同。教。案韓非之言，乃驗聲之術，彥和引用以爲聲音自然之準，意與《韓子》微異。

商徵響高，宮羽聲下　案此二句有訛字。當云宮商響高，徵羽聲下。《周語》曰：大不逾宮，細不逾羽。《禮記·月令》鄭注云：凡聲尊卑取象五行，數多者濁，數少者清。案宮數八十一，商數七十二，角數六十四，徵數五十四，羽數四十八，詳見《律歷志》是宮商爲濁，徵羽爲清，角清濁中。彥和此文爲誤無疑。

抗喉二句　此言聲所從發，非蒙上爲言。

廉肉　《樂記》云：使其曲直繁瘠，廉肉節奏，足以感動人之善心而已矣。注曰：曲直，歌之曲折也，繁瘠廉肉，聲之鴻殺也；節奏，闋作進止所應也。正義曰：曲謂聲音回曲，直謂聲音放直，繁謂繁多，瘠謂省約，廉謂廉棱，肉謂肥滿。案從鄭注，廉肉屬樂器言，不屬人聲言。

內聽難爲聰　言聲樂不調，可以聞而得之，獨於文章聲病往往不憭。

凡聲有飛沈至亦文家之吃也　此節隱侯所云前有浮聲，後須切響，兩句之中，輕重悉異者也。飛謂平清，沈謂仄濁。雙聲者二字同紐，疊韻者二字同韻。一句之內，如雜用兩同聲之字，或用二同韻之字，則讀時不便，所謂雙聲隔字而每舛，疊韻雜句而必睽也。一句純用仄濁，或一句純用平清，則讀時亦不便，所謂沈則響發而斷，飛則聲揚不還也。轆轤交往二語，言聲勢不順。黃注引《詩評》釋之，大謬。

左礙而尋右二句　此與士衡音聲迭代，五色相宣之說同旨，究其治之之術，亦用口耳而已，無他妙巧也。記室云：清濁通流，口吻調利。蓋亦有尋討之功焉，非得之自然也。

聲畫　節謂文。揚子《法言》曰：言心聲也，書心畫也。

寄在吟詠，吟詠滋味　案下吟詠二字衍。

異音相從謂之和　案一句之內，聲病悉祛，抑揚高下，合於唇吻，即謂之和矣。沈約云：十字之文，顛倒相配。正謂此耳。

宮商大和至可以類見　案此謂能自然合節與不能自然合節者之分。曹、潘能自然合節者也，陸、左不能自然合節者也。紀評未憭。

詩人綜韻　此詩人對下《楚辭》而言，則指三百篇之詩人。

知楚不易 案《文賦》云：亮功多而累寡，故取足而不易。彥和蓋引其言以明士衡多楚。不以張公之言而變，知楚二字乃涉上文而訛。

凡切韻之動四句 此言文中用韻，取其諧調，若雜以方音，反成詰詘。今人作文雜以吉韻者，亦不可不知此。

南郭之吹竽 南，原作東。孫云：《新論・審名》篇：東郭吹竽而不知音。袁孝政注亦以齊宣王、東郭處士事爲釋。是古書南郭自有作東郭者，不必定依《韓子》，但濫竽事終與文義不相應。侃謹案：彥和之意，正同《新論》，亦云不知音而能妄成音，故與長風過籟連類而舉。章先生云：當作南郭之吹於耳，正與上文相連。《莊子》前者唱於而隨者唱喁，此本南郭子綦語，而彥和遂以爲南郭事，儷語之文，固多此類，後人不明吹於之義，遂誤加竹耳。侃謹案：如師語亦得，但原文實作東郭。自以孫說爲長。

響滑榆槿 槿，《禮記》作堇。《釋文》曰：菜也。

割棄支離二句 言聲病既袪。宮商自正也。

沈約宋書謝靈運傳論

史臣曰：民稟天地之靈，含五常之德，剛柔迭用，喜慍分情。夫志動於中，則歌詠外發，六義所因，四始攸繫，升降謳謠，紛披風什，雖虞夏以前，遺文不睹，稟氣懷靈，理或無異，然則歌詠所興，宜自生民始也。周室既衰，風流彌著，屈平、宋玉，導清源於前，賈誼、相如，振芳塵於後，英辭潤金石，高義薄雲天。自茲以降，情志愈廣，王褒、劉向、楊、班、崔、蔡之徒，異軌同奔，遞相師祖，雖清辭麗曲，時發乎篇，蕪音累氣，固亦多矣。若夫平子艷發，文以情發，絕唱高蹤，久無嗣響。至於建安，曹氏基命，三祖、陳王，咸蓄盛藻，甫乃以情緯文，以文被質。自漢至魏，四百餘年，辭人才子，文體三變：相如工爲形似之言，二班長於情理之說，子建、仲宣以氣質爲體，並標能擅美，獨映當時。是以一世之士，各相慕習。源其飆流所始，莫不同祖《風》、《騷》，徒以賞好異情，故意制相詭。降及元康，潘、陸特秀，律異班、賈，體變曹、王，縟旨星稠，繁文綺合，綴平台之逸響，採南皮之高韻，遺風餘烈，事極江左。有晉中興，玄風獨扇，爲學窮於柱下，博物止乎七篇，馳騁文辭，義殫乎此。自建武暨於義熙，歷載將百，雖比響聯辭，波屬雲委，莫不寄言上德，托意玄珠，遒麗之辭，無聞焉爾。仲文始革孫、許之風，叔源大變太元之氣。爰逮宋氏，顏、謝騰聲，靈運之興會標舉，延年之體裁明密，並方軌前秀，垂範後昆。若夫敷衽論心，商確前藻，工拙之數，如有可言。夫五色相宣，八音協暢，由乎玄黃律呂，各適物宜，欲使宮羽相變，低昂舛節，若前有浮聲，則後須切響，一簡之內，音韻盡殊，兩句之中，輕重悉異，妙達此旨，始可言文。至於先士茂制，諷高歷賞，子建函京之作，仲宣霸上之篇，子荊零雨文章，正長朔風之句，並直舉胸情，非傍詩史，正以音律調均，取高前式。自靈均以來，多歷年代，雖文體稍精，而此秘未睹，至於高言妙句，音韻天成，皆暗與理合，匪由思至。張、蔡、曹、王，曾無先覺，潘、陸、顏、謝，去之彌遠，世之知音者，有以得之，此言非謬。如曰不然，請待來哲。

陸厥與沈約書

范詹事《自序》：性別宮商，識清濁，特能適輕重，濟艱難，古今文人，多不全了斯處。縱有會此者，不必從根本中來。尚書亦云：自靈均以來，此秘未睹，或暗與理合，匪由思至，張、蔡、曹、王，曾無先覺，潘、陸、顏、謝，去之彌遠。大旨欲使宮羽相變，低昂舛節，若前有浮聲，則後須切響，一簡之內，音韻盡殊，兩句之中，輕重悉異。辭既美矣，理又善焉。但觀歷代眾賢，似不都暗此，而云此秘未睹，近於誣乎。案范云不從根本中來，尚書云匪由思至，斯可謂揣情謬於玄黃，擿句差其音律也。范又云：時有會此者，尚書云或暗與理合，則美詠清謳，有辭章調韻者，雖有差謬，亦有會合。推此以往，可得而言。夫思有合離，前哲同所不免，文有開塞，即事不得無之。子建所以好人譏彈，士衡所以遺恨終篇，既曰遺恨，非盡美之作，理可詆呵。君子執其詆訶，便謂合理爲暗，豈如指其合理，而寄詆訶爲遺恨邪！自魏文屬論，深以清濁爲言，劉楨奏書，大明體勢之致，岨峿妥貼之談，操末續顚之說，興玄黃於律呂，比五色之相宣，苟此秘未睹，茲論爲何所指邪？故愚謂前英已早識宮徵，但未屈曲指的若今論所申，至於掩瑕藏疾，合少謬多，則臨淄所云人之著述不能無病者也。非知之而不改，謂不改則不知，斯曹、陸又稱竭情多悔不可力強者也。今許以有病有悔爲言，則必自知無悔無病之地，引其不了不合爲暗，何獨誣其一了一合之明乎！意者亦質文對異，古今好殊，將急在情物而緩於章句。情物文之所急，猶且美惡相半，章句意之所緩，故合少而謬多，義在於斯，必非不知明矣。《長門》、《上林》，殆非一家之賦，《洛神》、《池雁》，便成二體之作；孟堅精整，《詠史》無虧於東主，平子恢富，《羽獵》不累於憑虛；王粲《初征》，他文未能稱是，楊修敏捷，《暑賦》彌日不獻。率意寡尤，則事促乎一日，翳翳愈伏，而理賒子七步。一人之思，遲速天懸，一家之文，工拙壤隔，何獨宮商律呂，必責其如一邪？論者乃可言未窮其致，不得言曾無務覺也。《全齊文》二十四。

沈約答陸厥書

宮商之聲有五，文字之別累萬，以累萬之繁，配五聲之約，高下低昂，非思力所舉。又非止若斯而已也。十字之文，顛倒相配，字不過十，巧歷已不能盡，何況復過於此者乎？靈均以來，未經用之於懷抱，固無從得其彷彿矣。若斯之妙而聖人不尚，何邪？此蓋曲折聲韻之巧，無當於訓義，非聖哲立言之所急也。是以子雲譬之雕蟲篆刻，云壯夫不爲。自古辭人，豈不知宮羽之殊，商徵之別。雖知五音之異，而其中參差變動，所昧實多，故鄙意所謂此秘未睹者也。以此而推，則知前世文士便未悟此處。若以文章之音韻，同弦管之聲曲，則美惡妍蚩，不得頓相乖反，譬猶子野操曲，安得忽有闌緩失調之聲。以《洛神》比陳思他賦，有如異手之作。故知天機啓則律呂自調，六情滯則音律頓舛也。士衡雖云炳若縟錦，寧有濯色江波，其中復有一片是衛文之服，此則陸生之言，即復不盡者矣。韻與不韻，復有精粗，輪扁不能言，老夫亦不盡辨此。《全梁文》三十八。

詩品下

昔曹、劉殆文章之聖，陸、謝爲體貳之才，銳精研思千百年中，而不聞宮商之辨，四聲之論；或謂前達偶然不見，豈其然乎！嘗試言之曰：古詩頌皆被之金竹，故非調五音無以諧會，若置酒高堂上，明月照高樓，爲韻之首，故三祖之詞，文或不工，而韻入歌唱，此重音韻之義也，與世之言宮商者異矣。今既不被管弦，亦何取於聲韻耶？齊有王元長者，嘗謂餘云：宮商與二儀俱生，自古詞人不知之，唯顏憲子乃云律呂音調，而其實大謬，唯見范曄、謝莊頗識之耳。常欲造《知音論》，未就。王元長創其首，謝朓、沈約揚其波，三賢咸貴公子孫，幼有文辨，於是士流景慕，務爲精密，襞積細微，轉相凌架，故使文多拘忌，傷其眞美。餘謂文制本須諷讀，不歌蹇礙，但令清濁通流，口吻調利，斯爲足矣。至於平上去入，則餘病未能，蜂腰鶴膝，閭里巳具。

沈休文酷裁八病，令人苦之。所謂八病者，平頭、上尾、蜂腰、鶴膝、大韻、小韻、旁紐、正紐是也。記室云：蜂腰鶴膝，閭里已具。蓋謂雖尋常歌謠，亦自然不犯之，可毋嚴設科禁也。玆隱括《詩紀》別集二所說釋八病如次。

平頭。第一字不宜與第六字同聲，第二字不宜與第七字同聲，如（今）（日）良宴會，（歡）（樂）難具陳。一說句首二字並是平聲，如（朝）（雲）晦初景，（丹）（池）晚飛雪。

上尾。第五字不得與第十字同聲，如西北有高（樓），上與浮雲（齊）。

蜂腰。第二字不得與第五字同聲，如遠（與）君別（者），乃至雁門關。一說第三字不得與第七字同韻，如徐步（金）門旦，言（尋）上苑春。

鶴膝。第五字不得與第十五字同聲，如新制齊紈（素），皎潔如霜雪，裁爲合歡（扇），團團似明月。

大韻。五言詩兩句中除韻外，餘九字不得有字與韻犯，如（胡）姬年十五，春日獨當（壚）。

小韻。五言兩句中除韻外，餘九字有自相同韻者，如薄帷鑒（明）月，（清）風吹我衿。

旁紐。雙聲同兩句雜用，如田夫亦知禮，（寅）賓（延）上坐。

正紐。一紐四聲兩句雜用，如我本漢（家）子，來（嫁）單于庭。

章句第三十四

結連二字以上而成句，結連二句以上而成章。凡爲文辭，未有不辨章句而能工者也；凡覽篇籍，未有不通章句而能識其義者也；故一切文辭學術，皆以章句爲始基。所惡乎章句之學者，爲其煩言碎辭，無當於大體也。若夫文章之事，固非一僚章句而即能工巧，然而捨棄章句，亦更無趨於工巧之途。規矩以馭方員，雖刻雕眾形，未有遁於規矩之外者也；章句以馭事義，雖牢籠萬態，未有出於章句之外者也。漢師之於經傳，有今文與古文異讀者焉，有後師與前師異讀者焉，凡爲此者，無非疑其義訓之未安，而求其句讀之合術而已。域外之文，梵土則言名句文身，而釋典列爲不相應行，又有離合六釋，求名義者所宜悉。遠西自羅馬以降，則有葛拉瑪之書，其國土殊別，言語佤離者，無不有是物焉。近世有人取其術以馭中國之文，而或者以爲不師古；不悟七音之理，字母之法，壹皆得之異域，學者言之而不諱，祖之以成書，然則文法之書，雖前世所無，自君作故可也。彥和此篇，言句者聯字以分疆。又曰：因字而生句。又曰：句之清英，字不妄也。又曰：句司數字，待相接以爲用。其於造句之術，言之皙矣。然字之所由相聯而不妄者，固宜有共循之途轍焉。前人未暇言者，則以積字成句，一字之義果明，則數字之義亦必無不明，是以中土但有訓詁之書，初無文法之作，所謂振本知末，通一萬畢，非有闕略也。爲文章者，雖無文法之書，而亦能暗與理合者，則以師範古書，俱之相習，能憭古人之文義者，未有不能自正其文義者也。及至丹徒馬氏學於西土，取彼成法，析論此方之文，張設科條，標舉品性，考驗經傳，而駕馭眾制，信前世所未有也。《文通》之書具在，凡致思於章句者所宜覽省，小有罅隙，亦未足爲疵，蓋創始之難也。今釋舍人之文，加以己意，期於夷易易遵，分為九章說之：一釋章句之名，二辨漢師章句之體，三論句讀之分有係於音節與係於文義之異，四陳辨句簡捷之術，五略論古書文句六異例，六論安章之總術，七論句中字數，八論句末用韻，九詞言通釋。

一、釋章句之名　說文：丶，有所絕止，丶而識之也。施於聲音，則語有所稽，宜謂之丶；施於篇籍，則文有所介，宜謂之丶。一言之遯可以謂之丶；數言聯貫，其辭已究，亦可以謂之丶，假借為讀，所謂句讀之讀也，凡一言之停遯者用之。或作句投，或作句豆，或變作句度，其始皆但作丶耳。其數言聯貫而辭已究者，古亦同用絕止之義，而但作丶。從聲以變則為章，《說文》樂竟為一章是也。言樂竟者，古但以章為施於聲音之名，而後世則泛以施之篇籍。舍人言章者明也，此以聲為訓，用後起之義傅麗之也。句之語原於𠄌，《說文》：𠄌，鉤識也，從反亅。是𠄌亦所以為識別，與丶同意。章先生說：《史記．滑稽列傳》，東方朔至公車上書，公車令兩人共持舉其書，人主從上方讀之。止，輒乙其處。乙非甲乙之乙，乃鉤識之𠄌。𠄌字見於傳記，惟有此耳。聲轉為曲，曲古文作㔾，正象句曲之形，凡書言文曲，《荀子》言曲折，《漢書．藝文志》。言曲度，傅毅《舞賦》。皆言聲音於此稽止也。又轉為句。《說文》曰：句，曲也。句之名，秦漢以來眾儒為訓詁者乃有之，此由諷誦經文，於此小遯，正用鉤識之義。舍人曰：句者，局也。此亦以聲為訓，用後起之義傅麗之也。《詩》疏曰：古者謂句為言，《論語》以思無邪為一言。《左傳》臣之業在《揚之水》卒章之四言，謂第四句不敢以告人也。及趙簡子雲大叔遺我以九言。皆以一句為一言也。案古稱一言，非必詞意完具，但令聲有所稽，即爲一言，然則稱言與稱句無別也。總之，句、讀、章、言四名，其初但以目聲勢，從其終竟稱之則爲章，從其小有停遡言之則爲句、爲曲、爲讀、爲言。降後乃以稱文之詞意完具者爲一句，結連數句爲一章。或謂句讀二者之分，凡語意已完爲句，語意未完語氣可停者爲讀，此說無徵於古。檢《周禮・宮正》注云：鄭司農讀火絕之，云禁凡邦之事蹕。又《御史》注云：鄭司農讀言掌贊書數，玄以爲不辭，故改之。案康成言讀火絕之，是則語意已完乃稱爲讀。又云不辭，不辭者，文義不安之謂，若語勢小有停頓，文義未即不安，何以必須改破。故知讀亦句之異名，連言句讀者，乃復語而非有異義也。要之，語氣已完可稱爲句，亦可稱爲讀，前所引先鄭二文是矣。語氣未完可稱爲讀，亦可稱爲句，凡韻文斷句多此類矣。《文通》有句讀之分，取便學者耳，非古義已然。若乃篇章之分，一著簡冊之實，一著聲音之節，以一篇所載多章皆同一意，由是謂文義首尾相應爲一篇，而後世或即以章爲篇，則又違其本義。案《詩》三百篇，有一篇但一章者，有一篇累十六章者，此則篇章不容相混也。其他文籍，如《易》二篇不可謂之二章，《孟子》七篇不可謂之七章，《老子》著書上下篇，不可謂之二章。自雜文猥盛，而後篇章之名相亂。舍人此篇云：積章成篇，篇之彪炳，章無疵也。又云：篇有小大。蓋猶是本古誼以爲言。今謂集數字而顯一意者，謂之一句；集數意以顯一意者，謂之一章。一章已顯則不待煩辭，一章未能盡意則更累數章以顯之，其所顯者仍爲一意，無問其章數多寡。或傳一人，或論一理，或述一事，皆謂之一篇而已矣。

二、辨漢師章句之體　《學記》曰：古之教者，一年視離經辨志。鄭曰：離經，斷句絕也。詳記文所述學制，鄭皆以《周禮》說之，是則古之教者，謂周代也。其時考校已以離析經理斷絕章句爲最初要務，爾則章句之學，其來久矣。凡離析文理，必先辨字誼，故六書之學，課於保氏，而周公親勒《爾雅》之文。《詩・烝民》曰：古訓是式。孔子告哀公曰：《爾雅》以觀於古。蓋未有不憭古訓，而能離析經理者，故知經之有傳訓，凡以爲辨別章句設也。尋《左氏》載春秋時人引《詩》，往往標舉篇章次弟，若楚莊王之述《周頌》，及稱《巧言》之卒章，《揚之水》卒章之四言者，知爾時離析章句，爲學者所習爲矣。子夏序《詩》，於《東山》篇分別四章之義，明文炳然，然則毛公《故》言所分章句，皆子夏傳之也。章句本專施於《詩》，其後離析眾書文句者，亦有章句，《易》則有施、孟、梁丘章句，《書》則有歐陽、大小夏侯章句，《春秋》則有公羊、穀梁章句，《左氏》尹更始章句。班固、賈逵則作《離騷經》章句。章句之始，蓋期於明析經理而止。經有異家，家有異師，訓說不同，則章句亦異，弟子傳師說者，或更增益其文，務令經義敷暢。至其末流，碎義逃難，便辭巧說，破壞形體，而章句之文於是滋多，秦恭延君增師法至百萬言，說《堯典》篇目兩字十餘萬言，但說曰若稽古三萬言，此則破析經文，與章句之本義乖矣。桓榮受朱普學章句四十萬言，榮減爲二十三萬言，其子郁復刪省成十二萬言，是則章句之文可以損之又損，知其多者皆浮辭也。漢師傳經，亦有不用章句者，如費氏傳《易》，但以《十翼》解經，而申公傳《詩》，亦獨有訓故，然皆以詮明經義爲主，斯有章句之善，而無章句之煩，故足邵也。若其馳逐不反，以多爲貴，學者但記師說，幼童而守一藝，白首而後能言，是以通人恥之，若《揚子雲自傳》，稱不爲章句，訓詁通而已；《班固傳》亦稱固不爲章句，但舉大義；《論衡・超奇》篇目能說一經者爲儒生，博覽古今者爲通人，知章句之末流，爲人詬病甚矣，然未可因是而遂廢章句也。經傳章句存著，上有《毛傳》，次有趙岐之於《孟子》，王逸之於《楚辭》，其他東漢經師章句遺文猶有可考見者，蓋皆雅暢簡易，不如西漢今文諸師之煩，固知章句亦自有可法者在也。詳章句之體，毛公最爲簡潔，其於經文，但舉訓故，又義旨已具《序》中，自非委曲隱約者，不更敷暢其詞。若邠卿叔師則既作訓故，又重宣本文之義，視毛公已爲繁重矣。案邠卿《孟子題辭》言爲之章句，具載本文，章別其旨，此則一章之誼，已在章指之中，而又每句別加注解，斯可謂重出，然本取施於新學，故可宗也。趙氏章句，大抵復衍本文，有類後世講章，如孟子見梁惠王句下章句云：孟子適梁，惠王禮請孟子見之。此爲不解而能明著也。叔師之作《楚詞章句》，亦以明指趣爲急，故文有繁焉，如「朕皇考曰伯庸」句，既已逐字注解，又總釋之曰：屈原言我父伯庸體有美德，以忠輔楚，世有令名，以及於己。此亦不待煩言。漢師說經，於文義難知處，或加疏釋，其文亦不辭繁，觀服子慎《左氏解誼》，釋宣二年傳文一則可見。宣二年傳：宋鄭戰於大棘，囚華元。將戰，華元殺羊食士，其御羊斟不與，及戰，與入鄭師，故敗。宋人以兵車百乘，文馬百駟，以贖華元於鄭，半入，華元逃歸，見叔牂，曰：子之馬然也。對曰：非馬也，其人也，既合而來奔。杜以子之馬然爲華元之辭，對曰爲羊斟之詞，既合而來奔，記者之詞。《正義》引服虔載三說，皆以子之馬然爲叔牂之語，對曰以下爲華元之辭。賈逵云：叔牂，宋守門大夫，華元既見叔牂，牂謂華元曰：子見獲於鄭者，是由子之馬使然也。華元對曰：非馬自奔也，其人爲之也，謂羊斟驅入鄭也，奔，走也，言宋人贖我之事既和合，而我即來奔耳。鄭眾云：叔牂即羊斟也，在先得歸，華元見叔牂，牂即誣之曰：奔入鄭軍者，子之馬然也，非我也。華元對曰：非馬也，其人也。言是女驅之耳。叔牂既與華元合語而即來奔魯。又一說：叔牂，宋人，見宋以馬贖華元，謂元以贖得歸，謂元曰：子之得來，當以馬贖故然。華元曰：非馬也，其人也。言已不由馬贖，自以人事來耳，贖事既合，而我即來奔。詳此三說之殊，皆數言可了，必復引經文，增字爲釋，此章句之體也。要之章句之用，在使經文之章句由之顯明，是故丁將軍說《易訓故》舉大義，亦稱爲小章句，故知順釋經文，使人因之以得文曲者，雖不名章句，猶之章句也。漢師句讀經文，今古文或殊，前後師或殊，所以違異，必加辨說之辭。康成之注三禮，有屢改舊讀者已，何邵公《公羊解詁序》亦閔笑援引他經失其句讀者，故知家法有時而殊，離經彼此不異。降至後世，義疏之作，布在人間，考證之篇，充盈篋笥，又孰非章句之幻形哉？今謂擘探古籍，必自分析章句始，若其駢枝之辭，漫羨之說，則宜有所裁。

三、論句讀有係於音節與係於文義之異　文章與語言本同一物，語言而以吟詠出之，則爲詩歌。凡人語言聲度不得過長，過長則不便於喉吻，雖詞義未完，而詞氣不妨稽止。驗之恆習，固有然矣。文以載言，故文中句讀，亦有時據詞氣之便而爲節奏，不盡關於文義。至於詩歌，則句度齊同，又本無甚長之句，顏延之譏摯虞《文章流別》以詩有九言爲非，以爲聲度闡緩，不協金石，斯可謂諳制句之原者也。世人或拘執文法，強作分析，以爲意具而後成句，意不具則爲讀，不悟詩之分句，但取聲氣可稽，不問義完與否，如《關雎》首章四句，以文法格之，但兩句耳，關關雎鳩，窈窕淑女，但當爲讀，蓋必合下句而義始完也。今則傳家並稱爲句，故知詩之句徒以聲氣分析之也。又如《定之方中》篇：樹之榛栗，椅桐梓漆。《七月》篇：十月納禾稼，黍稷重穋，禾麻菽麥。自文法言皆一句也，而傳家仍分爲二若三，此又但以聲氣論也。其最長者，如《韓奕》篇：王錫韓侯，淑旂綏章，簟茀錯衡，玄袞赤舄，鉤膺鏤鍚，鞹鞃淺幭，鞗革金厄。凡二十八字，使但誦爲一句，不幾令人唇吻告勞矣乎？詩歌既然，無韻之文亦爾，如《書．皋陶謨》曰：予欲觀古人之象日月星辰山龍華蟲作會宗彝藻火粉米黼黻絺繡以五彩彰施於五色作服。自文法言，亦廑一句，然當帝舜出言時，必不能使聲氣蟬聯，中無間斷，故知自聲勢言，謂之數句可也。《左傳》載臧僖伯諫隱公之辭，有曰：鳥獸之肉不登於俎，皮革齒牙骨角毛羽不登於器，則公不射。又欒武子論楚事之辭，有曰：楚自克庸以來，其君無日不討國人而訓之，於民生之不易，禍至之無日，戒懼之不可以怠。此皆累數十名而成一辭，當其發語之時，其稽止之節，固已數矣。要之，以聲氣爲句者，不憭文法必待意具而後成辭，則義旨或至離析；以文法爲句者，不憭聲氣但取協節，則詞言或至失調，或乃曰意完爲句，聲止爲讀，此又混文義聲氣爲一，只以增其糾紛。今謂句讀二名，本無分別，稱句稱讀，隨意而施，以文義言，雖累百名而爲一句，既不治之以口，斯無嫌於冗長，句中不更分讀可也；以聲氣言，字多則不便諷誦，隨其節奏以爲稽止，雖非句而稱句可也。學者目治之時，宜知文法之句讀，口治之時，宜知音節之句讀。

文法之句雖長，有時不能中斷，蓋既成一辭，即無從中截削之理。如上舉《左氏》文，但言楚自克庸以來，知此六字緣何而發，但言日討國人而訓之，知其所訓何事，又或別析禍至之無日戒懼之不可以怠為二句，知其上蒙何文，故此二十五字中，無處可加鉤識，強立讀名，斯無謂也。

四、陳辨句簡捷之術　《馬氏文通》於析句之術，言之綦詳。其言曰：凡有起詞語詞而辭意已全者，曰句，凡有起詞語詞而辭意未全者，曰讀，凡句讀中字少長而辭意應少住者曰頓，頓者，所以便誦讀，於句讀之義無涉也。讀之用有三：一用如名字，二用如靜字，三用如狀字。僅案馬氏所立三名，特以資講說之便，即實論之，覽文惟須論句而已。頓之名，馬氏自云於句讀之義無涉，今不復辨。至如馬氏所謂讀，實即句中之句。其用於句中，雖累十名等於一字之用。然則了於成句之理者，未有不能辨字位之所處者也，知數字在句中所處之位，與一字在句中所處之位相同，則讀之名可廢矣。今謂辨句之法，但察其意義完具與否，有時以二字成句可也，有時累百名成句可也。蓋今世所謂句，古昔謂之辭，其本字為詞。《說文》曰：詞，意內而言外也。此謂以言表意，言具而意顯，然則雖言而意不顯，不得謂之成詞。《易》曰：情見乎辭。又曰：辭以盡言。故語言成辭，則情趣可見，文章成辭，則意誼自昭，昔之審諟文義，申說旨趣者，皆視其成辭與否，故漢師於舊解失義者謂之不辭，言辭不比敘，意不昭明也。子夏讀《晉史》三豕渡河，而知其為己亥之誤，以三豕渡河四字不辭也。孟仲子讀《詩》維天之命，於穆不已爲不似，毛公用其天命無極之說，而不從其讀，以天命不似爲不辭也。公羊釋伯於陽經文，以爲史記之誤，以伯於陽三字不辭也。穀梁釋夏五經文，以爲傳疑，以夏五二字不辭也。故審乎立辭之術，則古書文讀可以理董而無滯矣。《荀子・正名》篇之釋名辭辨說，蓋正名之術，實通一切文章，固知析句之法，古人言之已憭，後有述者，莫能上也。《荀子》之言曰：名聞而實喻，名之用也。楊注曰：名之用本在於易知也。又曰：累而成文，名之麗也。注曰：累名而成文辭，所以爲名之華麗，詩書之言皆是也。或曰：麗同儷，配偶也。又曰：用麗俱得，謂之知名。注曰：淺與深俱不失其所，則爲知名也。又曰：名也者，所以期累實也。注曰：名者，期於累數其實以成言語。或曰：累實當爲異實，所以期於使實各異也。又曰：辭也者，兼異實之名以論一意也。注曰：辭者，說事之言辭，兼異實之名。謂兼數異實之名以成言辭，猶若元年春王正月公即位，兼說異實之名以論公即位之一意也。又曰：辨說也者，不異實名以喻動靜之道也。注曰：動靜，是非也。言辨說也者，不唯兼異常實之名，所以喻是非之理，辯者論一意，辨者明兩端者也。案古所謂名，即後世所謂字，《儀禮》記：百名以上。謂百字以上也。由字得義，故曰名聞實喻，字與字相傅麗，比輯之以成辭，故曰累而成文。積字以表義，故曰名以期累實。集數字爲一辭，字義雖殊，所詮惟一，故曰兼異實之名以論一意。設辭盡情，辭具而意章。錯綜眾字以闡一事，故曰不異實名以喻動靜之道。夫其解析文理有倫有脊若此，孰謂文法之書，惟西土擅長乎？今即《荀子》所謂辭以辨文句，則凡能成意者皆得謂之句，是故桓公元年經書春王正月即位，必連公即位三字而後成辭，隱公元年不書即位，而亦得成辭，以不書即所以見意也，定公元年春王三月，不書正月，以正月未行即位禮故，然書王三月與隱公三年經之王二月，傳之王三月，詞例正復相同，彼既不得斷春王爲句，知此亦不得斷春王爲句，而《公》、《穀》二家並從春王斷句，斯未識春王二字不成辭也，《左氏》於此不釋，杜本亦從二家於春王斷句蓋誤。循是推之，凡集數字成文，如其意有所詮，雖文有闕省，亦復成辭，則知字雖多而意不顯，不能謂之成辭也。茲取《史記》文數則釋之，但以集數字論一意者爲句，期令斷句之術，簡捷易知。若夫馬氏之言，自有《文通》之書在，無事剿說於此也。

史記封禪書

少君者故深譯侯舍人主言句　匿其年及其生長句　常自謂七十句　能使物卻老句　其遊以方偏諸侯句　無妻子句　人聞其能使物及不死更饋透之句　常餘金錢衣食句　人皆以爲不治生業而饒給又不知其　何所人愈信爭事之句　少君資好方善爲巧發奇中句　嘗從武安侯飲句　坐中有九十餘老人句　少君乃言與其大父遊射處句　老人爲兒時從其大父識其處句　一坐盡驚句　少君見上句　上有古銅器句　問少君句　少君曰句　此器齊桓公十年陳於柏寢句　已而案其刻果齊桓公器句　一官盡駭以爲少君神數百歲人也句

少君言上曰句　祠灶則致物句　致物而丹砂可化爲黃金句　黃金成以爲飲食器則益壽

句　益壽而海中蓬萊仙者乃可見句　見之以封禪則不死句　黃帝是也句　臣嘗遊海上見
安期生句　安期生食臣棗大如瓜句　安期生仙者通蓬萊中句　合則見人句　不合則隱句
於是天子始視伺灶遣方士入海求蓬萊安期生之屬而事化丹砂諸藥齊爲黃金矣句

史記孔子世家

余讀孔氏書想見其爲人句　適魯觀仲尼廟堂車服禮器諸生以時習禮其家句　余低回
留之不能去雲句　天下君王至於賢人衆矣，當時則榮沒則已焉句　孔子布衣傳十餘世學
者宗之句　自天子王侯中國言六藝者折中於夫子可謂至聖矣句

以上二文，《文通》亦徵引之，而斷句頗有不同。愚今以意分析，未敢自謂不謬也。

《文通》十象六釋讀，言讀之別有三：一有接讀代字，如者字所字。用者字者。《公羊傳》：天下諸侯宜爲君者，唯魯侯爾。用所字者。《莊子》云：無形者數之所不能分也。案天下至爲君已成句，加者字則等於一名詞矣；數不能分已成句，加所字則等於一名詞矣。故凡用接讀代字者，無異化數字以爲一名詞也。二起語二詞之間，參以之字。如《孟子》北宮黝之養勇也。流水之爲物也。案北宮養勇已成句，加之字則等一名詞矣。三弁讀之連字，謂若句首用若即如使雖縱等字。案此等句以文理言，但作句觀，

不視同一字。

馬氏又言讀之用三：一用如名詞。二用如靜字，是則讀等於字，可毋煩言。三用如狀字，謂以讀記處，若《論語》居是邦也，事其大夫之賢者。以讀記時。若《左傳》昔夏之方有德也，遠方圖物。以讀記容。若《左傳》夫子之在此也，如燕之巢於幕上。案讀用如狀字之式。有讀即爲句，如第三式是也。有讀作一字，用前二式是也。

五、約論古書文句異例　恆文句讀，但能辨解字誼，悉其意旨，即可憭然無疑，或專以文法剖判之，亦可以無差忒。惟古書文句駁犖奇侅者眾，不悉其例，不能得其義旨，言文法者，於此又有所未暇也。幸顧王俞諸君，有成書在，茲刪取其要，分爲五科，科有細目，舉舊文以明之，皆辨審文句之事。若夫訂字誼，正訛文，雖有關於文句，然於成辭之質無所增省，雖有條例，不闌入於此云。

第一，倒文

一、句中倒字

《左傳》昭十九年：諺所謂室於怒，市於色。順言當云怒於室，色於市。《孟子・盡心下》：若崩厥角稽首。順言當云厥角稽首若崩。

二、倒字叶韻

《詩・節南山》篇：弗問弗仕，勿罔君子，式夷式已。無小人殆。順言當云無殆小人。《墨子・非樂上》引《武觀》曰：啓乃淫溢，野於飲食，將將銘莧磬以力。順言當云飲食於野。

三、倒句

《左傳》閔公二年：爲吳太伯不亦可乎！猶有令名，與其及也。順言當云與其及也，猶有令名。

《禮記・檀弓》篇：蓋殯也，問於郰曼父之母。順言當云問於郰曼父之母，蓋殯也。

四、倒序

《周禮》大宗伯職：以肆獻祼享先王。以次第言，祼在先，獻次之，肆又次之。

《書・立政》：或五六年。或四三年。

第二，省文

一、蒙上省

《書・禹貢》：終南惇物至於鳥鼠。不言治，蒙上荊岐既旅之文。

《左傳》定四年：楚人爲食，吳人及之，奔，食而從之。奔不言楚人，食而從之不言吳人，蒙上。

二、因下省

《書・堯典》：朞三百有六旬有六日。三百者，三百日也，不言日，因下省。

《詩・七月》篇：七月在野，八月在宇，九月在戶，十月蟋蟀入我床下。在野在宇在戶，皆蟋蟀也。不言者，因下省。

三、語急省

《左傳》莊二十二年：敢辱高位以速官謗。敢，不敢也，語急省。

《公羊傳》隱元年：如勿與而已矣。如，不如也，語急省。

四、因前文已具而省

《易．同人》九三：同人先號咷而後笑。《象》曰：同人之先，以中直也。《象》意當說同人之先號咷而後笑，以中直也。今但曰同人之先，蒙上省也。《易傳》此例至多。

《詩．板》篇：天之牖民，如壎如篪，如璋如圭，如取如攜，攜無曰益，牖民孔易。無曰益，但承攜言。以文不便，省壎篪以下也。

五、以疏略而省

《論語》：沽酒市脯不食。當云沽酒不飲，疏略也。

《左傳》襄二年：以索馬牛皆百匹。牛當稱頭，疏略也。

六、反言省疑詞

《書．西伯戡黎》：我生不有命在天？言有命在天也。

《老子》七十七章：是以聖人爲而不恃，功成而弗處，其不欲見賢？言其不欲見賢乎。

七、記二人之言省曰字

《孟子．滕文公》篇：從許子之道至屨大小同則賈相若。皆陳相之詞，上省曰字。

《禮記．檀弓》篇：悼公之喪，季昭子問於孟敬子，曰：爲君何食？敬子曰：食粥，天下之達禮也。吾三臣者之不能居公室也，四方莫不聞矣，勉而爲瘠則吾能，毋乃使人疑夫不以情居瘠者乎哉！我則食食。自吾三臣者以下皆昭子之詞，而省曰字。

第三，復文

一、同義字復用

《左傳》襄三十一年：繕完葺牆以待賓客。繕完葺三字同誼。〇二字復用不可悉數。

《左傳》昭十六年：庸次比耦以艾殺此地。庸次比耦四字同義。

二、復句

《易．繫辭》：言天下之至賾而不可惡也，言天下之至賾而不可亂也。下賾字鄭、虞、王本皆同，今本作動。

《孟子．梁惠王》篇：故王之不王，非挾泰山以超北海之類也。王之不王，是折枝之類也。《詩》中復句極多，不能悉數。

三、兩字義類相因牽連用之而復

《禮記．文王世子》篇：養老幼於東序。言養幼者，牽於老而言之。

《玉藻》篇：大夫不得造車馬。言造馬者，牽於車而言之。

四、語詞疊用

《尚書．多方》篇：爾曷不忱裕立於爾多方？爾曷不夾介乂我周王享天之命？今爾尚宅爾宅，畋爾田，爾曷不惠王熙天之命？爾乃迪屢不靖，爾心未愛，爾乃不大宅天命，爾乃屑播天命，爾乃自作不典圖忱於正。十一句中，三爾曷不字，四爾乃字。

《詩．大雅．綿》篇：乃慰乃止，乃左乃右，乃疆乃理，乃宣乃畝。四句疊用八乃字。

五、語詞復用

《書．秦誓》：尚猶詢茲黃髮。言尚又言猶。

《禮記．檀弓》篇：人喜則斯陶。言則又言斯。

六、一人之詞中加日字

《左傳》哀十六年：乞曰：不可得也；曰，市南有熊宜僚者，若得之，可以當五百人矣。下曰引乃爲乞語，此記者加以更端。

《論語》：懷其寶而迷其邦，可謂仁乎？曰：不可。曰字陽虎自答，此自爲句答之詞。

第四，變文

一、用字錯綜

《春秋》僖十六年：隕石於宋五。是月六鷁退飛過宋都。上言石五，下言六鷁，錯言之耳。

《論語》：迅雷風烈。即迅雷烈風。

二、互文見義

《禮記．文王世子》篇：諸父守貴宮貴室，諸子諸孫守下宮下室，諸父諸兄守貴室，子弟守下室，而讓道達矣。鄭曰：上言父子孫，此言兄弟，互相備也。

《祭統》篇：王后蠶於北郊，以共純服；夫人蠶於北郊，以共冕服。鄭曰：純服亦冕服也，互言之爾。

三、連類並稱

《儀禮．少牢饋食禮》：日用丁己。或用丁，或用己。

《孟子》：華周杞梁之妻，善哭其夫，而變國俗。哭夫爲杞梁妻事，華周妻乃連類言之也。

四、兩語平列而實相聯

《論語》：君子恥其言而過其行。言君子恥其言之過其行也。

《詩．蕩》篇：侯作侯祝。傳曰：作祝詛。

五、兩語小殊而實一意

《詩．關雎》：參差荇菜，左右流之；參差荇菜，左右求之。傳曰：流，求也。

《禮記．表記》：仁有數，義有長短小大。數即長短小大。

六、變文叶韻

《易．小畜》上九：既雨既處。處，止也，與雨韻，故變言處。

《詩．鄘風．柏舟》：母也天只，不諒人只。傳曰：天，謂父也。《正義》曰：先母後天，取其韻句。案變父言天，亦取韻句耳。

七、前文隱沒至後始顯

《禮記．曲禮》篇：天子謂之伯父，異姓謂之伯舅。下言異姓，則上言同姓明矣。

《檀弓》篇：晉獻公之喪，秦穆公使人吊公子重耳。子顯以致命於秦穆公。上不言使人爲誰，至後始顯。

八、舉此見彼

《易．文言》：地道也，臣道也，妻道也，地道無成而代有終也。不言臣妻。

《禮記．王制》：大國之卿不過三命，下卿再命，小國之卿與下大夫一命。鄭曰：不著次國之卿者，以大國之下互明之。

九、上下文語變換

《書・洪範》：金曰從革，土爰稼穡。爰即曰也。

《論語》：愛之能勿勞乎？忠焉能勿誨乎？焉即之也。

十、敘論並行

《左傳》僖三十三年：秦伯素服郊次，向師而哭，曰：孤違蹇叔以辱二三子，孤之罪也。不替孟明。孤之過也，大夫何罪！且吾不以一眚掩大德。不替孟明乃記者之詞。

《史記・周本紀》：尹佚筴祝曰：殷之末孫季紂，殄廢先王明德，侮蔑神祇不祀，錯暴商邑百姓，其章顯聞於皇天上帝。於是武王再拜稽首，曰：膺更大命，革殷受天明命。武王又再拜稽首。於是武王再拜稽首曰，九字夾敘於祝文之中，再拜稽首敘其事，曰者，史佚更讀祝文也。

十一、錄語未竟

《左傳》襄二十五年：盟國人於大宮，曰：所不與崔慶者。下無文。

《史記・高紀》：諸君必以為便，便國家。下無文。

第五，足句

一、間語

《書・君奭》：迪惟前人光。惟，間語也。

《左傳》隱十一年：天而既厭同德矣。而，間語也。

二、助語用虛字

《詩・車攻》篇：徒御不驚，大庖不盈。傳：不驚，驚也。不盈，盈也。

《書．洪範》：皇建其有極。有極，極也。

三、以語詞齊句

《詩．匏有苦葉》篇：濟盈不濡軌，雉鳴求其牡。不字所以齊句。

《無羊》篇：衆維魚矣。旐維旟矣。維字所以齊句。

上所甄舉，大抵取之《古書疑義舉例》中。其文與恆用者殊特，不憭其例，則於其義茫然，或因以生誤解。文法書雖工言排列組織之法，而於舊文有所不能施用。蓋俞君有言，執今人尋行數墨之文法，而以讀周、秦、兩漢之書，猶執山野之夫。而與言甘泉、建章之巨麗也。斯言諒矣。茲爲講說計，竊取成篇，聊以證古書文句之異，若其詳則先師遺籍具在，不煩羅縷於此云。

六、論安章之總術　舍人此篇，當與《鎔裁》、《附會》二篇合觀，又證以《文賦》所言，則於安章之術灼然無疑矣。此篇云：句司數字，待相接以爲用；章總一義，須意窮而成體。其控引情理，送迎際會，譬舞容回環，而有綴兆之位；歌聲靡曼，而有抗墜之節也。章句在篇，如繭抽緒，原始要終，體必鱗次。啓行之辭，逆萌中篇之意；絕筆之言，追媵前句之旨；故能外文綺交，內義脈注，跗萼相銜，首尾一體。若辭失其朋，則羈旅而無友，事乖其次，則飄寓而不安。是以搜句忌於顚倒，裁章貴於順序，斯固情趣之指歸，文筆之同致也。案此文所言安章之法，要於句必比敘，義必關聯。句必比敘，則浮辭無所容；義必關聯，則雜意不參羼。章者，合句而成，凡句必須成辭，集數字以成辭，字與字必相比敘也，集數句以成章，則句與句亦必相比敘也；字與字比敘，而一句之義明，句與句比敘，而一章之義明；知安章之理無殊乎造句，則章法無紊亂之慮矣。《文心》云：引而伸之，則兩句敷爲一章，約以貫之，則一章刪成兩句。夫句可展爲章，章可刪爲句，知章句之理本無二致矣。一章所論，必爲一意，一意非一句所能盡，故必累句以明之，而此諸句所言，皆趣以明彼之一意，然則諸句之間，必有相待而不能或離者，是故前句之意，或以啓下文，後句之意，或以足上旨，使去其一句，則義因之以晦，橫增一句，則義因之不安，蓋句中一字之增損，足以累句，章中一句之增損，亦足以累章，若知義必關聯，則二意兩出同辭重句之弊可以祛矣。然臨文安章，每苦杌隉，操末續顛，勢所不免，是故《鎔裁》篇說安章要在定准，准則既定，奉以周旋，則首尾圓合，條貫統序，文成之後，與意合符，此則先定章法，後乃獻替節文，亦安章之簡術也。凡篇章立意，雖有專主，而枝分條別，賴眾理以成文，操毫時既有牽綴之功，脫稿後復有補苴之事，文不加點，自古所稀，易句改章，文士常習，是以舍人復有《附會》之篇，以明修潤之術，究其要義，亦曰總綱領、求統緒、識腠理、會節文而已。大抵文既成篇，更有增省，必須俯仰審視，細意彌縫，否則刪者有斷鶴之憂，補者有贅疣之誚，尺接寸附，爲功至煩，故曰改章難於造篇，易字難於代句，此已然之驗也。《文賦》曰：或仰逼於先條，或俯侵於後章，或辭害而理比，或言順而義妨，離之則雙美，合之則兩傷，考殿最於錙銖，定去留於毫芒，苟銓衡之所裁，固應繩其必當。此文所言安章之術雖簡，實足包括舍人三篇之言。至言銓衡所裁，應繩必當。注云：言銓衡所裁，苟有輕重，雖應繩墨，須必除之，則章法謹嚴極矣。統之，安章之術，以句必比敘，義必關聯爲歸，命意於筆先，所以立其準，刪修於成後，所以期其完，首尾周密，表裡一體，蓋安章之上選乎。

七、論句中字數 此篇言句中字數，兼文筆二者言之。無韻之文，句中字數蓋無一定，彥和言四字密而不促，六字格案格爲裕之誤。而非緩，或變之以三五，蓋應機之權節也。此謂無韻之文，以四字六字爲適中，密而不促，裕而非緩，即謂得緩急之中，變以三五，但爲權節，則四字六字爲合中明矣。李詳云：《十駕齋養新錄》據此謂駢儷之文，宋人或謂之四六，梁時文字已多用四字六字矣。蓋猶拘於當時文體，其實句中字數，長短無恆，特古人文章即是言語，若遇句中字多，無害中加稽止，觀前所引《詩．大雅》、《左傳》文而可明也。至後世之文，則造句不宜過長，若賈誼《過秦論》，於是六國之士有寧越、徐尚、蘇秦、杜赫之屬爲之謀三句，范蔚宗《宦者傳論》，若夫高冠長劍紆朱懷金者布滿宮闈六句，皆難於諷誦，必當中加稽止，斯固不必輕於仿效者也。自四六體成，反之者變爲古文，有意參差其句法，於是句度之長，有古所未有者，此又不足以譏四六也。曾鞏《南齊書序》：是可不謂明足以周萬事之理，道足以適天下之用，智足以通難知之意，文足以敘難顯之情者乎？又曰：是豈可不謂明不足以周萬事之理，道不足以適天下之用，智不足以通難知之意，文不足以敘難顯之情者乎？又曰：然顧以謂明不足以周萬事之理，道不足以適天下之用，智不足以通難知之意，文不足以敘難顯之情者何哉？句法奇長若此，令人怪笑。然此猶曰無韻之文也，至歐陽修《祭尹師魯文》，蘇軾《祭歐陽文忠公文》，皆爲韻語，而句法之長，有一句三十四字者，有一句三十二字者，此眞古之所未有也。

夫文之句讀，隨乎語言，或長或短，取其適於聲氣，拘執四六者固非，有意爲長句者亦未足範也。若夫有韻之文，句中字數，則彥和此篇所說，大要本之摯虞。《文章流別論》曰：古之詩有三言、四言、五言、六言、七言、九言。古詩率以四言爲體，而時有一句二句雜在四言之間。後世演之，遂以爲篇。古詩之三言者，振振鷺、鷺於飛之屬是也，漢《郊廟歌》多用之。五言者，誰謂雀無角之屬是也，於俳諧倡樂多用之。六言者，我姑酌彼金罍之屬是也，樂府亦用之。七言者，交交黃鳥止於桑之屬是也，於俳諧倡樂多用之。古詩之九言者，泂酌彼行潦挹彼注茲之屬是也，不入歌謠之章，故世希爲之。《詩》疏引顏延之云：詩體本無九言者，將由聲度緩闡，不協金石，仲治言未可據。夫詩雖以情志爲本，而以成聲爲節，然則雅音之韻，四言爲正，其餘雖備曲折之體，而非詩之正也。此彥和說所本。《詩》疏則云：句者聯字以爲言，則一字不制也，以詩者申志，一字則言蹇而不會，故《詩》之成句，少不減二，即祈父、肇禋之類。三字者，綏萬邦、屢豐年之類。四字者，關關雎鳩之類。五字者。誰謂雀無角之類。六字者，昔者先王受命、有如召公之臣之類。七字者，如彼築室於道謀之類。八字者，十月蟋蟀入我床下之類。其外更不見九字十字者。摯沖遠之言，則詩無九字，蓋自《楚辭》有之。漢人賦句有十餘字者，以不歌而誦，故無嫌也。然至十餘字止矣，未有若宋人之一句三十餘字者也。

《竹彈》之謠，李詳引黃生《義府》云：此未知詩理，蓋此必四言成句，語脈緊，聲情始切，若讀作二言，其聲嘽緩而不激揚，恐非歌旨。若音人讀黃絹幼婦外孫齏曰爲二言四句，此實妙解文章之味。又古人八字用四韻者，《老子》知足不辱，知止不殆；《韓非》名正物定，名徒物倚是也。案黃歌四句，而黃生以爲二句，黃絹辭二句，而黃生以爲四句，且曰妙解文章之味，未知抑揚之所由。

八、論句末用韻　彥和引魏武之言，今無所見。士龍說見《與兄平原書》。書云：四言轉句，以四句爲佳。彥和謂其志同枚、賈，觀賈生《吊屈原》及《鵩賦》，誠哉兩韻輒易，《惜誓》及枚乘《七發》乃不盡然。彥和又謂劉歆、桓譚百韻不遷，子駿賦完篇存者惟《遂初賦》，固亦四句一轉也。其云折之中和，庶保無咎者，蓋以四句一轉則太驟，百句不遷則太繁，因宜適變，隨時遷移，使口吻調利，聲調均停，斯則至精之論也。若夫聲有宮商，句中雖不必盡調，至於轉韻，宜令平側相間，則聲音參錯，易於入耳。魏武嫌於積韻，善於資代，所謂善於資代，即工於換韻耳。

前釋漢師章句之體條中，引《禮記》離經辨志。但據鄭注，以離經爲斷句。近世黃元同先生更以辨志爲斷章，且極論離經辨志之要，其言甚美，茲迻錄如下：

黃以周離經辨志說

《學記》：一年視離經辨志，三年視教業樂群，五年視博習親師，七年視論學取友。爲中年考校之法。鄭注離經辨志，其義本通，後人轉求其深，反失《記》意。初年所視。義毋深說。《易》曰：浚恆之凶，始求深也。《記》曰：不陵節而施之謂孫，此之謂也。且如鄭所解離經辯志，亦甚難矣。古離經有二法，一曰句斷，一曰句絕。句斷今謂之句逗，古亦謂之句投，《文選．長笛賦》。斷與逗投皆音近字，句斷者，其辭於此中斷，而意不絕，句絕則辭意俱絕也。鄭注離訓斷絕，兼兩法言，云斷句絕也者，欲句字兩屬之爾。《禮經》有其例，注亦多用斯意。離經專以析句言，孔疏章句兼說，既非鄭義，俗本作章斷句絕也，更失鄭意。斷章乃辨志之事，志與識通，辨志者，辨其章指而標識之也，鄭讀志如字，云別其志意之趣鄉，趣鄉釋志，志者心之所之也，其志意謂經之志意也；孔疏志屬學者，辨屬考校者，於上視字既觸，於下文法亦違，鄭意當不爾也。古者教國子以詩書禮樂四術，《詩．周南》本作一什，《關雎》之後即繼《葛覃》，學者以其志趣不同，分之爲篇，別之以章，題曰《關雎》幾章，《葛覃》幾章，題即標識之謂也，而云辨者，章法無一定，任學者自分之。《毛詩》云：《關雎》五章，章四句，故言三章，其一四句，二章章八句。《釋文》云：五章是鄭所分。故言以下是毛公本意，是毛鄭標識不同也。《常棣》，《毛詩》分八章，章四句，《中庸》連引妻子好合六句，辨其志趣，後兩章宜合爲一。由是推之，《毛詩》所分五章六章，亦謂御侮思兄弟，平安又重友生，辨其志趣亦不必分爲二，說詳先君《儆居集》。是毛公之標識，亦不能無失也。《閟宮》之分章，至今無定說，然此猶其小焉者也，至《毛詩》分《周頌》《桓》、《賚》爲兩篇，據《左傳》，《桓》爲大武之六章，《賚》爲大武之三章，是篇弟之標識亦有不同矣。此非辨志有各別而考校者所當視乎？《尚書》汩作九共稿飫，皆述帝釐下土方設居方別生分類之事，古初當亦同篇；曰汩作，曰九共，曰稿飫，殆亦後之學者，辨其志趣之異標識之。《大禹謨》、《皋陶謨》、《益稷》亦猶是已。《盤庚》本一篇，今分上中下，而鄭注亦以上篇《盤庚》爲君時事，《康王之誥》或分王出以下爲篇，或分王若曰以下爲篇，亦辨志者之標識之各別也。《禮經》散佚已多，今所傳《士禮》十七篇，注家於每篇中分別其章，標識其目，亦辨志之事。《樂經》全亡，而小戴所載《樂記》一篇，劉向《別錄》有《樂本論》十一目，即辨志之遺法也。今諸經章句，注家標識，大半已明，若初學讀《史記》、《漢書》用離經辨志法，令之點句畫段，標明大旨，一展視之，便知其用意之淺深，洵良法也。初年講學，宜知是意，小成而後，由所辨而措諸身心，由所志而見諸事業，道德經濟文章，皆由此其選也。

九、詞言通釋　世人或言：語詞多無本字。朱君允倩書遇語詞不得語根者，輒謂爲托名標識。或言：語詞多無實義。馬建忠書謂夫蓋則以而等字無解。夫言語詞無本字，則不知義之所出；言語詞無實義，則不知義之所施。茲故採《說文》及傳注之言，刪取二王、俞、黃之書，作此一篇。凡古籍常用之詞，類多通假，惟聲音轉化無定。如得其經脈，則秩然不亂，非夫拘滯於常文者所能悟解也。馬氏書以意讀古書，而反斥王君有徵之言。此大失也。尋《爾雅・釋詁》、《釋言》之三篇，釋詞言者數十條，《方言》、《廣雅》亦放物之，固知昔人訓解書籍，未有不以此爲急者。《文心雕龍》云：夫惟蓋故者，發端之首唱，之而於以者，乃劄句之舊體，乎哉矣也，亦送末之常科，據事似閒，在用實切。夫語助施於恆文，其要已若此，況於誦籀故書，而可忽之乎？

《說文》：曰，詞也，从口，乙聲，亦象口氣出也。《廣雅》：曰，言也。通作謂。《廣雅》：謂，說也，又通作云。《經傳釋詞》：云，言也，又通作爲。《釋詞》：爲，猶曰也。謂亦通作爲。《釋詞》：爲，猶謂也。

《說文》：吹，詮詞也，从欠，曰聲，字亦作曰，亦作聿，亦作遹。

《說文》：粵，虧也，寀愼之詞者，從虧，从寀，字亦作越。《夏小王》傳：越，於也，通作爰。《爾雅》：爰，于也，於也，曰也。

粵又但爲發聲之詞。《爾雅》：粵，曰也，通作曰。黃以周說曰亦發聲之詞。

《說文》：虧，於也，象氣之舒，从丂，從一。一者，其氣平之也。字亦作於。通作繇。《爾雅》：繇，於也。字亦作由，亦作猷。又通作曰。黃說：曰，於也。又通作爲。《釋詞》：爲，猶於也。又通作如。《釋詞》：如，猶於也。又通作那。《爾雅》：那，猶於也。又通作諸，作都。《儀禮》注曰：諸，於也。《爾雅》曰：都，於也。又通作之。《釋詞》：之，猶諸也，於也。虧又有在誼，字亦作於，通作乎。《呂覽》注：乎，於也。又通作許。《文選注》：許，猶所也。又通作所。所本音許，轉爲齒音，其作喉音者，於之借也。又通作可。《儀禮》注：可，猶所也。虧又有於是之義，通作安。《釋詞》：安，猶於是也，乃也，則也，字亦作案，亦作焉。又通作惟。《文選注》：惟，是也。又通作侯。《爾雅》：侯，乃也。又通作一。《呂覽》注：一，猶乃也。虧又但爲發聲之詞。《左傳》注：於，發聲。虧又爲嘆詞，字亦作於。

《詩》傳：於，嘆詞。亦作烏，烏呼即於乎。亦作嗚，通作猗。《詩》傳：猗，嘆詞。又通作噫。《釋詞》曰：噫，嘆聲。亦作意，作懿，作抑。

《說文》：吁，驚語也，从口虧聲。通作呼。《左傳》注：呼，發聲。

《說文》：爲，母猴也，其爲禽好爪，引申有作爲之誼。通作以。《玉篇》：以，爲也。又通作用。《釋詞》：用，詞之爲也。又通作與。《釋詞》：與，猶爲也。又通作于。《儀禮》注：于，猶爲也。字亦作於。《釋詞》：於，猶爲也。又通作曰。《釋詞》：曰，猶爲也。又通作謂。《釋詞》：謂，猶爲也。又通作爰。《玉篇》：爰，爲也。又通作惟。《玉篇》：惟，爲也。又通作有。《釋詞》：有，猶爲也。

爲引申爲人相爲之爲，則讀去聲。亦通作與。《釋詞》：與，猶爲也。亦通作于。《釋詞》：于，猶爲也。字亦作於。《釋詞》：於，猶爲也。亦通作謂。《釋詞》：謂。猶爲也。

《說文》：已，已也。四月陽氣已出，陰氣已藏，萬物見，成文章，故引申以爲已止已過之誼，而有似、㠯二音。其訓過者，又有太誼、甚誼。《考工記》注通作以。《左傳》：嬴日以剛。

《說文》：㠯，用也，从反已。字又作以，或作已。通作用，字亦作庸。通作與。《釋詞》：與，猶以也。又通作由。《廣雅》：由、以，用也。字亦作猶，亦作攸。又通作允。《釋詞》：允，猶用也。又：猶以也。又通作爲。《釋詞》：爲，猶以也。

《說文》：矣，語已詞也，从矢，㠯聲，字亦作已。《漢書》注：已，語終辭。又通作焉。《玉篇》：焉，語已之辭也。又通作也。《釋詞》：也，猶矣也。又通作云，字亦作員。《詩》疏：云、員，古今字，助句辭也。

《說文》：唉，應也。通作誒。《說文》：一曰，誒。然也。又通作已。《書》傳：已，發端嘆辭。字亦作熙。《漢書》注：熙，嘆詞。又通作譆。《釋詞》：譆，嘆辭也。字亦作嘻。

《說文》：誒，可惡之辭。字亦作唉，又作譆。《說文》：譆，痛也。字亦作嘻。

《說文》：𣄸，屰惡驚辭也。讀若楚人名多夥，字亦作夥。

《說文》：余，語之舒也。從人，舍省聲，引申爲我之稱，通作予，又通作台。

《說文》：歟，安氣也。以爲語詞，與餘同誼。《玉篇》：歟，語末詞。字亦作與。《國語》注：與，辭也。通作爲。《禮記》疏曰：爲，是助語。

《說文》：與，黨與也。引申以爲相連及之詞。《禮記》注：與，及也。通作以。《廣雅》：以，與也。《虞氏易》注曰：以，及也。又通作曰。黃以周說：曰，及也。字亦作越。《廣雅》：越，與也。又通作謂。《釋詞》：謂，猶與也。又通作爰。《釋詞》：爰，猶與也。又通作于。《釋詞》：于，猶與也。又通作爲。《釋詞》：爲，猶與也。又通作惟。《釋詞》：惟，猶與也，及也，字亦作維。又通作如。《釋詞》：如，猶與也，及也。又通作若。《釋詞》：若，猶與也，及也。又通作而。《釋詞》：而，猶與也，及也。

《說文》：卤，氣行皃，从乃，卤聲，讀若攸，字變作逌。通作攸。《釋詞》：攸，語助也。字亦作猷。

《說文》：唯，諾也。通作俞。《爾雅》：俞，然也。唯又但爲發聲之詞，字亦作惟，作維，作雖。通作伊。《爾雅》：伊，維也，字亦作緊。又通作允。《釋詞》：允，發語詞。又通作夷。《周禮》注：夷，發聲。又通作有。《釋詞》：有，語助也。又通作或。《釋詞》：或，語助也。又通作抑。《釋詞》：抑，發語詞。字亦作噫，作意。又通作亦。《釋詞》曰：亦有但爲語助者。唯又引申而有兩設之詞，字亦作惟，作雖。《玉篇》：雖，詞兩設也。唯又有是義，字亦作惟，作維，作雖，引申又訓獨。又通作緊。《詩》箋：緊，是也。字亦作伊，又通作一，引申訓皆，實用惟是之義。字亦作壹。

《說文》：又，手也，引申爲手所有之誼，凡有無字皆以又爲本字，字亦作有，通作或。《廣雅》：或，有也。又通作爲。《孟子》注：爲，有也。又通作惟。薛綜《東京賦注》：惟，有也。又通作云，字亦作員。《廣雅》：云、員，有也。有，又有或義。《穀梁傳》：一有一無曰有。通作或。《易傳》：或之者，疑之也。又通作抑。《左傳》注：抑，疑辭。字亦作意，作噫，作億，作懿，又通作一。《釋詞》：一，或也。又通作云。《釋詞》：云，或也。又，又爲有繼之辭，見《穀梁傳》。《詩》疏：又，亞前之辭。字亦作有。《詩》箋：有，又也。又通作或。《釋詞》：或，猶又也。又通作亦。《公羊》注曰：亦者，兩相須之意。又通作惟。黃以周說：惟，又也。又通作猶。《禮記》注曰：猶，尙也。《爾雅》：可也。《釋詞》：猶之言由也。字亦作猷。

《說文》：因，就也，引申爲因由之誼，通作由，又通作吕。《漢書》注：吕，由也。又通作用。《釋詞》曰：用，詞之由也。

《說文》：欲，貪欲也。其於詞聲轉爲爲。《孟子》：克告於君，君爲來見也。趙注：君將欲來，是以欲釋爲。《史記》：爲欲置酒，爲欲復言爾。

《說文》：兮，語所稽也。通作殹。《石鼓文》：汧殹沔沔。秦斤以殹爲也字，又通作也。《玉篇》：也，所以窮上成文也。《釋詞》：也，猶兮也。又云：也，猶者也。又通作猗。《釋詞》：猗，兮也。又通作邪。《釋詞》：邪，猶也也。又通作矣。《釋詞》：矣，猶也也。又通作焉。《釋詞》：焉，語助也。又，猶也也。又通作安。《釋詞》：安，焉也。又通作與。《釋詞》：與，猶也也。

《說文》：兄，長也。引申有茲益誼。《詩》傳：兄，茲也。字亦作況。《詩》傳：況，茲也。亦作皇，又通作行。《漢書》注：行，且也。兄又引申爲匹擬之詞。《廣韻》：況，匹擬也。此由矧況誼引申。

《說文》：曷，何也。字亦作害，又通作盍。《爾雅》：曷，盍也。《廣雅》：盍，何也。字亦作蓋，蓋又引申爲發端之詞。《釋詞》：蓋，大略之詞。又通作何，又通作奚，又通作胡，字亦作遐，作瑕。《禮記》注：瑕之言胡也。又通作侯。《呂覽》注：侯，何也。又通作號。《釋詞》：號，何也。又通作安。《易》疏：安，猶何也。

又通作焉。《廣雅》：焉，安也。又通作庸。《釋詞》：庸，猶何也，安也，詎也。又通作台。《釋詞》：台，猶何也。又通作惡，字亦作烏。《呂覽》注，惡，安也。又曰，烏，安也。

《說八》：乎，語之餘，从兮，象聲上越揚之形也。又通作於。《呂覽》注：於，乎也。又通作歟，字亦作與。《呂覽》注：歟，邪也。《論語》疏：與，語不定之詞。又通作邪。《釋詞》：邪，猶歟也，乎也。又通作也。《釋詞》：也，猶邪也，歟也，乎也。又通作如。《釋詞》：如，猶乎也。又通作夫。《釋詞》：夫，乎也。乎又爲發聲，字通作侯。《詩》傳：侯，維也。《爾雅》：伊維，侯也。又通作洪。《釋詞》：洪，發聲，字通作鴻。《爾雅》：鴻，代也。

《說文》：號，痛聲也，號，號呼也。通作皋。《儀禮》注：皋，長聲也。

《說文》：故，使爲之也。引申爲申事之詞，發端之詞，又與則誼通。《釋詞》：故，猶則也。則本字爲曾，亦申事之詞；故爲推其所由，故又有本然之誼。字亦作固，作顧。《釋詞》：固，必也。又通作苟。《釋詞》：苟，誠也。

《說文》：顧，還視也，引申爲詞之反。許君《淮南》注曰：顧，反也。

《說文》：夃，秦以市買多得爲夃，从乃，从夂，益至也。引《詩》：我夃酌彼金罍。今《詩》作姑，字亦作姑，且也。又通作顧。《釋詞》：顧，但也。又通作苟。《釋詞》：苟，但也，且也。

《說文》：今，是時也，从亼从乁。乁，古文及字，今引申但訓是。《釋詞》：今，指事之詞也。又但訓即。《釋詞》：今，猶即也。

《說文》：可，肯也。哿，可也。通作克，又通作堪，又通作所。所，本音許；可，本音ㄛ，故得相通。《釋詞》：可，猶所也。

《說文》：及，逮也。从又，从人。𥄎，眾與詞也。《爾雅》：及，與也。及又爲更端之詞。《釋詞》：及，猶若也。

《說文》：𠄌，鉤識也。从反亅，讀若橛，引申以爲指事之詞，猶丶孳乳以爲者是諸字矣。通作厥。《爾雅》：厥，其也，通作其，又通作汽。《左傳》注：汽，其也。又通作幾。《易》注：幾，詞也。又虞注：幾，其也。又通作豈。《廣韻》：豈，詞之安也，焉也，曾也。又通作詎。《釋詞》：詎，豈也。字亦作巨，作距，作鉅，作遽，作渠。又通作祈。《禮記》注：祈之言是也。又通作既，經傳多以既其互文，既亦其也。

其又但爲語助，或讀如記，字亦作己，作記，作近，作忌。其又作問詞而讀如姬，字亦作居，作期。𠄌又通作羌。《廣雅》：羌，乃也。其有乃訓，故羌亦訓乃。字亦作慶，作卿，作謇。《離騷》：謇吾法夫前修，謇朝誶而夕替，謇皆羌也。

《說文》：幾，微也，殆也，殆之訓。字又通作汽。《詩》箋：汽，幾也。又通作既，已也，由已引申，又有終誼。黃以周說：經傳以既與初與始連文，既皆訓終。

《說文》：吾，我自稱也。我，施身自謂。又通作言。《爾雅》：言，我也。我又但爲語詞，亦通作言。《爾雅》：言，間也。又通作宜，作儀，作義。《釋詞》云：皆助語詞也。又通作慭。《左傳》注：慭，發語也。

《說文》：宜，所安也，引申爲推測之詞。《釋詞》：宜，猶殆也。

《說文》：啇，語相訶距也，从口距辛。通作惡。《釋詞》：惡，不然之詞。字亦作啞。

《說文》：者，別事詞也，从白，米聲，米，古文旅。通作諸。《儀禮》注：諸，之也。諸又訓於，又通作都。《爾雅》：都，於也。又通作之。之，指事之詞。本字皆作者。又通作是。《釋詞》：是。之也。字亦作氏。又通作時。《爾雅》：時，是也。又通作寔。《爾雅》：寔，是也。字亦作實。又通作適。《釋詞》：適，是也。之又通作旃。《詩》傳：旃，之也。者又引申爲嘆詞，通作都。《書》傳：都，於，嘆美之詞。

《說文》：尚，曾也，庶幾也。从八，向聲，曾之誼。字通作當。《釋詞》：當，猶則也。庶幾之誼。字亦作上，又通作當。《釋詞》：當，猶將也。又爲或然之詞，字亦作黨，作儻。又通作殆。《禮記》注：殆，幾也。《釋詞》：殆，將然之詞也。又通作庶。《爾雅》：庶，幸。庶幾，尚也。字亦作恕。尚又但爲發聲之詞。又通作誕。《釋詞》：誕，發語詞。又通作迪。《釋詞》：迪，發語詞也。又通作噬，作逝。《釋詞》：逝，發聲也。又通作式。《詩》箋：式，發聲也。尚又有猶誼，由曾誼引申。

《說文》：只，語已詞也。从口，象氣下引之形。字亦作咫，作軹，作旨。又通作止。《詩》傳：止，辭也。又通作諸。《左傳》服注，諸，辭也。又通作之。《爾雅》：之，言間也。《左傳》注：之，語助也。《釋詞》：之，猶與也。之，猶若也。只又訓則，通作是。《釋詞》：是，猶則也。

《說文》：冬，四時盡也。从仌，夂聲。夂，古文終。經傳用終爲語詞，既也。

《說文》：正，是也。从止，一以止。是，直也。從日，從正，通作直。《呂覽》注：直，特也。《淮南》注：直，但也。又通作特，又通作徒。《呂覽》注：徒，但也。又通作但，又通作獨，又通作祇。《詩》傳：祇，適也。字亦作多。又通作適。《釋詞》：謂適然也。又通作屬。《國語解》：屬，適也。

《說文》：啻，語時不啻也。字亦作翅，作適。

《說文》：矤，況也，詞也。从矢，引省聲。从矢取詞之所之如矢也。

《說文》：𠷎，詞也。𠷎，誰詞也。誰，何也。𠷎亦作疇。《爾雅》：疇，誰也。通作孰。《爾雅》：孰，誰也。《釋詞》：孰，何也。又通作獨。《呂覽》注：獨，孰也。𠷎又但爲發聲，字亦作疇。《禮記》注：疇，發聲也。通作誰。《爾雅》注：誰，發語辭。

《說文》：乃，曳詞之難也，象氣之出難。𠧪，驚聲也。从乃省：卤聲。或曰：𠧪，往也，讀若仍。案乃古亦讀若仍，字亦作仍。《爾雅》：仍，乃也。通作而。《禮記》注曰：而，猶乃也。又通作然。《釋詞》：然，猶而也。又通作如。《釋詞》：如，猶而也，乃也，則也。又通作若。顧歡《老子》注曰：若，而也。又通作寧。

《詩》箋：寧，猶曾也。又通作能。《釋詞》：能，猶而也，乃也。乃又爲指事之詞，通作若，作汝，作女，作而，作戎，作爾。乃又但爲發聲。《禮記》疏曰：乃者，言之助也。通作若。《釋詞》：若，詞之惟也。又通作來。《釋詞》：來，句中語助也。又通作寧。《釋詞》：寧，語助也。乃又爲句絕，字作而。《漢書》：而者，句絕之辭。又通作來。《釋詞》：來，句末語助也。

《說文》：寧，願詞也。《釋詞》：將也。

《釋詞》：尒，詞之必然也。从入丨八，八象氣之分散。字亦作爾。《禮記》注：語助也。尒又訓如此，見《釋詞》。通作耳。《釋詞》：耳，猶而已也。

《說文》：嘫，語聲也。字亦作然。《廣雅》：然，譍也。《太玄》范望注：然，是也。《禮記》注：然之言焉也。通作爾。《釋詞》：爾，亦然也。又通作而。《釋詞》：而，猶然也。

《說文》：諾，應也。字亦作若，用作語詞。《易》注：若，辭也。通作如。

《易》子夏傳：如，辭也。《釋詞》：如，猶然也。

《說文》：如，从隨也，引申以爲相類相當之誼。通作若。《周禮》注：若，如也。《釋詞》：若，猶或也。又通作乃。《釋詞》：乃，若也。又通作而。《易》虞注：而，如也。又通作柰。《釋詞》：柰，如也。又通作那。《釋詞》：那者，柰之轉也。又通作于，作於。《釋詞》：于，猶如也，於，猶如也。又通作與。《廣雅》：與，如也。又通作猶，作猷。《詩》傳：猶，若也。《爾雅》：猷，若也。又通作因。

《釋詞》：因，猶也。又通作爲。《釋詞》：爲，猶如也。又通作云。《釋詞》：云，猶如也。又通作謂。《釋詞》：謂，猶如也。

《說文》：𣩵，事有不善言𣩵，又通作僇。《說文》：一曰且也。字亦作憀，作聊。《詩》箋：聊，且略之辭。

《說文》：曾，詞之舒也。从八，从曰，𡆧聲。《呂覽》注：曾，則也。通作則，又通作即。《釋詞》：即，猶遂也。即今也，是也，若也。又通作斯。《釋詞》：斯，猶則也。又通作茲。《釋詞》：茲，猶斯也。字亦作玆。曾又訓嘗，嘗本字即尙，而讀曾則小變。

《說文》：哉，言之間也，字亦作載。《釋詞》：載，猶則也。亦作𢦏。《廣雅》：𢦏詞也。通作且。《呂覽》注：且，將也。又通作將。《論衡》：將，且也。又通作作。《詩》傳：作，始也。哉又爲語已詞，通作則，何則即何哉。又通作且。《詩》傳：且，辭也。又通作斯。《釋詞》：斯，語已詞也。

《說文》：朁，曾也。引《詩》曰：朁不畏明。字亦作憯，作慘。

《說文》：嗞，嗟也。𧪘，嗞也。𧪘，字亦作嗟，作蹉，嗟嗞連言，或作嗟茲，或作嗟子。嗟又但爲語詞。《釋詞》：嗟，語助也。又通作斯。《爾雅》：斯，此也。又通作鮮。黃以周說：鮮，斯也。此又通作且。《詩》傳：且，此也。字亦作徂，又通作巳。《爾雅》：巳，此也。巳本音，詳裡切。

《說文》：呰，苛也。苛即訶，引申以爲語詞。字亦作訾，作些。《廣雅》：

些，詞也。通作思。《釋詞》：思，語已詞也，發語詞也，語助也。又通作斯。《釋詞》：斯，語已詞也，語助也。又通作所。《釋詞》：所，語詞也。又通作爽。《釋詞》：爽，發聲也。又通作率。《釋詞》：率，語助也。

《說文》：豙，从意也。亦作遂，通作肆。《爾雅》：肆，故也。《釋詞》：肆，遂也。又通作率。《釋詞》：率，詞也。案：率亦豙也。

《說文》：此，密也。皆从此，故比亦爲俱詞。《孟子》注：比，皆也。

《說文》：不，鳥飛上翔不下來也。象形，通作弗，又通作非。《漢書》服注曰：非，不也。字亦作匪。《釋詞》：匪，不也。又通作無。薛綜《東京賦注》：無，不也。又通作罔。《釋詞》：罔，猶不也。又通作蔑。《釋詞》：蔑，不也。不又但爲語詞，有發聲，有承上文。《玉篇》：不，詞也。字亦作丕，作否，通作薄。《詩》傳，薄，辭也。又通作夫。作煩。《禮記》注：夫，或爲煩，皆發聲。

《說文》：否，不也。从口，从不。

《說文》：非，違也。从飛下翄，取其相背。字亦作匪。《詩》傳：非，匪也。通作彼。《釋詞》：彼，匪也。又通作不，作否。《釋詞》：不，否，猶非也。又通作無。《釋詞》：無，猶非也。又通作微。《禮記》注：微，非也。又通作勿。《廣雅》：勿，非也。

《說文》：彼，往有所加也。通作夫。《釋詞》：夫，猶彼也，此也。又通作匪。《廣雅》：匪，彼也。

也。

《說文》：凡，最括也。从二，从ㄱ，通作夫。《孝經》疏引劉瓛曰：夫，猶凡也。

《說文》：未，味也。案引申爲未來之未，通作末。《釋詞》：末，猶未也。又通作無。《釋詞》：無，猶末也。

《說文》：亡，逃也。無，亡也。通作罔。《釋詞》：罔，無也。又通作微。《詩》傳：微，無也。又通作末。《釋詞》：末，無也。又通作蔑。《釋詞》：蔑，無也。又通作不，作否。《釋詞》：不，否，無也。

《說文》：毋，止之也。通作無。《釋詞》：無，毋也。又通作勿。《釋詞》：勿，莫也，無也。又通作末。《釋詞》：末，勿也。又通作不。《釋詞》：不，毋也。毋又爲發聲，通作無。《漢書》孟康注：無，發聲助也。又通作勿。《釋詞》：勿，語助也。又通作末。《釋詞》：末，發聲也。毋又爲轉語詞，字亦作亡，作無，作妄，通作每。《爾雅》：每，有，雖也。《詩》傳：每，雖也。

綜上所列，詞言條理，有可求者數事，一、詞言之音，大抵同類相轉，如已、于、吁、兮、乎、粵、曰、欥，皆喉音；未、亡、無、毋、非，皆唇音是也。二、詞言本寫聲氣，故每由感嘆之詞以爲語詞，故雖即唯，若即諾，然即嘫，其初但爲語聲，後乃以爲語助是也。三、詞言之字，本無定性，如乃、者、彼諸字，有時泛爲指事，有時專有所斥是也。四、詞言諸字，有時但以助語而不關誼，故其在句首即爲發端，其在句中即爲間語，其在句末即爲終句，如乎本語之餘；而在句首，則聲輕爲洪，尚訓庶幾，而以爲發端，則聲輕爲逝，我本自稱，而聲轉爲言，則爲間語；其本指事，而聲轉爲幾，則徒以成句；且字本於哉，句首句末，施用無恆；之字本於者，句中句下，位置無定是也。五、實義之字轉作語詞，必與音同音近之語詞意義不甚相遠，如爲與日通，日誼即可包爲；是與者通，者誼即可包是是也。

麗辭第三十五

文之有駢儷，因於自然，不以一時一人之言而遂廢。然奇偶之用，變化無方，文質之宜，所施各別。或鑑於對偶之末流，遂謂駢文爲下格；或懲於俗流之恣肆，遂謂非駢體不得名文；斯皆拘滯於一隅，非閎通之論也。惟彥和此篇所言，最合中道。一曰高下相須，自然成對。明對偶之文依於天理，非由人力矯揉而成也。次曰豈營麗辭，率然對爾，明上古簡質。文不飾雕，而出語必雙，非由刻意也。三曰句字或殊，偶意一也。明對偶之文，但取配儷，不必比其句度，便語律齊同也。四曰奇偶適變，不勞經營。明用奇用偶，初無成律，應偶者不得不偶，猶應奇者不得不奇也。終日迭用奇偶，節以雜佩。明綴文之士，於用奇用偶，勿師成心，或捨偶用奇，或專崇儷對，皆非爲文之正軌也。舍人之言，明白如此，眞可以息兩家之紛難，總殊軌而齊歸者矣。原夫古之爲文，初無定術，所可識者，文質二端，奇偶偏畸，即由此起。蓋文言藻飾，用偶必多，質語簡淳，用奇必眾，《尚書》、《春秋》，同爲國史，而一則麗辭盈卷，一則儷語無聞；《周官》、《禮經》，同出周公，而一則列數陳文，一則簡辭述事；至於《易傳》、《書序》，皆宣聖親撰之書，《易傳》純用駢詞，《書序》皆爲奇句，斯一人之作無定者也；《洪範》、《大誥》，同爲外史所掌之籍，《洪範》分臚名數，《大誥》直舉詞言，斯一書之體無定著也。此皆舉六藝爲徵，而奇偶無定已若此。至於子史之作，更無一成之規，老莊同爲道家：而柱史之作，盡爲對語，園吏之籍，不盡駢言；左馬同屬史官，而《春秋外傳》捶詞多偶，《太史公書》敘語皆奇，此則子史之文用奇用偶絕無定準者矣。總之，偏於文者好用偶，偏於質者善用奇，文質無恆，則偶奇亦無定，必求分畛，反至拘墟。歷考前文，差堪商榷；自漢魏以來，迄於兩晉，雅俗所作，大半駢詞爲多，於時聲病之說未起，對偶之法亦寬，又有文筆之分途，幸存文質之大介，降至齊梁以下，始染沈謝之風，致力宮商，研精對偶，文已馳於新巧，義又乖於典則，斯蘇綽所以擬典謨，隋煬所以非輕側，魏徵所以譏流宕，子昂所以革浮侈，而退之於文，或至比之於武事，有摧陷廓清之功，則駢儷之末流，亦誠有以致譏召謗者乎。觀彥和所言，氣無奇類，文乏異采，碌碌麗辭，昏睡耳目。則駢文之弊，自彼時而已然。至劉子玄作《史通》，乃言史道陵夷，蕪音累句，雲蒸泉湧，其爲史也，大抵編字不只，捶句皆雙，修短取均，奇偶相配，故應以一言蔽之者，輒足爲二言，應以三句成文者，必分爲四句，彌漫重沓，不知所裁，此其弊又及於史矣。文質之介，漫汗不分，駢偶之詞，用之已濫，然則麗辭之末流，不亦誠有當節止者乎？唐世復古之風，始於伯玉而大於昌黎，其後遂別有所謂古文者，其視駢文，以爲衰敝之音。蘇子瞻至謂昌黎起八代之衰，直舉漢、魏、晉、宋而一切抹摋之。宋子京修《唐書》，以爲對偶之文，不可以入史策，斯又偏滯之見，不可以適變者也。觀唐世裴度、李翺之言，知彼時固未嘗盡以對偶之文爲非法而棄之，其以是自張標誌者，特一方之私見，非舉世之公談也。裴與李翺書曰：觀弟近日制作，大旨常以時世之文，多偶對儷句，屬綴風雲，羈束聲韻，爲文之病甚矣，故以雄詞遠致一以矯之，則是以文字爲意也。且文者，聖人假之以達其心，達則已，理窮則已，非故高之下之詳之略之也。昔人有見小人之違道者，恥與之同形貌，共衣服，遂思倒置眉目，反易冠帶以異之，不知其倒之反之非也；雖失於小人，亦異於君子矣。故文之異，在氣格之高下，思致之深淺，不在礫裂章句，隳廢聲韻也。人之異，在風神之清濁，心志之通塞，不在於倒置眉目，反易冠帶也。李翱之答王載言書亦曰：溺於時者曰文章必當對，其病於是者曰文章不當對，此皆情有所偏，滯而不流，未識文章之所生也。古之人能極於工而已，不知其辭之對與否也。《詩》曰：憂心悄悄，慍於群小。此非對也。又曰：遘閔既多，受侮不少。此非不對也。學者不知其方，而稱說云云，如前所陳者，非吾之所敢聞也。案翱方以古文自矜，而其言乃若此，知其服膺晉公所誨矣。今觀唐世之文，大抵駢散皆有，若敬輿之《翰苑集》，皆屬駢體，而朓摯暢遂，後世誦法不衰；即退之集中，亦有駢文；樊南之文，別稱四六；則爲古文者亦不廢斯體也。宋世歐、蘇、王三子，皆爲古文大家，其於四六，亦復脫去恆蹊，自出機軸，謂之變古則可，謂其竟廢斯體則不可也。近世褊隘者流，競稱唐宋古文，而於前此之文，類多譏誚，其所稱述，至於晉宋而止。不悟唐人所不滿意，止於大同已後輕豔之詞，宋人所詆爲俳優。亦裁上及徐庾，下盡西昆，初非舉自古麗辭一概廢閣之也。自爾以後，駢散竟判若胡秦，爲散文者力避對偶，爲駢文者又自安於聲韻對仗，而無復迭用奇偶之能。以愚意論之，彼以古文自標櫫者，誠可無與諍難，獨奈何以復古自命者，亦自安於駢文之號，而不一審究其名之不正乎。阮伯元云：沈思翰藻始得爲文，而其餘皆經史子。是以駢文爲文，而反尊散文爲經史子也。李申耆選晚周之文以訖於隋，而名之曰《駢體文鈔》，是以隋以前文爲駢文，而唐以後反得爲古文也。何其於彥和此篇所說通局相妨至於如是耶！今錄阮李二君文四篇於後，以備考鏡：

阮伯元與友人論古文書 前《原道》篇札記只節取，玆全錄之

讀足下之文，精微峻潔，具有淵源。甚善甚善。顧蒙來問，謹陳陋識焉：元謂古人於籀史奇字，始稱古文。至於屬辭成篇，則曰文章，故班孟堅曰：武宣之世，崇禮官，考文章。又曰：雍容揄揚，著於後嗣，大漢之文章，炳焉與三代同風。是故兩漢文章，著於班範，體制和正，氣息淵雅，不爲激音，不爲客氣，若云後代之文，有能盛於兩漢者，雖愚者亦知其不能矣。近代古文名家，徒爲科名時藝所累，於古人之文，有益時藝者，始競趨之。元嘗取以置之兩《漢書》中誦之，擬之淄澠不能同其味，宮徵不能壹其聲，體氣各殊，弗可強已。若謂前人樸拙，不及後人，反覆思之，亦未敢以爲然也。夫勢窮者必變，情弊者務新，文家矯厲，每求相勝，其間轉變，實在昌黎。昌黎之文，矯《文選》之流弊而已。昭明《選序》，體例甚明，後人讀之，苦不加意。《選序》之法，於經子史三家不加甄錄，爲其以立意紀事爲本，非沈思翰藻之比也。今之爲古文者，以彼所棄，爲我所取，立意之外，惟有紀事，是乃子史正流，終與文章有別。千年墜緒，無人敢言，偶一論之，聞者掩耳，非聰穎特達深思好問如足下者，元未嘗少爲指畫也。嗚呼！修塗具在，源委遠分，古人可作。誰與歸歟？願足下審之。

阮伯元四六叢話序

昔《考工》有言：青與白謂之文，赤與白謂之文章。良以言必齊偕，事歸鏤繪。天

經錯以地緯，陰偶繼以陽奇。故虞廷採色，臣鄰施其璪火；文王壽考，詩人美其追琢。以質雜文，尚曰彬彬，以文被質，乃稱棫棫。文之與質，從可分矣。懿夫人文大著，肇始六經。典墳邱索，無非體要之辭；禮樂詩書，悉著立誠之訓。商瞿觀家於文言，邱明振藻於簡策，莫不訓辭《爾雅》，音韻相諧。至於命成潤色，禮舉多文，仰止尼山，益知宗旨。使其文章正體，質實無華，是犬羊虎豹，反追棘子之談，黼黻青黃；見斥莊生之論矣。周末諸子奮興，百家並鶩，老莊傳清淨之旨，孟荀析善惡之端，商韓刑名，呂劉雜體，若斯之類，派別子家，所謂以立意爲宗，不以能文爲本者也。至於縱橫極於戰國，春秋紀於楚漢，馬班創體，陳範希蹤，是爲史家，重於序事，所謂傳之簡牘，而事異篇章者也。夫以子若彼，以史若此，方之篇翰，實有不同。是惟楚國多才，靈均特起，賦繼孫卿之後，詞開宋玉之先，隱耀深華，警采絕艷；故聖經賢傳，六藝於此分途，文苑詞林，萬世咸歸圍範矣。賈生、枚叔，並轡漢初，相如、子雲，聯鑣西蜀。中興以後，文雅尤多，孟堅、季長之倫，平子、敬通之輩，綜兩京文賦諸家，莫不洞穴經史，鑽研六書，耀采騰文，駢音麗字；故雕蟲繡悅，擬經者雖改修塗，月露風雲，變本者妄執笑柄也。建安七子，才調輩興，二祖、陳王，亦儲盛藻，握徑寸之靈珠，享千金於荊玉。至於三張、二陸、太沖、景純之徒，派雖弱與當塗，音尚聞夫正始焉。文通希範，並具才思，彥升、休文，肇開聲韻；輕重之和，擬諸金石，短長之節，雜以咸韶，蓋時會使然，故元音盡洩也。孝穆振採於江南，子山蜚聲於河北。昭明勒選，六代範此規模，彥和著書，千古傳玆科律。迄於陳隋，極傷靡敝，天監、大業之間，亦斯文升降之會哉。唐初四傑，並駕一時，式江、薛之靡音，追庾、徐之健筆。若夫燕、許之宏裁，常、楊之巨制，《會昌一品》之集，元白《長慶》之編，莫不並掞龍文，聯登鳳閣。至於宣公《翰苑》之集，篤摯曲暢，國事賴之，又加一等矣。義山、飛卿，以繁縟相高，柯古、昭諫，以新博領異，駢儷之文，斯稱極致。趙宋初造，鼎臣、大年，猶沿唐舊，歐、蘇、王，宋，始脫恆蹊，以氣行則機抒大變，驅成語則光景一新；然而衣辭綿繡，布帛傷其無華，工謝雕幾，虞業呈其樸鑿。南渡以還，《浮溪》首倡，《野處》、《西山》，亦稱名集，《渭南》、《北海》，並號高文，雖新格別成，而古意浸失。元之袁、揭，弁冕一世，則又揚南宋餘波，無復三唐雅調也。載稽往古，統論斯文，日月以對待曜采，草木以錯比成華，玉十瑴而皆雙，錦百兩而名匹，明堂斧藻，視畫繢以成文，階戺笙鏞，聽鏗鏘而應節，自周以來，體格有殊，文章無異。若夫昌黎肇作，皇李從風，歐陽自興，蘇、王繼軌，體既變而異今，文乃尊而稱古，綜其議論之作，並升荀、孟之堂，核其敘事之辭，獨步馬、班之室，拙自妄譏其紕繆，儉腹徒襲爲空疏，此沿子史之正流，循經傳以分軌也。考夫魏文《典論》，士衡《文賦》，摯虞析其《流別》，任昉溯其《原起》，莫不謹嚴體制，評騭才華，豈知古調已遙，矯枉或過，莫守彥和之論，易爲眞氏之宗矣。我師烏程孫司馬，職參書鳳，心擅雕龍，綜覽萬篇，博稽千古，文人之能事，已攬其全，才士之用心，深窺其秘。王銍《選話》，惟紀兩宋，謝伋《談麈》，略有萬言，雖創體裁，未臻美備。況夫學如滄海，必沿委以討原，詞比鄧林，在揣本而達末，百家之雜編別集，盡得遺珠，七閣之秘笈奇書，更吹藜火。凡此評文之語，勒成講藝之書。四駢六儷，觀其會通，七曜五雲，考其沈博。而且體分十八，已括蕭、劉，序首二篇，特標《騷選》；此青麗白，卿雲增黼之輝，刻羽流商，天籟遏笙簧之響；使非胸羅萬卷，安能具此襟期？即令下筆千言，未許臻茲醞釀也。元才囿陋質，心好麗文，幸得師承，側聞緒論，妄執丹管而西行，願附驥尾而千里。固知盧王出於今時，流江河而不廢，子雲生於後世，懸日月而不刊者矣。

阮伯元文韻說

福問曰：《文心雕龍》云：今之常言，有文有筆。以爲無韻者筆也，有筆者文也。據此，則梁時恆言有韻者乃可謂之文，而《昭明文選》所選之文，不押韻腳者甚多。何也？曰：梁時恆言所謂韻者，固指押腳韻，亦兼謂章句中之音韻，即古人所言之宮羽，今人所言之平仄也。福曰：唐人四六之平仄，似非所論於梁以前。曰：此不然，八代不押韻之文，其中奇偶相生，頓挫抑揚，詠嘆聲情，皆有合乎音韻宮羽者。《詩》、《騷》而後，莫不皆然。而沈約矜爲創獲，故於《謝靈運傳論》曰：夫五色相宣，八音協暢，由乎玄黃律呂，各適物宜，欲使宮羽相變，低昂舛節，若前有浮聲，則後須切響，一簡之內，音韻盡殊，兩句之中，輕重悉異，妙達此旨，始可言文。又曰：自靈均以來，此秘未睹，至於高言妙句，音韻天成，皆暗與理合，匪由思至。又沈約《答陸厥書》云：韻與不韻，復有精粗，輪扁不能言之，老夫亦不盡辨此。休文此說，乃指各文章句之內有音韻宮羽而言，非謂句末之押腳韻也。即如雌霓連蜷，霓字必讀仄聲是也。是以聲韻流變而成四六，亦只論章句中之平仄，不復有押腳韻也。四六乃有韻文之極致，不得謂之爲無韻之文也。昭明所選不押韻腳之文，本皆奇偶相生，有聲音者，所謂韻也。休文所矜爲創獲者，謂漢魏之音韻，乃暗合於無心，休文之音韻，乃多出於意匠也。豈知漢魏以來之音韻，溯其本原，亦久出於經哉。孔子自名其言《易》者曰文，此千古文章之祖。《文言》固有韻矣，而亦有平仄聲音焉。即如濕燥龍虎作睹上下八句，何等聲音，無論龍虎二句不可顚倒，若改爲虎龍燥濕睹作，即無聲音矣。無論其德其明其序其吉凶四句不可錯亂，若倒不知退於不知亡不知喪之後，即無聲音矣。此豈聖人天成暗合，全不由於思至哉？由此推之，知自古聖賢屬文時，亦皆有意匠矣。然則此法肇開於孔子，而文人治之。休文謂：靈均以來，此秘未睹，正所謂文人相輕矣。不特《文言》也，《文言》之後，以時代相次，則及於卜子夏之《詩大序》。序曰：情發於聲，聲成文謂之音。又曰：主文而譎諫。又曰：長言之不足，則嗟嘆之。鄭康成曰：聲謂宮商角徵羽也。聲成文者，宮商上下相應。主文，主與樂之宮商相應。此子夏直指詩之聲音而謂之文也，不指翰藻也。然則孔子《文言》之義益明矣。蓋孔子《文言》、《繫辭》，亦皆奇偶相生，有聲音嗟嘆以成文者也，聲音即韻也。《詩．關雎》鳩洲逑押腳有韻，而女字不韻，得服側押腳有韻，而哉字不韻，此正子夏所謂聲成文之宮羽也。此豈詩人暗與韻合，匪由思至哉？王懷祖先生云：三百篇用韻，有字字相對極密，非後人所有者。如有瀰，有鷕，濟盈，不濡軌，雉鳴，求其牡，鳳皇，梧桐，鳴矣，生矣，於彼，於彼，高岡，朝陽，菶菶，雝雝，萋萋，喈喈，無一字不相韻，此豈詩人天成暗合，全無意匠於其間哉？此即子夏所謂聲成文之顯然可見者。子夏此序，《文選》選之，亦因其中有抑揚詠嘆之聲音，且多偶句也。鄉人邦國偶一，風教偶二，爲志爲詩偶三，手之足之偶四，治世亂世亡國偶五，天地鬼神偶六，孝敬人倫教化風俗偶七、八，化下刺上偶九，言之聞之偶十，禮義政教偶十一，國異家殊偶十二，傷人倫哀刑政偶十三，發乎情止乎禮義偶十四，謂之風謂之雅偶十五，係之周係之召偶十六，正始王化偶十七，哀窕窈思賢才偶十八，偶之長者，如周公召公一節，後世四書文即基於此。綜而論之，凡文者在聲爲宮商，在色爲翰藻。即如孔子《文言》云龍風虎一節，乃千古宮商翰藻奇偶之祖，非一朝一夕之故一節。乃千古差嘆成文之祖，子夏《詩序》情文聲音一節，乃千古聲韻性情排偶之祖。吾固曰韻者即聲音也，聲音即文也。韻字不見於《說文》，而王復齋《楚公鍾》篆刻內實有韻字，從音從勻，許氏所未收之古文也。然則今人所便單行之文，極其奧折奔放者，乃古之筆，非古之文也。沈約之說，或可橫指爲八代之衰體，孔子、子夏之文體，豈亦衰乎？是故唐人四六之音韻，雖愚者能效之，上溯齊梁，中材已有所限，若漢魏以上至於孔、卜，非上哲不能擬也。乙酉三月閱兵香山阻風，舟中筆以訓福。

李申耆駢體文鈔序

少讀《文選》，頗知步趨齊梁。後蒙恩入庶常，一閣之制，例用駢體，而不能致工，因益搜輯古人遺篇，用資時習。區其巨細，分爲三篇，序而論之曰：天地之道，陰陽而已。奇偶也，方圓也，皆是也。陰陽相並俱生，故奇偶不能相離，方圓必相爲用，道奇而物偶，氣奇而形偶，神奇而識偶。孔子曰：道有變動故曰爻，爻有等故曰物，物相雜故曰文。又曰分陰分陽，迭用柔剛。故易六位而成章，相雜而迭用。文章之用，其盡於此乎！六經之文，班班具存，自秦迄隋，其體遞變，而文無異名。自唐以來，始有古文之目，而目六朝之文爲駢儷。而爲其學者，亦自以爲與古文殊路。既岐奇與偶爲二，而於偶之中又岐六朝與唐與宋爲三。夫茍第較其字句，獵其影響而已，則豈徒二焉三焉而已，以爲萬有不同可也。夫氣有厚薄，天爲之也，學有純駁，人爲之也。體格有遷變，人與天參焉者也，義理無殊途，天與人合焉者也。得其厚薄純雜之故，則於其體格之變，可以知世焉，於其義理之無殊，可以知文焉。文之體，至六代而其變盡矣。沿其流極而溯之。以至乎其源，則其所出者一也。吾甚惜夫岐奇偶而二之者之毗於陰陽也，毗陽則躁剽，毗陰則沉膇，理所必至也，於相雜迭用之旨，均無當也。

比興第三十六

題雲比興，實側注論比，盡以興義罕用，故難得而繁稱。原夫興之爲用，觸物以起情，節取以托意，故有物同而感異者，亦有事異而情同者，循省六詩，可榷舉也。夫《柏舟》命篇，《邶》、《鄘》兩見。然《邶詩》以喻仁人之不用，《詩・邶風・柏舟》箋云：舟載渡物者，今不用而與眾物泛泛然俱流水中。興者，喻仁人之不見用而與群小人並列，亦猶是也。《鄘詩》以譬女子之用有常。《鄘風・柏舟》箋云：舟在河中，猶婦人之在夫家，是其常處。《杕杜》之目，風雅兼存，而《小雅》以譬得時，《小雅・杕杜》傳云：杕杜猶得其時蕃滋，役夫勞苦，不得盡其天性。《唐風》以哀孤立，《唐風・有杕之杜》傳云：道左之陰人所宜休息也。箋云：今人不休息者，以其特生陰寡也。興者，喻武公初兼其宗族，不求賢者與之在位，君子不歸，似乎特生之杜然。此物同而感異也。九罭鱒魴，鴻飛遵渚，二事絕殊，而皆以喻文公之失所。《豳風・九罭》傳云：九罭，緵罟小魚網也。鱒魴，大魚也，疏引王肅云：以興下土小國，不宜久留聖人。又鴻飛遵渚，傳云：鴻不宜循渚也。箋云：鴻，大鳥也，不宜與鳧鷖之屬飛而循渚，以喻周公今與凡人處東都之邑失其所也。牂羊墳首，三星在罶，兩言不類，而皆以傷周道之陵夷。《小雅・苕之華》傳云：牂羊墳首，言無是道也。三星在罶，言不可久也。箋云：無是道者，喻周已衰，求其復興不可得也。不可久者，喻周將亡，如心星之光耀，見於魚笱之中，其去須臾也。此事異而情同也。夫其取義差在毫釐，會情在乎幽隱，自非受之師說，焉得以意推尋。彥和謂明而未融，發注後見；沖遠謂毛公特言，爲其理隱，誠諦論也。孟子云：學詩者以意逆志，此說施之說解已具之後，誠爲讖言，若乃興義深婉，不明詩人本所以作，而輒事探求，則穿鑿之弊固將滋多於此矣。自漢以來，詞人鮮用興義，固緣詩道下衰，亦由文詞之作，趣以喻人，苟覽者恍惚難明，則感動之功不顯。用比忘興，勢使之然，雖相如、子雲，末如之何也。然自昔名篇，亦或兼存比興，及時世遷貿，而解者只益紛紜，一卷之詩，不勝異說。九原不作，煙墨無言。是以解嗣宗之詩，則首首致譏禪代，箋杜陵之作，則篇篇繫念朝廷，雖當時未必不托物以發端，而後世則不能離言而求象。由此以觀，用比者歷久而不傷晦昧，用興者說絕而立致辨爭。當其覽古，知興義之難明，及其自為，亦遂疏興義而希用，此興之所以浸微浸滅也。近世有人解李商隱詩，虎過遙知阱，以為刺時政。解溫庭筠《菩薩蠻》詞，以為與《感士不遇賦》同旨。解《詠懷詩》，天馬出西北，以為馬乃晉姓。解《洛神賦》君王，以為即文帝。此皆所謂強作解事，離其本真者已。雖然，微子悲殷，實興懷於禾黍，屈平哀郢，亦假助於江山，興之於辭，又焉能遽廢乎。

毛公述傳四句　風通，通字是也。《詩》疏曰：賦者，鋪陳今之政教善惡，其言通正變，兼美刺也。又曰：比之與興，雖同是附托外物，比顯而興隱，當先顯後隱，故比居興先也。《毛傳》特言興也，為其理隱故也。

比者附也十句　《周禮．大師》先鄭注曰：比者，比方於物也。《詩》孔疏引而釋之曰：諸言如者，皆比辭也。興者，托事於物也。孔疏曰：興者起也，取譬引類，起發己心，詩文諸舉草木鳥獸以見意者，皆興辭也。後鄭注曰：比，見今之失，不敢斥言，取比類以言之。興，見今之美，嫌於媚諛，取善事以喻勸之。成伯璵《毛詩指》說：物類相從，善惡殊態，以惡類惡，謂之為比，《牆有茨》比方是子者也；以美喻美，謂之為興，嘆詠盡致，善之深也。聽關雎聲和，知后妃能諧和眾妾，在河洲之闊遠，喻門閫之幽深，鴛鴦于飛，陳萬化得所，此之類也。案後鄭以善惡分比興，不如先鄭注誼之確。且牆茨之言，《毛傳》亦目為興，焉見以惡類惡，即為比乎。至鍾記室云：文已盡而意有餘，興也；因物喻志，比也。其解比興，又與詁訓乖殊。彥和辨比興之分，最爲明晰。一曰起情與附理，二曰斥言與環譬，介畫憭然，妙得先鄭之意矣。

關雎有別二句　《周南》《毛傳》云：雎鳩，王雎也。鳥摯而有別。箋云：摯之言至也。《釋文》：摯本亦作鷙。陸璣疏云：雎鳩，大小如鴟，深目，目上骨露，幽州人謂之鷲。而揚雄、許愼皆曰白鷹，似鷹，尾上白。

鳲鳩貞一二句　《召南》《毛傳》云：鳩，鳲鳩，秸鞠也。鳲鳩不自爲巢，居鵲之成巢。《曹風》傳云：鳲鳩之養其子，朝從上下，暮從下上，平均如一。《爾雅》注云：今布谷也。江東呼穫谷。

無從子夷禽　從當爲疑字之誤。

金錫　《衛風·淇奧》傳云：金錫湅而精。

圭璋　《大雅·卷阿》箋云：王有賢臣，與之以禮義相切磋，如玉之圭璋也。

螟蛉　《小雅·小宛》詩云：螟蛉，桑蟲也。蜾蠃，蒲盧也。箋云：蒲盧取桑蟲之子，負持而去，照嫗養之以成其子，喻有萬民不能治，則能治者將得之。

蜩螗　《大雅·蕩》傳云：蜩，蟬；螗，蝘也。箋云：飲酒號呼之聲，如蜩螗之鳴。

浣衣　《邶風·柏舟》箋云：衣之不浣，則憒辱無照察。

席捲　《邶風·柏舟》傳云：席雖平，尙可捲。

麻衣如雪　《曹風·蜉蝣》傳云：如雪，言鮮潔。箋云：麻衣，深衣。

兩驂如舞　《鄭風・大叔於田》傳云：驂之與服，和諧中節。

諷兼比興　王逸《楚辭章句・離騷序》云：《離騷》之文，依《詩》取興，引類譬喻，故善鳥香草以配忠貞，惡禽臭物以比讒佞，靈修美人以媲於君，宓妃佚女以譬賢臣，虬龍鸞鳳以托君子，飄風雲霓以喻小人。案《離騷》諸言草木，比物托事，二者兼而有之。故曰，諷兼比興也。

纖綜比義　纖當爲織字之誤。

安仁螢賦　《全晉文》九十二載其文，茲錄於下：

潘安仁螢火賦

嘉熠耀之精將，此字疑誤。與眾類乎超殊。東山感而增嘆，行士慨而懷憂。翔太陰之玄昧，抱夜光以清遊。頖君飛焱之霄逝，彗似移星之雲流，動集陽暉，灼如隋珠，熠熠熒熒，若丹英之照葩；飄飄頻頻，一作款款。案當作熲熲。若流金之在沙。載飛載止，光色孔嘉；無聲無臭，明影暢遐。飲湛露於曠野，庇一葉之垂柯；無干欲於萬物，豈顧恤於網羅。至夫重陰之夕，風雨晦冥，萬物眩惑，翩翩獨徵；奇姿燎朗，在陰益榮。猶賢哲之處時，時昏昧而道明；若蘭香之在幽，越群臭而彌馨，隨陰陽之飄繇，非飲食之是營。同螽斯之無忌，希夷惠之清貞。羡微蟲之琦瑋，援彩筆以爲銘。

比類雖繁，以切至爲貴　切至之說，第一不宜沿襲，第二不許蒙籠。紀評謂太切轉成滯相，按此乃措語不工，非體物太切也。

如川之渙　渙字失韻，當作澮，字形相近而誤。澮淡，水貌也。

誇飾第三十七

語之所貴者意也，意有所隨，意之所隨者，不可以言傳也，然而不可不力期其傳。古之為言，有肆而隱者矣，有曲而中者矣，意之既得，雖言可遺也，言之難傳，雖溢無害也。蓋十口相傳，謂之為古，俗語不實，流為丹青，皇初之蠱事，莫非載籍之飾言，自此以來，人智開明，而學術日趨貞信，然而言語不能必與意相符，文辭不能必與言合軌，則誇飾之病，終無由以畢祛，後之人知其違而止其濫斯可矣。舍人有言：誇飾在用，文豈循檢。其於用舍之宜，言之不亦明審矣哉？今且求之經傳，以徵誇飾之不能悉祛，更為析言誇飾所由成之理，而終之以去誇不去飾之說。往古之書，未經聖師刪定者，若《山經》、《歸藏》之屬，其言奇佹不恆，雖可以考見先民之思智，而或為薦紳所不言，今亦無庸研論。至如經傳所載，孔孟所言，其間誇飾之文，在在有之，略舉數事如下：《大戴禮・五帝德》篇：宰我問於孔子曰：昔者予聞諸榮伊言，黃帝三百年。請問黃帝者人耶？抑非人耶？何以至於三百年乎？孔子曰：生而民得其利百年，死而民畏其神百年，亡而民用其教百年，故曰三百年。由孔子之言論之，黃帝三百年，飾詞也。段辛暴虐，《書》有明文，而孔子曰：紂之不善，不如是之甚也。由此言之，狀殷辛之惡者，亦多飾詞也。《楚語》：昭王問於觀射父曰：《周書》所謂重黎實使天地不通者何也？若無然，民將能登天乎？對曰：司馬氏寵神其祖，以取威於民，曰：重實上天，黎實下地，遭世之亂，而莫之能御也。由此言之，《書》所謂絕地天通者，亦飾詞也。孟子曰：說《詩》者不以文害辭，不以辭害志，以意逆志，是為得之。如以辭而已矣，《雲漢》之詩曰：周餘黎民，靡有孑遺；信斯言也，是周無遺民也。由此言之，言周民無遺者，亦飾詞也。孟子又曰：盡信《書》則不如無《書》，吾於《武成》取二三策而已矣，仁人無敵於天下，以至仁伐至不仁，而何其血之流杵也。趙注曰：經有所美，言事或過，若《康浩》曰：冒聞於上帝。《甫刑》曰：帝清問下民。《梓材》曰：欲至於萬年。又曰：子子孫孫永保民。人不能聞天，天不能問民，萬年永保，皆不可得爲，《書》豈可案文而皆信之哉？由此言之，《書》之所載，多飾詞也。已上所言，皆經傳所陳也，更求之九流：《莊子．秋水》篇曰：至德者火弗能熱，水弗能溺，寒暑弗能害，禽獸弗能賊，非謂其薄之也。由此推之，傳記所爲寓言，皆飾詞也。《列子．黃帝》篇曰：庖犧氏、女媧氏、神農氏、夏後氏，蛇身人面，牛首虎鼻。此非有人之狀，而有大聖之德。張注曰：人形貌自有偶與禽獸相似者，古諸聖人多有奇表，所謂蛇身人面，非被鱗腹行，無有四支，牛首虎鼻，非戴角垂胡，曼額解頷，亦如相書龜背鵠步，鳶肩鷹喙耳。由此推之，《山經》所說奇狀傀形，無非飾詞也。《淮南子．泛論訓》曰：世俗言曰：饗太高者而彘爲上牲；葬死人者裘不可以藏；相戲以刃者，太祖軵其肘；枕戶橉而臥者，鬼神蹠其首。此皆不著於法令而聖人之所不口傳也。夫神明獨饗彘者何也？以爲彘者，家人所常畜而易得之物也，故因其便以尊之；裘者，難得貴賈之物也，無益於死者，而足以養生，故因其資以讋之；相戲以刃，必爲過失，過失相傷，其患必大，故因太祖以累其心；戶牖者，風氣之所往採，而風氣者，陰陽相捔者也，離者必病，故托鬼神以申誡之也。由此推之，世俗恆言有所虛托者，皆飾詞也。此皆古之人已知之矣。漢世王充好爲辨詰，瑣碎米鹽，著爲《書虛》、《語增》、《儒增》、

《藝增》之篇，凡經傳飾詞，一概加以抨擊，世或喜其諦實，而實不達詞言之情。彼其言曰：世俗所患，患言事增其實，著文垂辭，辭出溢其眞，稱美過其善，進惡沒其罪。何則？俗人好奇，不奇，言不用也，故譽人不增其美，則聞者不快其意，毀人不益其惡，則聽者不愜於心；聞一增以爲十，見百益以爲千，使夫純樸之事，十剖百判，審然之語，千反萬畔，言審莫過聖人，經藝萬世不易，猶或出溢，增過其實。如仲任言，意在檢正文詞，一切如實，然後使人不迷，其辨別妖異禨祥之言，駁正帝王感生天地感變諸說，誠足以開蔽矇矣，至謂文詞由此當廢增飾，則謬也。近世汪中知古人文詞有曲，有形容，說祖之充，而不能明其故，以爲但欲䛐其意而已，是終不得爲明清之言。謹求其故，有五說焉：一曰，言有不能斥其事，則玄言其理也。《書》敘堯之德，欽明以下四十餘言，若欲歷餘其事，則繁而不殺，數百千言而仍不能盡，故括以欽明恭讓，而堯之德可知，表以既睦昭明於變，而堯之所以親九族，辨百姓，和萬邦者可知。此一事也。二曰，言有不能指其數，則渾括其事也。《書》言禹九山刊旅，九川滌原，九澤既陂。此不得歷言九州山澤，禹皆畢至，言此而禹功所被之廣可知，歷指則反於文爲害。此二事也。三曰，言有不能表其精微，而假之物象。《易傳》曰：聖人有以見天下之賾，而擬諸形容，象其物宜，言龍戰於野，而陰陽鬥爭之理寓焉，但言陰陽鬥爭，義不晰也；言黃裳元吉，而得中居職之理寓焉，但言得中居職，義不晰也。此三事也。四曰，言有不能斷限，而模略以爲詞。《書》曰：欲至萬年。此非眞欲萬年，然云欲至某千某百年，則不詞也。《詩》曰：子孫千億。此亦非謂眞能眾多如此，然云子孫某百某十人，則亦不詞也。此四事也。五曰，言有質而意不顯，文而意顯者。如云：晏子一狐裘三十年。一裘誠不必經一世之長，然但云晏子狐裘久而不易，則其久如何不可知，而晏子之儉德不顯。如云：積甲與熊耳山齊。甲多誠不能與山比峻，然但云收甲甚多，則其多如何不可知，而光武之武功不著。此五事也。總而言之，文有飾詞，可以傳難言之意；文有飾詞，可以省不急之文；文有飾詞，可以摹難傳之狀；文有飾詞，可以得言外之情。古文有飾，擬議形容，所以求簡，非以求繁，降及後世，誇張之文，連篇積卷，非以求簡，只以增繁，仲任所譏，彥和所誚，固宜在此而不在彼也。

河不容舠 孫云：《詩釋文》：刀，字書作舠。《廣雅》作䑩。彥和依字書作。《說文》有舠字。云：舠，船行不安也。從舟，刖省聲，讀若兀。與《詩》容刀字音義俱別。

鴞音之醜 《詩》《毛傳》云：鴞，惡聲之鳥也。

披瞽而駭聾矣 李云：枚乘《七發》：發瞽披聾。

本師所著《徵信論》二篇，其於考案前文，求其諦實，言甚卓絕，遠過王仲任《藝增》諸篇，茲錄於下，以供參鏡。

徵信論上

古人運而往，其籍尚在，籍所不著，推校其疑事，足以中微，而世遂質言之，雖適，謂之誣。往者高祖困於平城，用陳平計使閼氏，圍得解，其計既秘，世以爲工妙踔善，故匿藏不傳，獨桓譚揣其必言漢有好女，今以圍急，欲造之單于，内有娼者，則兵禍自沮，其量度事情，誠以眇合，雖劉子駿亦稱善；然皆以爲揣得其狀，非質言之冬故府藏錄也，及應劭說《漢書》，遽騁然以爲成事；故慮事一也，以辯議則適，以記注則誣。章學誠以李陵答蘇武書世疑其僞者非也，必江左之士，降北失職，憂憤而爲之，自謂其說踸踔度越於守文者，而任大椿亦稱其善。此即與桓、劉之事無異。中世秦宓、譙周，亦推經傳言神怪者傳之人事，其得情爲多，卒以議無左驗，不自言遂事也。此皆明哲已知之矣。或曰：淮南王推說禨祥，言相戲以刃，太祖軵其肘者，以爲過失相傷，其患必大，無涉血之仇爭忿鬥，而以小事自内於刑戮，愚者所不知忌也，故因太祖以累其心。枕户橉而臥，鬼神履其首者，以爲户牖者，風氣之所從往來，而風氣者，陰陽相捔者也，離者必病，故托鬼神以伸誡之也。此則可以質言乎？應之曰：凡事無期驗，推校而得之者，習俗與事狀異其職矣。彼習俗者，察之無色，把握之不得其體，推校而得，則無害於質言之。若淮南王所訂，習俗也，而桓譚所訂，事狀也。事狀者。上有冊府，下有私錄，殫求而不獲，雖善推，懲其質言矣。二者立言之大齊，不以假借者也。世儒以後之可訂，而責前之故然，雖皮傅妄言，逾世則浸以爲典要。昔唐人言莊周之學本田子方，推其根於子夏；近世章學誠件《經解》篇取之，以莊子稱田子方，則謂子方是莊子師，然其《讓王》亦舉曾參、原憲，其他若《則陽》、《徐無鬼》、《庚桑楚》名在篇目，將一一是莊子師邪？宋人遠跡子思之學，上隸曾參，尋《制言》、《天圓》諸篇，與子思所論述殊矣，《檀弓》篇記曾子呼伋，古者言質，長老呼後生，則斥其名，微生畝亦呼孔子曰丘，非師弟子之徵也。《檀弓》復記子思所述，鄭君曰：爲曾子言難繼，以禮抑之，足明其非弟子也。近世阮元爲《子思子章句》，亦云：師曾迪孟。見其自序。孟軻之受業，則太史公著其事矣，師曾者，何徵而道是邪？釋迦言空，不因於老莊，景教事天，不本於墨子，遠西之言歷算者，不資於厲王喪亂，疇人在夷，世人取其近似言之，遂若典常，此三謬也。清代之遇屬國，不大孰何，仍漢、唐、明之舊貫則然，非取法於羅馬，戴氏作《原善》及《孟子字義疏證》，遂人情而不制以理，兩本孟子、孫卿，王守仁以降，唐甄等已開其題端，至戴氏遂光大之，非取法於歐羅巴人言自由者，世人欲以一端傅會，忘其所自來，此二謬也。獨漢人自西域來，說近情實，遠之可傅身毒、大夏。而近猶在氐羌，羌與髳狆，故亦與西南諸苗同種，今之苗，古之髳也，與三苗處洞庭彭蠡間者異實，而世以三苗爲神州舊人，漢族攘其地有之，益失實狀。漢族雖自西方來，傳記所見，不及安息條支沙磧之地，今人復因以傅會，此爲陳平秘計之流，探嘖索隱則無害，猶不予其質言也。不然者，世久而視聽瀸漬，率爾之言，將相保以爲實錄，其過宏矣。是以孫卿曰：言之信者，在乎區蓋之間。

徵信論下

傳曰：聖有謨勳，明徵定保。故非獨度事爲然也，凡學皆然，其於抽史尤重。何者？諸學莫不始於期驗，轉求其原，視聽所不能至，以名理刻之，蝕治史志者爲異，始卒不逾期驗之域而名理卻焉。今之散儒曾不諭是也，故微言以致誣，玄議以成惑。昔者孫卿有言，曰：五帝之外無傳人，非無賢人也；五帝之中無傳政，禹湯有傳政而不若周之察，非無善政也，久故也。傳者久則論略，近則論詳，略則舉大，詳則舉小，愚者聞其略而不知其群，聞其詳而不知其大，是以文久而滅，節族久而絕。《非相》篇。夫《尚書》者，不具之史，略引大體，文若銘誄，非質言以紀事，故流別異《春秋》。高貴鄉公曰：仁者必有勇，誅暴必用武。少康武烈之威，豈降於高祖哉？《夏書》淪亡，故勳美闕而罔載，唯有伍員粗述大略，其言復禹之績，不失舊物，祖述聖業，舊章不愆，自非大雅兼才，孰能與於此？向令墳典具存，行事詳備，則不得有異同之論也。高貴鄉公可謂知往志者也。《春秋》已作，而紀傳臚言，其道行事始悉，然猶多所殘遺，遠者莊蹻取滇，秦開卻胡，事大而文已約，及夫氐羌僭制，政事盡文，前代苻姚，近世西夏之屬。群盜略地，兵事盤牙，而多奇計者，皆不如帝室詳。下逮近世，韓、宋之興，諸將若關先生、破頭潘、芝麻李、大刀敖等，史傳猶軼其名。關先生始起絳州，逾太行，轉戰出塞，毀上都而躪高麗，其武略雖不逮明祖，視中山關平猶近，《明史》則已失其行軍圖法，此則近猶論略，非獨久也。學者宜以高貴鄉公爲法，知其有略，不敢妄意其事，妄意之即與巫言等，比鄰神仙之國。舊史蓋歲有變更，國有賢豪，則爲之生事，延緣巷市之語，以造奇詞，往者中土雖有猥語短書，今皆舉於士大夫之口，兔絲緣木，虒蝓緣牆，苟可以傳麗者，無所不罷，則是使張魯撰記，而寇謙之爲圖也。昔者莊周有言，曰：世之所貴道者書也，書不過語，語之所貴者意也，意有所隨，不可以言傳，而世因貴言傳書，雖貴之，猶不足貴也。《天道篇》。史官陳列往跡詳矣，事有巨而因於細，是故吳楚之戰，咎始採桑，昭公之出，釁在鬥雞，其類非一也。正史或記其著，不能推本於其微者，桑雞之事，顧幸而黨見爾。細亦因巨，是故陳平以大牢草具爲端，足以間亞父，陸生大言漢皇帝賢，而可以臣南越，項王尉佗雖戇，則必不可以一言去就，固有巨者足以離合之，顧史官未嘗言，故曰，意有所隨，其言不傳久矣。愚者徼以爲智，隨成心以求其情，比於謠諑，是以君子多見闕殆。昔者韓非有言，曰：聽言之道溶若醉，彼自離之，吾因以知之，參伍比物，事之形也。《揚榷篇》。夫治史盡於有徵，兩徵有異，猶兩曹各舉其契，此必一情一僞矣。往世諸子競於揚己，著書陳事，敗人則錄之，己屈則不述也，轉以九流相校，而更爲雌雄者眾，其有從橫之士，短長之書，必不自言畫策無效，或饕天功以爲己力。是故魯連不帝秦王，言秦軍卻五十里，校以《平原君傳》，卻秦軍者，李同敢死之士之功。賈詡以袁劉父子答魏王，而言太子遂定，校以文帝、陳王紀傳，文帝以五官中郎將副丞相，而陳王才爲平原小侯，魏王志定久矣。兩國殊黨，各爲其尊親諱，亦務進己而黜辱人。是故更始始於借交報仇，終於刮席，拓跋始爲劉、石附庸，終以言敵國：皆自離也。下及近世，《宋史》稱岳飛破胡，兀术號慟大奔，《金史》闕如也。邵長衡稱閻應元守江陰，滿洲名王三人，大將八人，皆授首城下，然清官書亦不言，不知勝者溢傳之邪？其敗者有所諱邪？魏源駁長衡說云：官書無三王八將名，且亦不見贈恤，斷其爲誣。案此未可斷也，死難有恤，本漢士之制。閻應元守江陰時，滿洲入中國六歲耳，未能悉諸中國典禮，降臣亦未必樂爲文致，不得以贈恤不及，斷其爲誣；又其支屬甚多，位號恤濫，雖官書不見，不得謂竟無其人。至於張克捷而諱撓敗，又滿洲之常度，覩諸遺民記載，明師斬馘大捷者，非獨鄭成功、李定國三數事也，而滿洲官書不述其事，直云王師失利而已，足知情存隱諱，不欲布之簡書。江陰之役，縱覽三王八將，其文牘且或諱言，況史臣記載邪？從是鑑質，

自離者誠有可知，亦或忽怳如不可知，抽史者若以法吏聽兩曹，辨其成獄，不敢質其疑事，愚者以事有兩異，雖本無異辭者猶疑，此何但史傳邪？曩夕之言，今日亦疑也，雞鳴之事，日中可讕也。昔者老聃有言，曰：天下有始，以爲天下母，既得其母，以知其子，既知其子，復守其母，沒身不殆。守者，《墨經》云：彌異所也。古言守司者，猶言尋伺。母子者，猶今所謂因果，因以求果，果以求因，辨異而不過。推類而不悖。是故邪說不能離，百家無所竄，則終身免於疑殆，是抽文之樞要也。夫禮俗政教之變，可以母子更求者也，雖然，三統迭起，不能如循環，三世漸進，不能如推轂，頌貌變異，誠有成型無有哉？世人欲以成型定之，此則古今之事可以布算而知，雖燔炊史志猶可。且夫因果者，兩端之論耳，無緣則因不能獨生，因雖一，其緣眾多，故有同因而異果者，有異因而同果者，愚者執其兩端，忘其旁起，以斷成事，因以起其類例，成事或與類例異，則顛倒而絀裂之，是乃殆以終身，弊之至也。凡物不欲絓，絲絓於金柅則不解，馬絓於曼荊則不馳，夫言則亦有絓，絓於成型，以物曲視人事，其去經世之風亦遠矣。今世社會學者多此病。昔者孫卿有言曰：《禮》、《樂》法而不說，《詩》、《書》故而不切，《春秋》約而不速。方其人之習君子之說，則尊以偏矣，周於世矣。《勸學》篇。夫古今雖異能，相類似者不絕，故引史傳以爲端緒，其周用猶什三四，當其欲用，必鶩於辯說者，

猶賦詩有斷章。愚者喜論史事爲華，因以史尚平議，不尚記事。此其言盡員與成國之秀民若一概也。往者干寶始爲《晉紀總論》，其言揮綽，而還與事狀應，然大端不過數首。及孫盛，袁宏、習鑿齒、范曄之倫，吹毛索疵，事議而物辯之，固無當夫舉措之異，利病之分；譬如弈棋，勝負者非一區之勢也，疏附牽掣於旁者，其子固多，史之所記，盡於一區，其旁子不具見，細碎冥昧之事，史官固不悉知，知之亦不可具載。時既久遠，而更欲求舉措之意，利病之勢，猶斷棋一區以定弈法，唫口弊唇，猶將無益也。近世鄙倍之說，謂史有平議者合於科學，無平議者不合科學。案史本錯雜之書，事之因果，亦非盡隨定則，縱多施平議，亦烏能合科學邪？若夫制度變遷，推其沿革，學術異化，求其本師，風俗殊尚，尋其作始，如班固、沈約、李淳風所志，亦可謂善於平議矣。而今世之平議者，其情異是，上者守社會學之說而不能變，下者猶近蘇軾《志林》、呂祖謙《博議》之流，但詞句有異爾。學校講授，徒陳事狀，則近於優戲，不特已乃多施平議，而已不能自知其故，藉科學之號以自尊，斯所謂大愚不靈者矣。又欲以是施之史官著作，不悟史官著書，師儒口說，本非同劑，惟有書志當經考索之功，其論一代政化，當引大體而已，若毛舉行事，訂其利病，是乃科舉發策之流，違於作述之志遠矣。彼所持論，非獨暗於人事，亦不還文章之體也。章炳麟曰：是五志者，皆明德之遠言，耆艾之高致也，智者用之以盡倫，愚者用之以絕理。茍非其人，道不虛行，豈謂是邪？言而有畛，連犿無傷者則有矣。蓋昔老聃良史之宗，定箸八十一章，其終有亂，夫其信言不美，美言不信，吾以告今文五經之家；知者不博，博者不知，吾以告治晚書疑前史者；顏師古注《漢書》，凡後出雜書，緯候異事，一切刊落，最爲可法。善者不辯，辯者不善，吾以告出入風議尚論古人之士。

事類第三十八

文之爲用，自喻喻人而已。自喻奚貴？貴乎達。喻人奚貴？貴乎信。《傳》曰：言以足志，文以足言，達之說也。《書》曰：聖有謨勳，明徵定保，信之說也。夫以言傳意，自古殆已有不能吻合之患，是故譬喻眾而假借繁。水深曰深，室深亦曰深；布廣曰幅，地廣亦曰幅，此譬喻也。相之字，觀木也，而凡視皆曰相；㬎之字，日中視絲也，而凡明皆曰㬎；此假借也。言期於達，而不期於與本義合，則故訓之用，由此滋多。若夫累字成句，累句成文，而意仍有時而疐礙，則興道之用，由此興焉。道古語以剴今，道之屬也。取古事以托喻，興之屬也。意皆相類，不必語出於我，事苟可信，不必義起乎今，引事引言，凡以達吾之思而已。若夫文之以喻人也，徵於舊則易爲信，舉彼所知則易爲從。故帝舜觀古象，太甲稱先民，盤庚念古後之聞，箕子本在昔之誼，周公告商而陳冊典，穆王詳刑而求古訓，此則徵言徵事，已存於左、史之文。凡若此者，皆所以爲信也。尙考經傳之文，引成事述故言者，不一而足。即以宣尼大聖，親制《易傳》、《孝經》之辭，亦多甄採前言，旁徵行事。降及百家，其風彌盛。詞人有作，援古尤多。夫《滄浪》之歌，一見於《孟子》，素餐之詠，遠本於詩人。彥和以爲屈、宋莫取舊辭，斯亦未爲誠論也。逮及漢魏以下，文士撰述，必本舊言，始則資於訓詁，繼而引錄成言，漢代之文幾無一篇不採錄成語者，觀二《漢書》可見。終則綜輯故事。爰至齊、梁，而後聲律對偶之文大興，用事採言，尤關能事。其甚者，捃拾細事，爭疏僻典，以一事不知爲恥，以字有來歷爲高，文勝而質漸以漓，學富而才爲之累，此則末流之弊，故宜去甚去奢，以節止之者也。然質文之變，華實之殊，事有相因，非由人力，故前人之引言用事，以達意切情爲宗，後有繼作，則轉以去故就新爲主。陸士衡云：雖杼軸於予懷，怵他人之我先，苟傷廉而愆義，故雖愛而必捐。豈唯命意謀篇，有斯懷想，即引言用事，亦如斯矣。是以後世之文，轉視古人，增其繁縟，非必文士之失，實乃本於自然。今之訾謷用事之文者，殆未之思也。且夫文章之事，才學相資，才固爲學之主，而學亦能使才增益。故彥和云：將贍才力，務在博見。然則學之爲益，何止爲才裨屬而已哉？然淺見者臨文而躊躇，博聞者裕之於平素，天資不充，益以強記，強記不足，助以鈔撮，自《呂覽》、《淮南》之書，《虞初》百家之說，要皆探取往書，以資博識。後世《類苑》、《書鈔》，則輸資於文士，效用於謏聞，以我搜輯之勤，祛人翻檢之劇，此類書所以日眾也。惟論文用事，非可取辦登時，觀天下書必遍而後爲文，則皓首亦無操觚之事。故凡爲文用事，貴於能用其所嘗研討之書，用一事必求之根據，觀一書必得其績效，期之歲月，瀏覽益多，下筆爲文，何憂貧窶。若乃假助類書，乞靈雜纂，縱復取充篇幅，終恐見笑大方。蓋博見之難，古今所共，俗學所爲多謬，淺夫視爲畏途，皆職此之由矣。又觀省前文，迷其出處，假令前人注解已就，自可因彼成功，若箋注未施，勢必須於翻檢。然書嘗經目，翻檢易爲，未識篇題，何從尋討？是以昔人以遭人而問爲懿，以耳學不精爲恥，李善之注《文選》，得自師傳，顏籀之注《漢書》，亦資眾解。是則尋覽前篇，求其根據，語能得其本始，事能舉其原書，亦須年載之功，豈能魯莽以就也。嘗謂文章之功，莫切於事類，學舊文者不致力於此，則不能逃孤陋之譏，自爲文者不致力於此，則不能免空虛之誚。試觀《顏氏家訓》《勉學》、《文章》二篇所述，可以知其術矣。

練字第三十九

文者集字而成，求文之工，必先求字之不妄。然自六書肇造，孳爲九千，轉注假借之例既立，而眾字之形聲義訓往往互相牽綴，故用字者因之無定，此一事也。名無固宜，名無固實，在乎約定俗成，然造字之始，或含義本狹，而後擴充以爲寬，或含義至通，而後減削以爲局；至於採用之頃，隨情取捨，義界模糊，刑名文名，蓋由官府定著，論學術者亦或自定名例以便詮說，尋常文翰固無是也，故字義紛綸，檢擇無準，此二事也。又古往雖曰九千，亦有復重，非盡特立，即其確爲本字著，恆文或轉捨而不用，取彼同類之音，以爲通假，取彼同類之義，不爲判分，後來造字猥多，則數逾四萬，用字狹少則不逾四千，由古察今，彌爲漫汗，然則字義不定，辨析尤艱，此三事也。夫雅俗常奇，古今興廢，名成於對待，故可隨情設施，豈無今世恆俗之言，遠本絕代輶軒之語，但求實義的當，何必拘滯所聞，然文士裁篇用字，或貴於艱深，或趨於簡易，師範古籍，則資藉奇字以成己文，依附流俗，則苟安鄙別以求人喻，不悟字之取捨，以義之當否爲標，而辨義正名，實非易業，此四事也。舍人言練字者，謂委悉精熟於眾字之義，而能簡擇之也。其篇之亂曰：依義棄奇。此又著文之家所宜奉以周旋者也。歷觀自古文章，用字不定，求其所由，蓋有三焉：一曰緣形而不定。字有正假，任意而書，體有古今，隨情而用。仁義之義本作誼，威儀之儀本作義，舉本字者，書仁誼可作言旁宜，從常行者，書威儀不作羊下我；孝弟之字別作悌，歡說之字別作悅，好古文者但書偏旁。從常行者加心始足。凡字有通假正變，施於文章，皆準斯例。二曰緣義而不定。字有同訓者，訓同則用此與彼，於義無殊，是故庶績咸熙，易爲眾功皆興可也；察其所由，易爲揆闕所元可也；《春秋》書元年，子夏問何不稱初哉首基，即以諸字同訓爲始，而發此難也。字有殊名者，名殊則用此與彼於實是一，是故鳩曰尸鳩，殊名也，《召南》曰鳩，《曹風》曰尸鳩；藻爲聚藻，殊名也，詩人曰藻，《左氏》釋以蘊藻；《春秋》書遇垂，而《傳》家釋之以犬丘，由此故也。字有同類者，同類則散言有別，通言不殊，禮器以白黑爲素青，本於秦語，然索本白繒，非凡白之號，青爲東色，非火熏之名，緣其大類相同，所以有斯變亂，逮於後世，或以總牿曰青牛，或號龍門爲虯戶。考之經典，《禮經》以雁爲鵝，《周易》以雉爲雞，固斯志也。凡字有同訓，殊名同類，施於文章，皆準斯例。三曰緣聲而不定。詩歌協韻，必取諧調，則用字可無定準。《詩》言母也天只，變父言天，《易》言既雨既處，變止言處；後世如揚子雲變梁父爲梁基，蔡伯喈以祖蹤代祖武，皆其徵也。至於聲偶之文，尤貴叶律，苟不宜於迭代，即須變以求諧，故危涕墜心，有時互易常位，頳莖素毳，有時悉變本名。一天也，調仄句則稱有昊，調平句則曰穹蒼；一地也，調平句則曰媼神，調仄句則爲后土；此即千殊萬異，亦與字之本質何關？又況對仗既成，字取相配，苟一偏而有踸踔之患，斯兩句皆歸刪落之科，然則聲偶之艾，用字彌無常則，奚足怪哉？綜上三因，以包古今用字之情態，庶雲得其梗概矣。然文人好尙，復有乖違，或是古而非今，或慕難而賤易，或崇雅而鄙俗，或趨奇而厭常，矯是四弊，亦恆有過其直者，斯用字所以愈益紛紜也。略舉其族，蓋有數焉：一者，字必浹長之書，訓必《蒼》、《雅》所載，攀援之字，必寫從反廾，恆久常語，必改爲烝塵，甚至摹經典者，棄子史之成文，擬《史》、

《漢》者，擯晉宋之代語，上自相如《封禪》摹擬《詩》、《書》，下至近代文家步趨韓、柳，高低有判，爲弊不殊。二者，文阻難運，彥和之讜言，字貴易識，隱侯之卓識。而亭林顧君譏人捨恆用字而借古字之通用者爲自蓋其俚淺，亦沈、劉之意也；然人情見詭異而震驚，亦見平庸而厭鄙，故難易之宜，至今莫定，此如黽勉密勿，本是一言，黽勉習見，故密勿爲難，差池柴虒，字義無二，以差池過常，則柴虒爲貴，假令時人所行，雖逸籍亦成恆語，故三家別風，舉世莫之敢議，如時人所廢，雖雅誥亦爲奇侅，故《漢書》、《莊子》，有時視爲僻書，然則難易之分，徒以興廢爲斷耳。三者，易撫盤爲推案，變脫帽爲免冠，子玄所譏，於今未改，故飲茶或曰飲荈，垂腳而云危坐，馳鐵道曰附軺車，乘輪舟曰附番舶，苟俗間所恆用，必須易以故言，縱令爲實有殊，不復勘其名義；加以俗言蕃眾，俗書糾紛，既不知其本字本音，則從俗轉覺艱阻，不如求之故籍，反可自蓋荒傖。然從俗之情，亦有科判，或取便於施用，或以飾其粗疏，豈可一概而論也。四者，字不問古今，義不問雅俗，但使奇侅，遂加採獲，於是孫休、武曌之奇字，與篆隸而共篇，短書譯籍之異文，將經史而同錄。以人所弗知爲上，以世所共曉爲下，用字之亂，必以此曹爲最矣。又文士用字，有依人者，有自撰者，大抵貴己出者，以自撰爲多，漢世小學精練，故辭賦之文，用字多由自造，魏晉以來，用字蓋有常檢；唐世韓愈稱奇，樊紹述稱澀，然如《曹成王碑》，用剜、鞣、鏺、掀、撇、掇、莢、跐諸字，《絳守居園池記》，有瑤翻碧瀲嵬眼傾耳等語，不今不古，亦何爲哉？至於用字依人，亦有依古依俗之別，依古者，從所常習，奉爲準繩，以時代言，則讀秦漢以上書者，文中絕少近世之語，以部類言，則習經傳之雅詁者，文中必無恆俗之言；依俗者，但取通行，不殊今古，稱兄弟爲昆玉，目城池以金湯，此本子史而成俗也，以苛切爲吹毛求疵，以自欺爲掩耳盜鈴，此本古語而成俗者也，以心行爲思想，目平準曰金融，此本譯語而成俗者也，取於眾所共知，不復審諟其義。然則自撰與依人，各有短長，亦互相譏姍，自非閎覽深識之士，烏從定之？愚謂文體有文質，文用有高庳，其爲質言，無論記事言理，必當考核名義，求其諦實，古所有而當，遵之可也，古之所無，今撰可也，一篇之中，字無岐出，前所已見，後宜盡同。觀於浮屠譯經，其德業諸名，以及動靜狀助諸字，皆有恆律，又觀正史記事，大抵本於官府成言，萌俗通語，濇質趨文，大雅所笑，今之紀事言理者，必當知其利病，然後可與言文，否則研弄聲調，塗飾華采，雖復工巧，等於玉卮無當者已。文飾之言，非效古固不能工妙，而人之好尚，不能盡同，此當聽其自爲，不必齊以一是，正如通曆算者，爲文或引九章，解佛書者，爲文亦有譯語，安其所習，亦何嫌哉？然效古以似爲上，猶之學方言者，一語有差，一音不正，則群焉笑之，謂爲不善學者，效古亦然，一句不類，一字不安，則亦有敗績失據之患。故效古人之文者，必用其人所經用之字，否則必用出乎其前之字，否則必用與其文相稱之字，雖曰拘滯哉，其情在於求似也。若乃恆俗之文，取便於用，用字之準，惟在廢興，此如官府文移。學校講疏，報紙記載，日用書疏，契約列訴之辭，平話劇曲之類，其用至庳，亦惟循常蹈故，不事更張可也。然自小學衰微，則文章痟削，今欲明於練字之術，以馭文質諸體，上之宜明正名之學，下亦宜略知《說文》、

《爾雅》之書，然後從古從今，略無蔽固，依人自撰，皆有權衡，釐正文體，不致陷於鹵莽，傳譯外籍，不致失其本來，由此可知練字之功，在文家爲首要，非若鍛句煉字之徒，苟以矜奇炫博爲能也。

子思弟子，於穆不祀　孫云：祀當作似。《詩・周頌》：於穆不已。《毛傳》引孟仲子說。《正義》引鄭《譜》云：孟仲子者，子思弟子。又云：子思論詩，於穆不已。孟仲子曰：於穆不似。此彥和所本。

傅毅制誄，已用淮雨　李詳云：盧文弨《鍾山札記》卷一引傅毅制誄，已用淮雨，下有元長作序，亦用別風八字。盧氏又云：《古文苑》載傅毅《北海靖王興誄》云：白日幽光，淮雨杳冥。今《雕龍・誄碑》篇所載，爲後人易以氛霧杳冥矣。李云元長序無考，又宋本《蔡中郎集・楊賜碑》：烈風淮雨，不易其趣。今本淮雨改作雖變，疑烈風亦後人所改也。盧氏說。李又云：陸士衡《九愍》：思振袂於別風。

字靡異流　異當作易。

隱秀第四十

自始正而末奇，至朔風動秋草朔字，紀氏以《永樂大典》校之，明爲僞撰，然於波起辭間一節，復云純任自然，彥和之宗旨，即千古之定論，是仍爲僞書所紿也。詳此補亡之文，出辭膚淺，無所甄明，且原文明云：思合自逢，非由研慮，即補亡者，亦知不勞妝點，無待裁鎔，乃中篇忽羼入馳心、溺思、嘔心、鍛歲諸語，此之矛盾，令人笑詫，豈以彥和而至於斯？至如用字之庸雜，舉證之闊疏，又不足誚也。案此紙亡於元時，則宋時尚得見之，惜少徵引著，惟張戒《歲寒堂詩話》引劉勰云：情在詞外曰隱，狀溢目前曰秀，此眞《隱秀》篇之文。今本既云出於宋槧，何以遺此二言？然則贗跡至斯愈顯，不待考索文理而亦知之矣。夫隱秀之義，詮明極艱，彥和既立專篇，可知於文苑爲最要，但篇簡佚空，微言遂閟，是用仰窺劉旨，旁緝舊聞，作此一篇，以備搴採。然褚生續史，或見哂於通人，束皙補詩，聊存思於舊制。其辭曰：

夫文以致曲爲貴，故一義可以包餘，辭以得當爲先，故片言可以居要。蓋言不盡意，必含餘意以成巧，意不稱物，宜資要言以助明。言含餘意，則謂之隱。意資要言，則謂之秀。隱者，語具於此，而義存乎彼，秀者，理有所致，而辭效其功，若義有闕略，詞有省減，或迂其言說，或晦其訓故，無當於隱也，若故作才語，弄其筆端，以纖巧爲能，以刻飾爲務，非所雲秀也。然則隱以復意爲工，而纖旨存乎文外，秀以卓絕爲巧，而精語峙乎篇中，故曰：情在辭外曰隱，狀溢目前曰秀。大則成篇，小則片語，皆可爲隱，或狀物色，或附情理，皆可爲秀。目送歸鴻易，手揮五弦難，隱之喻也；玉在山而草木潤，淵生珠而岸不枯，秀之喻也。然隱秀之原，存乎神思，意有所寄，言所不追，理具文中，神餘象表，則隱生焉；意有所重，明以單辭，超越常音，獨標苕穎，則秀生焉。此皆功存玄解，契定機先，非塗附之功，非雕染之事，若意本淺露，語本平庸，出之以廋辭，加之以華色，此乃蒙羊質以虎皮，刻無鹽爲西子，非無彪炳之文，粉黛之飾，言尋本質，則僞跡章明矣。故知妙合自然，則隱秀之美易致，假於潤色，則隱秀之實已乖，故今古篇章，充盈篋笥，求其隱秀，希若鳳麟。陸士衡云：雖紛藹於此世，嗟不盈於餘掬，蓋謂此也。今試分徵前載，考彼二長，若乃聖賢述作，經典正文，言盡琳琅，句皆韶夏，摘其隱秀，誠恐匪宜，然《易傳》有言中事隱之文，《左氏》明微顯志晦之例，《禮》有舉輕以包重，《詩》有陳古以刺今，是則文外重旨，唯經獨多，至若禹拜昌辭，不過愼身數語，孔明詩旨，蔽以無邪一言，《書》引遲任之詞，只存三句，傳敘大武之頌，惟取卒章，是則舉彼話言，標爲殊義，於經有例，亦非後世創之也；孟子之釋《書》文，《武成》一篇，洵多隱義，謝安之舉經訓，訏謨二語，偏有雅音；舉例而思，則隱秀之在六經，如琅玕之盈玉府，更僕難數，鑽仰焉窮者矣。自屈、宋以降，世有名篇，略指二三，以明隱秀：若夫《離騷》依詩以取興，《九辨》述志以諫君，賈誼《吊屈》以自傷，楊雄《劇秦》以寓諷，王粲《登樓》，嘆匏懸之不用，子期聞笛，愍麥秀於爲墟，令升《晉紀》之論，明金德之異包桑，元卿《高帝》之頌，誚煬失而思魚藻。他若《古詩》十有九章，皆含深旨，《詠懷》八十二首，悉寓悲思，陳思有離析之哀，則託情於黃發，公幹含卓犖之氣，改假喻於青松，雖世遠人遐，本懷難盡昭晢，以意逆志，亦可得其依稀焉。又如先士茂制，諷高歷賞，屈賦之青青秋蘭，小山之萋萋春草，班姬之團團明月，嵇生之浩浩洪流，子荊《陟陽》之章，用晨風爲高唱，興公《天台》之賦，敘瀑布而擅場，彥伯《東征》，溯流風以盡寫送之致，景純《幽忌》，述川林以寄蕭瑟之懷。至若雲橫廣階，月照積雪，吳江楓落，地塘草生，並自昔勝言，至今莫及。且其爲秀，亦不限於圖貌山川，摹寫物色，故所遇無故物，王恭以爲佳言，思君若流水，宋帝擬其音調，延年疏誕，詠古有自寓之辭，曹公古直，樂府有悲涼之句，故知敘事敘情，皆有秀語，豈必連篇累牘，不出月露之形。積案盈箱，唯是風雲之狀，爭奇一字，競巧一韻，然後爲秀哉？蓋聞玉藻瓊敷，等中原之有菽，錯金鏤采，異芙蕖之出波，隱秀之篇，可以自然求，難以人力致。要之理如橐籥，與天地而罔窮，思等流波，隨時序而前進，綴文之士，亦唯先求學識，次練體裁，摹雅致以定習，課精思以馭篇，然後窮幽洞微，因宜適變，研輪自辯其疾徐，伊摯自輸其甘邛，古來隱秀之作，誰云其不可復繼哉？

贊曰：意存言表，婉而成章；川含珠玉，瀾顯圓方；茗發穎豎，托響非常；千金一字，歷久逾芳。

指瑕第四十一

陳思王《與楊德祖書》曰：世人著述，不能無病，昔尼父制《春秋》，遊夏之徒，乃不能措一辭，過此前言不病，吾未之見也。蓋有南威之容，乃可以論於淑媛，有龍泉之利，乃可以議其斷割。劉季緒才不能逮於作者，而好詆訶文章，掎摭利病，昔田巴毀五帝，罪三王，呰五霸於稷下，一旦而服千人，魯連一說，使終身杜口，劉生之辯，未若田氏，今之仲連，求之不難，可無息乎。人各有好尚，蘭茝蓀蕙之芳，眾人所好，而海畔有逐臭之夫；咸池六莖之發，眾人所共樂，而墨翟有非之之論，豈可同哉？詳陳王此書之旨，首言常文鮮無瑕讁，次明自非作者不宜妄譏古人，復明好尚不同，故是非互異，此可爲讜論矣。然文人譏彈昔作之情，亦有數族，未可謂評量古人，即爲輕薄，先士所作，確見其違，偶用糾繩，便爲虐古也。其或實知之士，辨照是非，廣覽書傳，疾彼誤書，不能默爾，於是考之以心，效之以事，披尋證驗，以考虛浮，雖使古人復生，不得罪其誹謗，此上第也。至若明知前失，恐誤後人，筆之簡篇，以戒沿誤，雖於古人爲不恭，而於後生則有益，此其次也。若夫情有愛憎，意存偏黨，素所嗜好，雖明悉其誤而不言，夙所鄙蚩，雖本疵纇而狂舉，此爲下矣。才非作者，學不周浹，濫下雌黃，輕施抨擊，似不俗爲俗，以不狂爲狂，此乃妄人，亦無足誅斥也。自古在昔，先民有作，文章利病。誠亦多途，後生評論前賢，若非必不得已，原不必要肆抵諆，載之紙素，若意在求勝，工訶古人，翻駁舊作，尋摘瘡痏，夫豈謹厚之道？觀韓退之推許三王，極崇李、杜，即太白亦稱崔顥，少陵亦慕蘭成，何必以哂笑前文爲長哉？人情每明於知人，而暗於察己，蓋班固譏司馬遷之蔽，而傅玄復譏固之失，所謂笑他人之未工，忘己事之已拙，上智猶其若此，而況庸庸者哉？是以論量古人，取其鑒己，己果無瑕，何必以勝古爲樂，己若有過，自救不暇，而暇論人乎？好訶古者，不可不深思此義也。至於同時之文，尤不可輕於議論，昔葛洪論時人之文，每撮其所得之佳者，而不指摘其病累，故無毀譽之怨；顏之推稱山東風俗，不通擊難，吾初入鄴，常以此忤人，至今爲悔。觀此二條，則彈射人文，正非佳事，自非子姓門徒，惟有括囊以求無咎云。

此篇所指之瑕，凡爲六類：一、文義失當之瑕；二、比擬不類之瑕；三、字義依稀之瑕；四、語音犯忌之瑕；五、掠人美辭之瑕；六、注解謬誤之瑕。雖舉證稀闊，正宜引申以求。觀《顏氏家訓》、《匡謬正俗》諸書，知文士屬辭，實多瑕纇。古人往矣，誠宜爲之掩藏，然覆車之軌，無或重跡，別白書之，亦所以示鑒也。竊謂文章之瑕，大分五族，而注謬之瑕不與焉。一曰體瑕；二曰事瑕；三曰語瑕；四曰字瑕；五曰剿襲之瑕。體瑕者，王朗《雜箴》，乃置巾履；陳思《文誄》，旨言自陳是也。事瑕者，相如述葛天之歌，千唱萬和；曹洪謬高唐之事，不記綿駒是也。語瑕者，陳思之聖體浮輕，潘岳之將反如疑是也。字瑕者，詭異則若哅吸，依稀則若賞撫是也。以上舉例，皆本原書。剿襲之瑕，蘇綽擬《周書》而作《大誥》。揚雄擬《易》而作《太玄》是也。此本顏君說。總之，古人之瑕，不可不知，己文之瑕，亦不可不檢。元遺山詩曰：撼樹蚍蜉醉自覺狂，書生技癢愛論量，老來留得詩千首，卻被何人較短長。今之人欲指斥前瑕者，豈可不知斯旨哉。

管仲有言九句　案《管子．戒》篇文曰：管仲復於桓公曰：無翼而飛者聲也，注：出言門庭，千里必應，故曰無翼而飛。無根而固者情也，注：同舟而濟，胡越不患心，故曰無根而固。無方而富者生也。公亦固情謹聲，以嚴尊生，此謂道之榮。案彥和引此，斷章取義，蓋以無翼而飛，無根而固，喻文之傳於久遠，易為人所記識，即後文文章歲久而彌光，若能檃栝一朝，可以無慚千載之意。亦即贊斯言一玷，千載弗化意。

慮動二句　本陳思。

武帝誄　《金樓子・立言》篇下有管仲有言，至施之尊極，不其嗤乎云云，與此篇校，但少或逸才以爽迅二句耳。又《顏氏家訓・文章》篇云：陳思王《武帝誄》，遂深永蟄之思，潘岳《悼亡賦》，乃愴手澤之遺，是方父於蟲，匹婦於考也。

左思七諷　今無考，然六朝人實有太不避忌者，吳均集有《破鏡賦》，顏之推斥之曰：亦見《文章》篇。昔者邑號朝歌，顏淵不捨，裡名勝母，曾參斂襟，蓋忌夫惡名之傷實也，破鏡乃凶逆之獸，事見《漢書》，為文者幸避此名也。

崔瑗誄李公　文無考，然漢文多有此類，不足為嫌。

高厚之詩二句　六朝人常好引此事以譏人。《金樓子・雜記》篇上：何僧智者，嘗於任昉坐賦詩而言其詩不類。任云：卿詩可謂高厚。何大怒曰：遂以我為狗號。任遂後解說，遂不相領。

終無撫叩酬即之語　無當作有。

夫賞訓錫賚四句　用賞者，如沈休文《宋書謝靈運傳論》之諷高歷賞。用撫者，如傅季友《為宋公修張良廟教》之撫事彌深。

賞際奇至撫叩酬即二語　今不知所出。

斯實情訛之所變六句　案晉來用字有三弊：一曰造語依稀，如賞撫二字之外，戒嚴曰纂嚴，送別曰瞻送，解識曰領悟，契合曰會心。至如品藻稱譽之詞，尤爲模略，如嵇紹劭長，高坐淵箸，王微邁上，卞壺峰距，王恭亭亭直上，王忱羅羅清疏，叩其實義，殊欠分明，而世俗相傳，初不擇究。二曰用字重複，容貌姿美，見於《魏書》，文艷博富，亦載《國誌》，此皆三字稠疊；兩往復語，尤難悉數。三曰用典飾濫，呼徵質曰周鄭，謂霍亂爲博陸，言食則糊口，道錢則孔方，稱兄則孔懷，論婚則宴爾，求莫而用爲求瘼，計偕而以爲計階，轉相祖述，安施失所，比喻乖方，斯亦彥和所云文澆之致弊也。

比語求蚩，反音取瑕　《金樓子．雜記》篇上云：宋玉戲太宰屢遊之談，流連反語，遂有鮑照伐鼓，孝綽布武，韋桀浮柱之作。案伐布浮皆雙聲，惟布今屬於邦紐，清濁小異，然則三語一也。《顏氏家訓．文章》篇云：世人或有文章引《詩》伐鼓淵淵者，宋玉已有屢遊之誚，案此事今無考。如此流比，幸須避之。此云比語反音者，如《吳誌》成子閣反石子岡，《晉書》清暑反楚聲，《宋書》袁愍孫反殞門，《齊書》東田反癲童，舊宮反窮廄，《梁書》鹿子開反來子哭，《南史》叔寶反少福，此所謂求蚩取瑕也。此所謂比語求蚩，只在此語反音，而唐宋以來，並忌字音，如宋人笑德邁九皇爲賣韭黃，明太祖疑爲世作則爲爲世作賊。然則彥和云不屑於古，有擇於今者，豈虛也哉！

中黃育獲　按今本《西京賦》薛綜注，刪去闔尹之說。

令章靡疚二句　此言文章但求無病。《顏氏家訓・文章》篇曰：學爲文章，先謀親友，得其評論者，然後出手，愼勿師心自任，取笑傍人也。自古執筆爲文者，何可勝言，至於宏麗精華，不過數十篇耳，但使不失體裁，辭意可觀，遂稱才士，要須動俗蓋世，亦俟河之清乎。

養氣第四十二

養氣謂愛精自保，與《風骨》篇所云諸氣字不同。此篇之作，所以補《神思》篇之未備，而求文思常利之術也。《神思》篇曰：樞機方通，則物無隱貌，關鍵將塞，則神有遁心，是以陶鈞文思，貴在虛靜，疏瀹五藏，澡雪精神。又云：秉心養術，無務苦慮，含章思契，不必勞情也。《文賦》亦曰：應感之會，通塞之紀，來不可遏，去不可止，或竭情而多悔，或率意而寡尤，雖茲物之在我，非餘力之所戮。以二君之言觀之，則文思利鈍，至無定準，雖有上材，不能自操張弛之術，但心神澄泰，易於會理，精氣疲竭，難於用思，爲文者欲令文思常贏，惟有弭節安懷，優遊自適，虛心靜氣，則應物無煩，所謂明鏡不疲於屢照也。然心念既澄，亦有轉不能構思者，士衡云：理翳翳而愈伏，思乙乙其若抽；雖使閉聰塞明，一念若興，仍復未靜以前之狀，故彥和云：意得則舒懷命筆，理伏則投筆捲懷；亦惟聽其自然，不復強思以自困，若云心虛靜者，即能無滯於爲文，則亦不定之說也。大凡爲學爲文，皆有弛張之數，故《學記》云：君子之於學也，藏焉、修焉、息焉、遊焉。注云：藏，謂懷抱之；修，習也；息，謂作勞休止之謂息；遊，謂閒暇無事之謂遊，然則息遊亦爲學者所不可缺，豈必終夜以思，對案不食，若董生下帷，王劭思書，然後爲貴哉？至於爲文傷命，益有其徵，若夫相如含筆而腐毫，揚雄輟翰於驚夢，桓譚疾感於苦思，王充氣竭於思慮，彥和既舉之矣。後世若杜甫之性耽佳句，李賀之嘔出心肝，又有吟成一字，拈斷數髭，二句三年，一吟流淚，此皆銷鑠精膽，蹙迫和氣，雖有妙文，亦自困之至也。又人才有高下，不可強爲，故《顏氏家訓》云：鈍學累功，不妨精熟，拙義研思，終歸蚩鄙，但成學士，自足爲人，必乏天才，勿強操筆。此言才氣庸下，雖使瀝辭鐫思，終然無益也。大抵年少精力有餘，而照理不深，雖用苦思，而文章未即工妙，年齒稍長，略諳文術，操觚之際，又患精力不能赴之，此所以文鮮名篇，而思理兩致之匪易也。恆人或用養氣之說，盡日遊宕，無所用心，其於文章之術未嘗研煉，甘苦疾徐未嘗親驗，苟以養氣爲言，雖使頤神胎息，至於百齡，一旦臨篇，還成岨峿，彥和養氣之說，正爲刻厲之士言，不爲逸遊者立論也。

仲任置硯以綜述 李詳云：《北堂書鈔．著述》篇引謝承《後漢書》云：王充貧無書，往市中省所賣書，一見便憶，門牆屋柱皆施筆硯而著《論衡》。

雖非胎息之邁術 李詳云：《後漢書．方術傳》：王眞能爲胎息服食之法。章懷注：《漢武內傳》曰：王眞，字叔經，上黨人，習閉氣而呑之，名曰胎息。

附會第四十三

《晉書・文苑・左思傳》載劉逵《三都賦序》曰：傅辭會議，抑多精致。彥和此篇，亦有附辭會義之言，傅附同類通用字。正本淵林，然則附會之說舊矣。循玩斯文，與《鎔裁》、《章句》二篇所說相備，然《鎔裁》篇但言定術，至於術定以後，用何道以聯屬眾辭，則未暇晰言也。《章句》篇致意安章，至於章安以還，用何理以斠量乖順，亦未申說也。二篇各有首尾圓合、首尾一體之言，又有綱領昭暢、內義脈注之論，而總文理定首尾之術，必宜更有專篇以備言之，此《附會》篇所以作也。附會者，總命意修辭為一貫，而兼草創討論修飾潤色之功績者也。大抵著文裁篇，必有所詮表之一意，約之為一句，引之為一章，長短之形有殊，而所詮之一意則不異，或以質直為體，或以文飾為貌，文質之形有殊，而必有所詮，所詮必一則不異，造次出辭，精微談理，高下之等有殊，而皆求一所詮則不異，累字以成句，累句以成章，繁簡之狀有殊，而累眾意以詮一意則不異。王輔嗣之說《易》也，曰：眾之所以得咸存者，主必致一也，動之所以得咸運者，原必無二也，物無妄然，必由此理，統之有宗，會之有元，自統而尋之，物雖眾則知可以執一御也，由本而觀之，義雖博則知可以一名舉也。善哉！夫孰知文辭之眾，亦可以執一御乎？彥和此篇，言整派著依源，理枝者循幹，驅萬途於同歸，貞百慮於一致，使眾理雖繁，而無棼置之乖，群言雖多，而無棼絲之累，自非明致一之義，烏能言之如此簡易哉？雖然，文之所詮，必為一而不能有兩出矣，而所以詮則無定，假令所詮易了，雖一言可明，所詮繁細，則必集眾多所詮以成一所詮，此彥和所云大體文章，類多枝派者也。即實論之，一句之文必集二字以上，二字者各各含一所詮，然則雖謂一句集眾所詮以成一所詮可也，此眾所詮與與彼一所詮相待而成兩端，雖其文枝葉扶疏，緦理紛雜，對彼所共之一所詮，亦只處一端之地。何也？彼眾所詮無一不與此一所詮相繫，一也；眾所詮之間，又無一不自相繫以歸於彼一所詮，二也。是故表其名曰源派，曰本枝，曰主朋，《章句》篇贊曰：理資配主，辭忌失朋。則不過兩端而已矣。《荀子》曰：辭也者，兼異實之名，以論一意也，辨說也者，不異實名以喻動靜之道也。楊倞注曰：辭者，論一意，辨者，明兩端也。文辭舉理雖眾，成辭雖多，孰非舉一端以明一端哉？知斯義也，離合同異，各盡厥能，文變多方，而兩端可盡，處璇璣以觀大運，順情僞以極變化，焉有繁雜失統之譏，駢枝疣贅之患乎？或謂事理之變，誠亦紛紜，但設兩端，豈能賅括，不悟一端既定，得其環中，變雖無窮，而係中則一，所係相共，焉得而不目以一端哉？且思理牽繫，有恆數可求，縱其爲義相反，爲類有殊，而反殊之名，緣正同而立，離一不成，是故每有一所詮，其所藉之眾所詮必與此一所詮有必不能離之故，用思者賴此而不憂渙散，辨體者賴此而不誤規型，裁章者賴此而能翦截浮辭，酌典者賴此而能配合事類，故曰鎔範所凝，各有司匠，雖無嚴郛，難得逾越，定勢之說如此，命意之說亦如此矣。據此言之，文之成立，蓋有定法，篇章字句，皆具不易之規，隱顯繁簡，皆合必然之例，雖隨手之變，難以定法相繩，及其成篇，必與定法相會。然巧者密合，拙者多疵，曉術者易爲功，暗理者難爲美，譬之語言有辨有訥，辨者言事或繁或簡皆足達情，訥者言事或繁或簡皆難喻意，知語言以辨爲貴，則文辭以巧爲功，雖無術者未嘗無暗合之時，而有術者則易收具美之績。但言非盡意之器，故傳意之道亦多，每有文章所詮畢同，而設辭則異，或本隱以之顯，或從易以至難，或沿波以討源，或因枝以振葉，是以綴文之理例，誠有可言，綴文之格式，難以強立，語其較略，亦惟曰句必比敘，義必關聯而已，論其方術，亦惟曰密於接附，工於改易而已，考其功績，亦惟曰統首尾合涯際而已。總上所言，可成六義：章句長短，必有所詮，所詮必一，一也。凡一所詮，待眾所詮，二也。此眾所詮對一所詮而爲兩端，三也。思有恆數，苟知致一，則眾義部次，不憂凌雜，四也。文有定法，曉術者易成，五也。雖有定理，而無定式，循理爲之，必無敗績失據之患，六也。若夫浮詞炫博，虛響取神，隸事於失倫之所，竄句於無用之地，雕鐫數語，而於篇義無關，修飾一字，而於句義罔益，雖勞苦之情，或倍蓰於恆俗，其於附會，蓋無與焉。

總術第四十四

此篇乃總會《神思》以至《附會》之旨，而丁寧鄭重以言之，非別有所謂總術也。篇末曰：文體多術，共相彌綸，一物攜貳，莫不解體，所以列在一篇，備總情變。然則彥和之撰斯文，意在提挈綱維，指陳樞要明矣。自篇首至知言之選句，乃言文體眾多。自此以下，則明文體雖多，皆宜研術，即以證圓鑒區域大判條例之不可輕。紀氏於前段則云汗漫，於次節則云與前後二段不相屬，愚誠未喻紀氏之意也。今當取全文而為之銷解，庶覽者毋惑焉。若夫練術之功，資於平素，明術之效，呈於斯須。割情析採，籠圈條貫，擒神性，圖風勢，苞會通，閱聲字，其事至多，其例至密，其利害是菲之辨至紛紜。必先之以博觀。繼之以勤習，然後覽先士之盛藻，可以得其用心，每自屬文，亦能自喻得失。眞積力久，而文術稠適，無所滯疑，縱復難得善文，亦可退求無疚，雖開塞之數靡定，而利病之理有常。顏之推云：但使不失體裁，辭意可觀，遂稱才士。言成就之難也。是以練術而後為文者，如輪扁之引斧，棄術而任心者，如南郭之吹竽。繩墨之外，非無美材，以不中程而去之無吝；天籟所激，非無殊響，以不合度而聽者告勞。是知術之於文，等於規矩之於工師，節奏之於矇瞍，豈有不先曉解而可率爾操觚者哉？若夫曉術之後，用之臨文，遲則研《京》以十年，速則奏賦於食頃，始自用思，終於定稿，同此必然之條例，初無歧出之衢途。蓋思理有恆，文體有定，取勢有必由之準臬，謀篇有難畔之綱維，用字造句，合術者工而不合術者拙，取事屬對，有術者易而無術者難。聲律待術而後安，采飾待術而後美，果其辨之有明通方識，斯為之無憒惑之虞。雖文意細若秋毫，而識照朗於鏡燧。故曰乘一總萬，舉要治繁也。欲為文者，其可不先治練術之功哉。

今之常言八句　此一節爲一意，論文筆之分。案彥和云：文筆別目兩名自近代；而其區敘眾體，亦從俗而分文筆，故自《明詩》以至《諧隱》，皆文之屬；自《史傳》以至《書記》，皆筆之屬。《雜文》篇末曰：漢來雜文，名號多品；《書記》篇末曰：筆劄雜名，古今多品。詳雜文名目猥繁，而彥和分屬二篇，且一曰雜文，一曰筆札，是其論文敘筆，囿別區分，疆珍昭然，非率爲判析也。《諧隱》篇曰：文辭之有諧隱，譬九流之有小說。是彥和之意，以諧隱爲文，故列《史傳》前。書中多以文筆對言，惟《事類》篇曰事美而制於刀筆；爲通目文翰之辭。《鎔裁》篇草創鴻筆，先標三準；爲兼言文筆之辭。《頌贊》篇相如屬筆，始讚荊軻；爲以筆目文之辭。蓋散言有別，通言則文可兼筆，筆亦可兼文，劉先生云：筆不該文，未諦。審彼二文，棄局就通爾。然彥和雖分文筆，而二者並重，未嘗以筆非文而遂摒棄之，故其書廣收眾體，而譏陸氏之未該。且其駁顏延之曰：不以言筆爲優劣。亦可知不以文筆爲優劣也。其他並重文筆之辭，曰：文場筆苑，有術有門。本篇贊。曰：文藻條流，托在筆札。《書記》篇贊。曰：藻耀而高翔，固文筆之鳴風也。《風骨》篇。曰：裁章貴於順序，文筆之同致也。《章句》篇。斯皆論文與論筆相聯，曷嘗摒筆於文外哉？案《文心》之書，兼賅眾制，明其體裁，上下洽通，古今兼照，既不從范曄之說，以有韻無韻分難易，亦不如梁元帝之說，以有情採聲律與否分工拙，斯所以爲籠圈條貫之書。近世儀徵、阮君《文筆對》，綜合蔚宗、二蕭昭明、元帝。之論，以立文筆之分，因謂無情辭藻韻者不得稱文，此其說實有救弊之功，亦私心夙所喜好，但求之文體之眞諦，與舍人之微旨，實不得如阮君所言；且彥和既目爲今之常言，而《金樓子》亦云今人之學，則其判析，不自古初明矣。與其摒筆於文外，而文域狹隘，曷若合筆於文中，而文囿恢弘？摒筆於文外，則與之對壘而徒啓鬥爭，合筆於文中，則驅於一途而可施鞭策；阮君之意誠善，而未爲至懿也，救弊誠有心，而於古未盡合也。學者誠服習舍人之說，則宜兼習文筆之體，洞諳文筆之術，古今雖異，可以一理推，流派雖多，可以一術訂，不亦足以張皇阮君之志事哉？今錄范、沈、二蕭之說於後，加以論釋。范蔚宗《在獄與甥侄書》曰：

常謂情志所托，故當以意爲主，以文傳意，然後抽其芬芳，振其金石耳。性別宮商，識清濁，斯自然也。案此言文以有韻爲主，韻即謂宮商清濁。手筆差易於文，不拘韻故也。案此言元韻爲筆，韻亦謂宮商清濁。吾思乃無定方，特能濟艱難，適輕重，所稟之分，猶當未盡。案此蔚宗自言兼工文筆也。

筆札之語，始見《漢書・樓護傳》：長安號曰谷子云筆札。或曰筆牘，《論衡・超奇》。或曰筆疏，同上。皆指上書奏記施於世事者而言。然《論衡》謂採掇傳書以上書奏記者爲文人，是固以筆爲文，文筆之分，爾時所未有也。今考六朝人當時言語所謂筆者，如《晉書・王珣傳》，珣夢人以大筆如椽與之，既覺，語人曰：此當有大手筆事。俄而帝崩，哀冊謚議，皆珣所草。《南史・顏延之傳》、宋文帝問顏之諸子才能，延之曰：竣得臣筆，測得臣文。《沈慶之傳》、慶之謂顏竣曰：君但知筆札之事。《任昉傳》、時人云：任筆沈詩。《劉孝綽傳》，三筆六詩，三孝儀，六孝威也。諸筆字皆指公家之文，殊不見有韻無韻之別。今案文筆以有韻無韻爲分，蓋始於聲律論既興之後，濫觴於范曄、謝莊，《詩品》引王元長之言云：惟見范曄、謝莊頗識之耳。而王融、謝朓、沈約揚其波，以公家之言，不須安排聲韻，而當時又通謂公家之言爲筆，因立無韻爲筆之說，其實筆之名非從無韻得也。然則屬辭爲筆，自漢以來之通言，無韻爲筆，自宋以後之新說，要之聲律之說不起，文筆之別不明，故梁元帝謂古之文筆，今之文筆，其源又異也。沈休文《宋書謝靈運傳論》曰：

夫五色相宣，八音協暢，由乎玄黃律呂，各適物宜。欲使宮羽相變，低昂舛節，若前有浮聲，則後須切響。一筒之內，音韻盡殊，兩句之中，輕重悉異。妙達此旨，始言可文。案此休文襲蔚宗之說而以有韻爲文也。

案彥和《聲律》篇云：摛文乖張而不識所調。又云：亦文家之吃也。又云：綴文難精，而作韻甚易。此所謂文，皆同隱侯之說。《南史．陸厥傳》云：永明末，盛爲文章，沈約、謝朓、王融，以氣類相推轂，汝南周顒善識聲韻，爲文皆用宮商，以平上去入爲四聲。以此制韻，有平頭、上尾、蜂腰、鶴膝。五字之中，音韻悉異，兩句之內，角徵不同，不可增減，世呼爲永明體。又《庾肩吾傳》云：齊永明中，王融、謝朓、沈約，文章始用四聲，以爲新變。至是轉拘聲韻，彌爲麗靡。是有韻爲文之說，托始范、謝而成於永明，所謂文者，即指句中聲律而言。沈約既云，詞人累千載而未悟，則文筆之別，安可施於劉宋以前耶？愚謂文筆之分，不關體制，苟愜聲律，皆可名文，音節粗疏，通謂之筆。此永明以後聲韻大行時之說，與專指某體爲文，某體爲筆之說，又自不同，然則以有韻爲押腳韻者隘矣。要之文筆之辨，繳繞糾纏，或從體裁分，則與聲律論有時牴牾；永明以前雖詩賦亦有時不合聲律，休文明云，張、蔡、曹、王，曾無先覺，潘、陸、顏、謝，去之彌遠矣。或從聲律分，則與體裁或致參差。章表奏議在筆之內，非無高文，封禪書記，或時用韻。今謂就永明以前而論，則文筆本世俗所分之名，初無嚴界，徒以施用於世俗與否爲斷，而亦難於晰言。就永明以後而論，但以合聲律者爲文，不合聲律爲筆，則古今文章稱筆不稱文者太眾，欲以尊文，而反令文體狹隘，至使蘇綽、韓愈之流起而爲之改更，矯枉過直，而文體轉趣於枯槁，磔裂章句，隳廢聲韻，而自以爲賢，夫孰非襞積細微，轉相凌架，文多拘忌，傷其眞美者之有以召釁哉。故曰，中之爲用。故未可遠也。梁昭明太子《文選序》曰：

> 自姬漢以來，眇焉悠邈，時更七代，數逾千祀，詞人才子，則名溢於縹囊，飛文染翰，則捲盈乎緗帙，自非略其蕪穢，集其清英，蓋欲兼功大半，難矣。以上言選文以清英爲貴。若夫姬公之籍，孔父之書，與日月俱懸，鬼神爭奧，孝敬之準式，人倫之師表，豈可重以芟夷，加之剪截。以上言尊經不選之意。老莊之作，管孟之流，蓋以立意爲宗，不以能文爲本；今之所撰，又以略諸。以上言子以立意爲宗，而文未必善，故不選。若賢人之美辭，忠臣之

抗直，謀夫之話，辨士之端，事美一時，語流千載，概見墳籍，旁出子史，若斯之流，又亦繁博，雖傳之簡牘，而事異篇章，今之所集，亦所不取。以上言子史載言，呈美不取。至於記事之史，係年之書，所以褒貶是非，紀別同異，方之篇翰，亦已不同。以上言不選史之意。若其讚論之綜輯辭采，序述之錯比文華，事出於沈思，義歸於翰藻，故與夫篇什雜而集之。以上言不進史而選史之讚論序述之意。篇什，謂文章之單行者。

案此昭明自言選文之例，據此序觀之，蓋以綜緝辭采，錯比文華，事出沈思，義歸翰藻爲貴，所謂集其清英也，然未嘗有文筆之別。阮君補苴以劉彥和、梁元帝二家之說，而強謂昭明所選是文非筆耳。梁元帝《金樓子．立言》篇下曰：

古人之學者有二，今人之學者有四。夫子門徒，轉相師受，通聖人之經，謂之儒。屈原、宋玉、枚乘、長卿之徒，止於辭賦，則謂之文。此言古之學二。今之儒博窮子史，但能識其事，不能通其理者，泛謂之學。此言儒分爲二。至如不便爲詩如閻纂，善爲章奏如伯松，若此之流，泛謂之筆。此言文分爲二，而指明今之所謂筆之義界。吟詠風謠，流連哀思謂之文。此言今之所謂文之義界。又曰：筆退則非謂成篇，此篇即單篇，亦即昭明所云篇什。進則不云取義，謂有所立義如經史子，然則以經史子爲筆者非矣。神其巧惠，筆端而已。此言筆但以當時施用能達意而已。至如文者，惟須綺縠紛披，即昭明所謂綜緝辭采，錯比文華，亦即翰藻。宮徵靡曼，脣吻道會，所謂有韻爲文。情靈搖蕩。即前所云吟詠風謠，清連哀思，亦即昭明所謂事出沈思。此以上言今之所謂文，其好尚如此。

而古之文筆，其源又異。此言古之文筆以體裁分，今之文筆以聲律分。

案文筆之別，以此條爲最詳明。其於聲律以外，又增情采二者，合而定之，則曰有情采韻者爲文，無情采韻著爲筆。然自永明以來，聲律之說新起，所重在韻，但言有韻爲文，無韻爲筆。雖然，若從梁元帝之說，則文筆益不得以體制分也。詳聲律之說，爲梁武所不好。見《沈約傳》。而昭明、簡文、《與湘東王書》推謝朓、沈約之詩，任昉、陸倕之筆。元帝似皆信從。固知風氣既成，舉世仿效，自非鍾記室，豈敢言平上去入，餘病未能哉。

李詳云：彥和言文筆別目兩名自近代，而顏延之以爲筆之爲體，言之文也。案此尚言筆文未分。然《南史．顏延之傳》言其諸子，竣得臣筆，測得臣文，又作首鼠兩端之說，則無怪彥和詆之矣。而南朝所言文筆界目，其理至微。阮文達《揅經室文集》有《學海堂文筆策問》，其子阮福《擬對》附後，即文達所修潤也。《擬對》略云：《金樓子》云：吟詠風謠，流連哀思著謂之文。而學者率多不便屬辭，守其章句，遲於通變，質於心用，徒能揚搉前言，抵掌多識，然而挹源知流，亦足可貴。筆退則非謂成篇，進則不云取義，神其巧惠，筆端而已。至如文者，惟須綺縠紛披，宮徵靡曼，唇吻遒會，情靈搖蕩。福又引彥和無韻爲筆，有韻爲文，謂文筆之義，此最分明。蓋文取乎沉思翰藻，吟詠哀思，故有情辭聲韻者爲文。筆從聿，亦名不聿。聿，述也，故直言無文采爲筆。詳案阮氏父子斷斷於文筆之別，最爲精審，而以情辭聲韻附會彥和之說，不使人疑專指用韻之文前言，則於六朝文筆之分豁然矣。謹案：李氏之引《文心》，不達章句。延之論筆一節，本不與上八句相聯，其言言筆之分，與其竣得臣筆、測得臣文之語，自爲二事，未見其首鼠兩端也。阮福之引《金樓》，亦不達章句，中間論今之所謂學數語，引之何爲？又永明以來。所謂有韻，本不指押韻腳而言，文貴情辭聲韻，本於梁元，亦非阮氏獨創。至彥和之分文筆，實以押韻腳與否爲斷，並無有情采聲韻爲文之意。阮氏不能辨於前，李君亦不能辨於後，斯可異已。又案：彥和他篇，雖分文筆，而此篇則明斥其分別之謬。故曰：文以足言。理兼詩書，別目兩名，自近代耳。師法彥和者，斷從此篇之論可也。

顏延之以爲筆之爲體至非以言筆爲優劣也　此一節爲一意，先序顏延之言筆之分，中舉證以駁之，終述己意以折顏。顏延年之說，今不知所出，宜在所著之《庭誥》中。蓋顏氏嘗多論文之辭，而頗多疏失，如《詩品》下引王融之言曰：宮商與二儀俱生，自古詞人不知之，唯顏憲子即延之之謚。乃云律呂音調，其實大繆。延之論音律，而見誚於元長，亦猶論言筆而見誚於彥和矣。顏氏之分言筆，蓋與文筆不同，故云筆之爲體，言之文也，此文謂有文采，經典質實。故云非筆，傳記廣博，故云非言，然《易》明有《文言》，是經典亦可稱筆，彥和以此駁之，殊爲明快。近世阮氏謂文非經史子，而亦引《文言》成說，可謂矛盾自陷，與顏氏異代同惑者矣。

若筆不言文　不字爲爲字之誤。紀氏以此一字不憭，而引郭象注《莊》之語以自慰，覽古者宜如是耶？予以爲以下數語，言屬筆皆稱爲筆，而經傳又筆中之細名。同出於言，同入於筆，經傳之優劣在理，而不以言筆爲優劣也。信如此言，則上一節所云文筆之分，何不可以是難之。以此而觀，知彥和不堅守文筆之辨明矣。

分經以典奧爲不刊　分當作六。

昔陸氏文賦至知言之選難備矣　此一節言陸氏《文賦》所舉文體未盡，而自言圓鑒區域大判條例之超絕於陸氏。案《文賦》以辭賦之故，舉體未能詳備，彥和拓之，所載文體，幾於綱羅無遺。然經傳子史，筆劄雜文，難於羅縷，視其經略，誠恢廓於平原，至其詆陸氏非知言之選，則亦尚待商兌也。

凡精慮造文至蓋有徵矣　此一節言作文須術，而無術者之外貌，有時與有術者外貌相同，譬諸調鐘張琴，其事匪易，而庸工奏樂，亦時有可取，究之不盡其術，則適然之美不足聽也。

案部整伍至辭氣叢雜而至　此言曉術之後，未必所撰皆工，初求令章靡疚，所謂因時順機，動不失正也。天機駿利，或有奇文，所謂數逢其極，機入其巧，則義味騰躍而生，辭氣叢雜而至也。然不知恆數者，亦必無望於機入其巧矣。

視之則錦繪四句　此頌文之至工者，猶《文賦》末段所云配金石流管弦耳。黃氏評四者兼之爲難，直是囈語。

思無定契，理有恆存　八字最要，不知思無定契，則謂文有定格，不知理有恆存，則謂文可妄爲，救此二流，咨惟舍人矣。

序志第五十

涓子琴心　涓子，蓋即《史記·孟子荀卿列傳》之環淵。環淵楚人，爲齊稷下先生。此《列仙傳》所以稱爲齊人。言黃老道德之術，著書上下篇。《琴心》蓋即此書之名，猶《王孫子》一名《巧心》也。環一作蠉，一作蜎，聲類並同。

古來文章，以雕縟成體　此與後章文繡鞶帨離本彌甚之說，似有差違，實則彥和之意，以爲文章本貴修飾，特去甚去泰耳。全書皆此旨。

夫有肖貌天地　此數語本《漢書·刑法志》。彼文曰：夫人肖天地之貌，懷五常之性。則此有字當作人字。

執丹漆之禮器　丹漆之禮器，蓋籩豆也。《三禮圖》《玉函山房輯本》。凡有輯本者，不更舉出處，以省繁復。云：豆以木爲之，受四升，高尺二寸，黍赤中。《周禮》注曰：籩，竹器圓者。

魏文述典　謂《典論·論文》。《文選》有。

陳思序書　《與楊德祖書》中有序列文士之言。《文選》有。

應瑒文論

應瑒文質論嚴可均輯《全後漢文》四十二。凡採自嚴輯者，但舉嚴爺卷數，不更舉出處

蓋皇穹肇載，陰陽初分，日月運其光，列宿曜其文，百谷麗於土，芳華茂於春。是以聖人合德天地，稟氣淳靈，仰觀表於玄表，俯察式於群形，窮神知化，萬物是經。

故否泰異趨，道無攸一，二政代序，有文有質。若乃陶唐建國，成周革命，九官咸義，濟濟休令，火龍黼黻，煒韡於廊廟，袞冕旂旒，舄奕乎朝廷，冠德百王，莫參其政，是以仲尼嘆煥乎之文，從郁郁之盛也。夫質者端一，玄靜儉嗇，潛化利用，承清泰，御平業，循軌量，守成法。至乎應天順民，撥亂夷世，摛藻奮權，赫奕丕烈，紀禪協律，禮儀煥列，覽墳丘於皇代，建不刊之洪制，顯宣尼之典教，探微言之所弊。若乃和氏之明璧，輕縠之袿裳，必將遊玩於左右，振飾於宮房，豈爭牢僞之勢，金布之剛乎？且少言辭者，孟僖之所以答効勞也，寡智見者，慶氏之所以困相鼠也。今子棄五典之文，暗知禮之大，信管望之小，尋老氏之蔽，所謂循軌常趨，未能釋連環之結也。且高帝龍飛豐沛，虎據秦楚，唯德是建，唯賢是與，陸酈摛其文辯，良平奮其權譎，蕭何創其章律，叔孫定其庠序，周樊展其忠教，韓彭列其威武，明建天下者非一士之術，營宮室者非一匠之矩也。逮自高后亂德，損我宗劉。朱虛軫其慮，辟強釋其憂，曲逆規其模，酈友詐其遊，襲據北軍，實賴其疇，冢嗣之不替，實四老之由也。夫諫則無議以陳，問則服汗沾濡，豈若陳平敏對，叔孫據書，言辨國典，辭定皇居，然後知質者之不足，文者之有餘也。

案此文泛論文質之宜，似非文論。以黃注指爲此篇，故錄之。

陸機文賦　《文選》有。

仲治流別　見《全晉文》七十七，全論已佚，僅得十許條，文繁不錄，隨宜徵引於別篇。

宏范翰林　李充，《晉書》字弘度，此云宏范，或其字兩行。文僅存數條。見《全晉文》五十三。

李充翰林論

或問曰：何如斯可謂之文？答曰：孔文舉之書，陸士衡之議，斯可謂成文矣。潘安仁之爲文也，猶翔禽之羽毛，衣被之綃縠。容象圖而贊立，宜使辭簡而義正。孔融之讚楊公，亦其義也。表宜以遠大爲本，不以華藻爲先，若曹子建之表，可謂成文矣。諸葛亮之表劉主，裴公之辭侍中，羊公之讓開府，可謂德音矣。駁不以華藻爲先，世以傳長虞每奏駁事，爲邦之司直矣。研求名理，而論難生焉。論貴於允理，不求支離，若嵇康之論文矣。在朝論政而議奏出，宜以遠大爲本。陸機《議晉斷》，亦名其美矣。盟檄發於師旅，相如《喻蜀父老》，可謂德音矣。

此《翰林論》之一斑，觀其所取，蓋以沈思翰藻爲貴者，故極推孔、陸而立名曰《翰林》。

陸賦巧而碎亂 碎亂者，蓋謂其不能具條貫。然陸本賦體，勢不能如散文之敘錄有綱，此與《總術》篇所云，皆疑少過。

君山 桓譚《新論》頗有論文之言，今略舉數條如下：見《全後漢文》十。

賈誼不左遷失志，則文彩不發；淮南不貴盛富饒，則不能廣聘俊士，使著文作書；太史公不典掌書記，則不能條悉古今；揚雄不貧，則不能作《玄言》。《新論·求輔》篇。

余少時好《離騷》，博觀他書，輒欲反學。《新論·道賦》篇。

揚子雲工於賦，余欲從學。子雲曰：能讀千賦則善賦。同上。

諺曰：侏儒見一節，而長短可知。孔子言舉一隅足以三隅反。

觀吾小時二賦，亦足以揆其能否。同上。

公幹 劉楨論文之言，今無考。

吉甫 應貞論文之言，今無考。

士龍 士龍與兄平原書牘，大抵商量文事，茲且錄一首，以示一節。《全晉文》一百二。

雲再拜。往日論文，先辭而後情，尚潔而不取悅澤。嘗憶兄道張公父子論文，實欲自得，今日便欲宗其言。夫文章之高遠絕異，不可復稱言。然猶皆欲微多，但清新相接，不以此爲病耳。若復今小省，恐其妙欲不見可復稱極，不審夫由以爲爾不。

論文取筆 六朝人分文筆，大概有二途：其一以有韻者爲文，無韻者爲筆；其一以有文采者爲文，無文采者爲筆。謂宜兼二說而用之。詳具《總術》篇札記。

原始以表末四句 謂《明詩》篇以下至《書記》篇每篇敘述之次第。茲舉《頌贊》篇以示例：自昔帝嚳之世起，至相繼於時矣止，此原始以表末也。頌者容也二句，釋名以章義也。若夫子云之表充國以下，此選文以定篇也。原夫頌惟典雅以下，此敷理以舉統也。

及其品列成文七句 此義最要。同異是非，稱心而論，本無成見，自少紛紜。故《文心》多襲前人之論，而不嫌其抄襲，未若世之君子必以己言爲貴也。即如《頌贊》篇大意本之《文章流別》、《哀吊》篇亦有取於摯君，信乎通人之識，自有殊於流俗已。

傲岸泉石 鮑照《代挽歌》：傲岸平生中，不爲物所裁。

附錄：物色第四十六

長沙駱鴻凱紹賓撰

春秋代序，陰陽慘舒至清風與明月同夜，白日與春林共朝哉　此言寫景文之所由發生也。夫春庚秋蟀，集候相悲，露本風榮，臨年共悅，凡夫動植，且或有心，況在含靈，而能無感？是以望小星有嗟實命，遇摽梅而怨愆期，風詩十五，信有勞人思婦觸物興懷之所作矣。何況慧業文人，靈珠在抱，會心不遠，眷物彌重，能不見木落而悲秋，聞蟲吟而與感乎？爾則寫景之篇，充盈文囿，非無故也。

陸機《文賦》曰：悲落葉於勁秋，喜柔條於芳春。鍾嶸《詩品序》曰：氣之動物，物之感人，搖蕩性靈，形諸歌詠。又曰：若乃春風春鳥，秋月秋蟬，夏雲暑雨，冬月祁寒，斯四候之感諸詩者也。昭明《答湘東王求文集詩苑書》曰：或日因春陽，具物韶麗，樹花發，鶯鳴和，春泉生，暄風至，陶嘉月而熙遊，藉芳草而眺矚，或朱炎受謝，白藏紀時，玉露夕流，金風時扇，悟秋士之心，登高而遠托，或夏條可結，倦於邑而屬詞，冬雪千里，睹紛霏而興詠。簡文《答張纘示集書》曰：至如春庭落景，轉蕙承風，秋雨且晴，簷梧初下，浮雲生野，明月入樓，時命親賓，乍動嚴駕，是以沈吟短翰，補綴庸音，寓目寫心，因事而作。蕭子顯《自序》曰：若乃登高極目，臨水送歸，風動春朝，月明秋夜，早雁初鶯，開花落葉，有來斯應，每不能已也。陳後主《與詹事江總書》曰：每清風朗月，美景良辰，對群山之參差，望巨波之滉瀁，或玩新花，時觀落葉，既聽春鳥，又聆秋雁，未嘗不促膝舉觴，連情發藻。此諸家之言，皆謂四序之中緣景生情，發爲吟詠，與劉氏之意正同。

是以詩人感物至辭人麗淫於繁句也　此言《詩》、《騷》、漢賦寫景遷變也。詩人感物，連類不窮者，明三百篇寫景之辭所以廣也。賦體之直狀景物者姑置無論，即比興之作，亦莫不假於物，事難顯陳，理難言罄，輒托物連類以形之，此比之義也。外境當前，適與官接，而吾情郁陶，借物抒之，此興之義也。比有憑而興無端，故興之爲用，尤廣於比。舉例明之：興有物異而感同者，亦有物同而感異者，九罭鱒魴，鴻飛遵渚，二事絕殊，而皆以喻文公之失所；牂羊墳首，三星在罶，兩言不類，而皆以傷周道之陵夷，此物異而感同也。《柏舟》命篇，《邶》、《鄘》兩見，然《邶》詩以喻仁人之不用，《鄘》詩以況女子之有常；《杕杜》之目，《風》、《雅》兼存，而《小雅》以譬得時，《唐風》以哀孤立，此物同感異也。夫其托物在乎有意無意之間，而取義僅求一節之合，如《關雎》篇詩人僅借雎鳩摯而有別以起興，非即以雎鳩比比淑女也。興之在詩，所以爲用無窮也。

《豳風．九罭》傳云：九罭，緵罟，小魚之網也。鱒魴，大魚也。疏引王肅云：以興下土小國不宜久留聖人。又鴻飛遵渚，傳云：鴻不宜遵渚也。箋云：鴻，大鳥也，不宜與鳧鷖之屬飛而遵渚，以喻周公今與凡人處東都之邑，失其所也。

《小雅．苕之華》傳云：牂羊墳首，言無是道也。三星在罶，言不可久也。箋云：無是道者喻周已衰，求其復興不可得也。不可久者，喻心星之光耀見於魚笱之間，其去須臾也。

《鄘風．柏舟》箋云：舟，載渡物者，今不用，而與眾物泛泛然俱流水中。興者，喻仁人之不用而與群小並列，亦猶是也。

《鄘風・柏舟》箋云：舟在河中，猶婦人之在夫家，是其常處。《小雅・杕杜》傳云：杕杜猶得其時蕃滋，役夫勞苦，不得盡其天性。《唐風・有杕之杜》傳云：道左之陽，人所宜休息也。箋云：今人不休息者，以特生陰寡也。興者，喻武公初兼其宗族，不求賢者與之在位，君子不歸，似特生之杜然。

氣謂物之神氣，采謂物之色采也；既隨物以宛轉，亦與心而徘徊，二語互文足義，猶云寫氣圖貌，屬采附聲，既隨物以宛轉，亦與心而徘徊也。夫氣貌聲采，庶匯各殊，侔色揣稱，夫豈易事？又況大鈞槃物，坱圠無垠，迎之未形，攬之已逝，智同膠柱，事等契舟，然則物態各殊既如彼，無常又如此，自非入乎其內，今神與物冥，亦安能傳其眞狀哉？

王夫之云：池塘生春草，明月照積雪，蝴蝶飛南園，皆心中目中與相融洽，一出語時即得珠圓玉潤。又云：會景而生心，體物而得神，則自有靈通之句，參化工之妙。若但於句求巧，則性情先爲外蕩，生意索然矣。觀此，知心物未融，則寫景未有能臻工妙者也。

詩人寫景，以少總多，情貌無遺。觀劉氏所舉，已見梗概。茲更錄王夫之說以示例：

庭燎有輝，鄉晨之景，莫妙於此，晨色漸明，赤光雜煙而䆿䆿，但以有輝二字寫之，唐人除夕詩，殿庭銀燭上熏天之句，寫除夜之景，與此仿佛，而簡至不逮遠矣。花迎劍佩，差爲曉色朦朧傳神，而又云星初落，則痕蹄露盡，益嘆三百篇之不可及也。

蘇子瞻謂桑之未落，其葉沃若，詩人體物之工，固也，然得物態，未得物理。桃之天天，其葉蓁蓁，灼灼其華，有責其實，乃窮物理。天天者。桃之稚者也，桃至拱把以上，則液流蠹結，花不榮，葉不盛，實不蕃，小樹弱枝，婀裊妍茂爲有加耳。

此云《離騷》，包《楚辭》而言。嵯峨之類聚，葳蕤之群積雲者，謂寫山水草木之詞漸趨繁富也。玆舉例如次：

山峻高以蔽日兮，下幽晦以多雨，霰雪紛其無垠兮，雲霏霏而承宇。《涉江》。上高巖之峭岸兮，處雌霓之標顛，據青冥而攄虹兮，遂儵忽而捫天。《悲回風》。

上寫山。

朝騁騖今江皋，夕弭節兮北渚。鳥次兮屋上，水周兮堂下。《湘君》。馮昆侖以澄霧兮，隱岷山以清江，憚湧湍之磕磕兮，聽波聲之洶洶。《悲回風》。

上寫水。

裊裊兮秋風，洞庭波兮木葉下。《湘夫人》。

雷填填兮雨冥冥，猿啾啾兮狖夜鳴，風颯颯兮木蕭蕭。《山鬼》。

上寫風雲。

秋蘭兮蘼蕪，羅生兮堂下，綠葉兮素莖，芳菲菲兮襲予。《少司命》。

秋蘭兮青青，綠葉兮紫莖。同上。

上寫草木。

字必魚貫者，謂好用連語雙聲疊韻諸聯綿字也。此蓋因揚、馬之流，精通小學，故能撮字書之單詞，綴爲儷語，或本形聲假借之法，自鑄新詞。劉氏所謂揚、馬之作，旨趣幽深，讀者非師傳不能析其辭，非博學不能綜其理出。茲舉相如《上林賦》句爲例：

洶湧澎湃，滭弗宓汩，偪側泌瀄，橫流逆折，轉騰潎洌，滂濞沆溉。崇山矗矗，巃嵸崔巍，深林巨穴，嶄岩參差。九嵕甫山，巀嶭峨峨，岩陁甗錡，摧崣崛崎。

至如雅詠棠華至則繁而不珍　此言寫景文不宜多用五色之詞也。昔人誚爲詩好用珠玉等字者爲七寶妝，吾師每稱陳文述詩爲國旗體，亦嫌其一篇之中多用彩色字也。

自近代以來，文貴形似至即字而知時也　此節與《明詩》所論，皆明劉宋以後詩賦寫景之異於前代也。《明詩》云：

宋初文詠，體有因革，莊老告退，而山水方滋，儷采百字之偶，爭價一句之奇，情必極貌以寫物，辭必窮力而追新，此近世之所競也。

體物爲妙，動在密附數語，劉氏雖以此評當時，實亦凡寫景者所當奉爲準則也。蓋物態萬殊，時序屢變，摛辭之上，所貴憑其精密之心，以寫當前之境，庶閱者於字句間悠然心領，若深入其境焉，如此則藻不徒抒，而景以文顯矣；不則狀甲方之景，可移乙地，摹春日之色，或似秋容，剿襲雷同，徒增厭苦，雖爛若縟繡，亦何用哉？《峴傭說詩》云：

寫景須曲肖此景，渡頭餘落日，墟里上孤煙，確是晚村光景；兩邊山木合，終日子規啼，確是深山光景；黃雲斷春色，畫角起過愁，實是窮邊光景；野徑雲俱黑，江船火獨明，確是暮江光景。觀此，則寫景之貴於密附，益要見矣。

《詩塵》云：

寫景之句，以雕琢工致爲妙品，眞境湊泊爲神品，平淡率眞爲逸品。如芳草平仲綠，清夜子規啼；沈佺期。明月松間照，清泉石上流；王維。雨中山果落，燈下草蟲鳴；王維。綠樹村邊合，青山郭外斜；孟浩然。松生青石上，泉落白雲間；賈島。泉聲入秋寺，月色遍寒山；于武陵。皆逸品也。如日落江湖白，潮來天地青；王維。四更山吐月，殘夜水明樓；杜甫。柳塘春水漫，花塢夕陽遲；嚴維。雞聲茅店月，人跡板橋霜；溫庭筠。皆神品也。其他登妙品者，則不可枚舉也。按此所謂逸品，所謂神品，皆指其功在密附言之。

然物有恆姿至曉會通也　此言寫景文之作術也。物有恆姿至或精思愈疏，謂物之姿態有恆，而人之運思多變，或率爾操觚，竟能密合，或鏤心灑翰，轉益浮詞也。專心物之感，其機至微，其時至速，故有卒然遇之，不勞而獲者，亦有交臂失之。回顧已遠者，此中張弛通滯之數，雖有上材，恆不能自喻其故，文家常言，以爲天機駿利易於燭物，六情壅塞難於用思，通塞之宜，文之工拙分焉，斯誠不刊之論矣。然欲令機恆通而鮮塞，亦自有術。劉氏《神思》篇云：陶鈞文思，貴在虛靜。蓋謂不虛不靜，則如有物障塞於中，而理之在外著，無自而入，意之在內著，無自而出，關鍵不通，斯機情無由暢遂也。此雖爲一切文言，而寫景尤要。是故綴文之士，苟能虛心靜氣以涵養其天機，則景物當前，自能與之默契，抽毫命筆，不假苦思，自造精微，所謂信手拈來，悉成妙諦也；不則以心逐物，物足以攖心，取物赴心，心難於照物，思慮雖苦，終如繫影捕風矣。

詩騷所標並據要害至善於適要雖舊彌新　此言寫景變化之法也。夫文貴自出心裁，獨標新穎，謝朝華之已披，啓夕秀於未振，焉取規摹仿效，致來因襲之譏。然寫花鳥，繪煙嵐，則誠有不盡爾者。蓋物色古今所同，遠視黃山，氣成蔥翠，適當秋日，草盡萎黃，古有此景，今亦無以異也。是故古人之作，雖已洩宇宙之秘，窮化工之妙，清辭麗句，膾炙文林，然後賢有作，倘能即勢會奇，因方借巧，妙得規摹變化之訣，自成化腐爲新之功。又況意之爲用，其出不窮，同敘一景而以悲愉各異，則後者初非襲前，如落日照大旗，馬鳴風蕭蕭，杜甫《後出塞》。與蕭蕭馬鳴，悠悠旆旌，《詩．大雅．角弓》篇。一敘愁慘之象，一狀整暇之容，語同而用意別，特作者臨文偶然湊合，非相襲也。同賦一物而比興不同，則諸作各擅其勝，如同一詠蟬，虞世南居高聲自遠，端不藉秋風，是清華人語；駱賓王露重飛難進，風多響易沈，是患難人語；李商隱本以高難飽，徒勞恨費聲，是牢騷人語；此因比興之不同而各據勝境也。由此觀之，雨滴空階，月照積雪，亭皋葉下，池塘草生，凡諸美景，雖至不可紀極之世，言之亦無害爲佳構，李文饒所謂文章譬諸日月，雖終古常見而光景常新，不其然哉。

文章變化之法，古人有不易其意而別造新語，或規摹其意而形容之者，有翻意者，有點化成句者，有用意造語不嫌雷同者，而且文詩賦詞得相通變，學者措意於此，其於劉氏所謂因方借巧，即勢會奇，可以知所從事矣。玆各舉例明之：

山谷云：詩意無窮而人之才有限，以有限之才追無窮之意，雖少陵、淵明，不得工也。然不易其意而造其語，謂之換骨法，規模其意而形容之，謂之奪胎法。如鄭谷《十月菊》曰：自然今日人心別，未必秋香一夜衰，此意甚佳，而病在氣不長。曾子固曰：詩當使人一覽語盡而意有餘，乃古人用心處，所以舒王《菊》詩曰：千花百卉凋零後，始見閒人把一枝。坡則云：萬事到頭卻是夢，休！休！明日黃花蝶也愁。李翰林曰：鳥飛不盡暮天碧。又曰：表天盡處沒孤鴻。其病如前所論。山谷《登達觀台》詩曰：瘦藤掛到風煙上，乞與遊人眼暫開，不知眼界開多少，白鳥去盡青天回。凡此之類，皆換骨法也。顧況詩曰：一別五十年，人堪幾回別。其詩簡緩而立意精確。舒王《與故人》詩曰：一日君家把酒杯，六年波浪與塵埃，不知烏石江邊路，到老相尋得幾回。樂天曰：臨風杪秋樹，對酒長年身，醉貌如霜葉，雖紅不是春。東坡《南中》詩曰：兒童誤喜朱顏在，一笑那知是酒紅。凡此皆奪胎法。《冷齋夜話》。

杜牧之《阿房宮賦》云：明星熒熒，開妝鏡也；綠雲擾擾，梳曉鬟也；渭流漲膩，棄脂水也；煙斜霧橫，焚椒蘭也；雷霆乍驚，宮車過也；轆轆遠聽，杳不知其所之也。盛言秦之奢侈。楊敬之作《華山賦》有云：見若咫尺，田千畝矣；見若環堵，城千雉矣；見若杯水，池百里矣；見若蟻垤，台九層矣；蜂窠聯聯，起阿房矣；小星熒熒，焚咸陽矣。《華山賦》杜佑常稱之，牧之乃佑孫，是仿敬之所作信矣。《野客叢書》：或讀《阿房宮賦》至歌台暖響，春光融融，舞殿冷袖，風雨淒淒，一宮之間而氣候不齊。擊節嘆賞，以爲善形容廣大。僕謂蓋體魏卞蘭《許昌宮賦》，曰：其陰則望舒涼室，羲和溫房，隆冬御絺，盛夏重裘，一字之深邃，致寒暑於陰陽。非出於此乎？《瑞桂堂暇錄》。

上不易其意而造其語，及規模其意而形容者。

王楙曰：山谷《酴醾》詩：露濕何郎試湯餅，日烘荀令炷爐香一聯，蓋出於商隱之意，而翻案尤工耳。商隱詩曰：謝郎衣袖初翻雪。荀令薰爐更換香。《冷齋夜話》。

徐世俊曰：張仲宗《踏莎行》：醉來扶上木蘭舟，將愁不去將人去。引用李端詩：青楓綠草將愁去，遠入吳雲暝不還。此返用之而勝。王阮亭曰：有詞翻來極淺反為入情者，孫蕖光云：雙槳不知消息，遠汀時起鸂鶒；洪璵云，醉來扶上木蘭舟，醒來忘卻桃源路；無如查荎云：斜陽影裡，寒煙明處，雙槳去悠悠。翻令人不能為懷。並《古今詞話》。

詞家多翻詩意入詞。李後主《一斛珠》本句云：繡床斜憑嬌無那，爛嚼紅絨，笑向檀郎唾。楊孟載《春繡》絕句云：閒情正在停針處，笑嚼紅絨唾碧窗。此卻翻詞入詩。《詞筌》。

上翻意者。

詩家有換骨法，謂用古人意而點化之，使加工也。劉禹錫云：遙望洞庭山水翠，白銀盤裡一青螺。山谷點化之則云：可惜不當湖水面，銀山堆裡看青山。孔稚圭《白苧歌》云：山虛鐘磬徹。山谷點化之則云：山空響管弦。學詩者不可不知此。水田飛白鷺，夏木囀黃鸝，李嘉祐詩也，王摩詰衍之爲七言，曰：漠漠水田飛白鷺，陰陰夏木囀黃鸝，而興益遠。九天閶闔開宮殿，萬國衣冠拜冕旒，王摩詰詩也，杜子美刪之爲五言句，閶闔開黃道，灰冠拜紫宸，而語益工。詩人點化前作，正如李光弼將郭子儀之軍，重經號令，精彩數倍。《韻語陽秋》。

王勃《滕王閣序》：層台聳翠，上出重霄，飛閣流丹，下臨無地。即王屮《頭陀寺碑文》：層軒廷袤，上出雲霓，飛閣逶迤，下臨無地。落霞與孤鶩齊飛，秋水共長天一色，即庾子山《馬射賦》：落花與芝蓋齊飛，楊柳共春旗一色。《湛淵詩話》。

《鐵圍山叢談》云：寒鴉飛數點，流水繞孤村。隋煬帝語也。少遊《滿庭芳》引用之，云：斜陽外，寒鴉數點，流水繞孤村。《古今詞話》。

上點化成句者。

唐人詩句不厭雷同，絕句尤多。試舉其略，杜牧《邊上聞胡笳》詩云：何處吹笳薄暮天，塞垣高鳥沒狼煙，遊人一聽堪頭白，蘇武爭禁十九年。胡曾詩云：漠漠黃沙際碧天，問人雲此是居延，停驂一顧猶魂斷，蘇武爭消十九年。戎昱《湘浦曲》云：虞帝南巡不復還，翠蛾幽怨水雲間，昨夜月明湘浦宿，閨中環珮度空山。高駢云：帝舜南巡不復還，二妃幽怨水雲間，當時珠淚垂多少，只到而今竹尚斑。李賀《詠竹》云：無情有恨何人見，露壓煙籠十萬枝。皮日休《詠白蓮》云：無情有恨何人見，月曉風清欲墮對。《升庵詩話》。

上用意造語不嫌雷同者。

四序紛回，而入興貴閒至情曄曄而更新　數語尤精。四序紛回，入興貴閒者，蓋以四序之中，萬象森羅，觸於耳而寓於目者，所在皆是，苟非置其心於翛然閒曠之域，誠恐當前好景，容易失之也。陶詩：採菊東籬下，悠然見南山，山氣日夕佳，飛鳥相與還，此中有眞意，欲辯已忘言。因採菊而見山，一與自然相接，便見眞意，而至於欲辯忘言，使非淵明擺落世紛，寄心閒遠，曷至此乎？物色雖繁，析辭尚簡者，蓋以一時之內，一地之間，物態皆極繽紛，表之於文，惟須約其詞旨，務令略加點綴，即已眞境顯然；陶詩：暖暖遠人村，依依墟里煙，狗吠深巷中，雞鳴高樹顚四語，著墨不多，而村墟景象，如溢目前，若事鋪陳，誠恐累牘連篇有所不盡也。味飄飄而輕舉，情曄曄而日新者，味即文味，情即文情也。夫既以閒曠之興領略自然之美，則觀察眞矣，復以簡至之辭攝取物象之神，則技術巧矣，寫景如是，而文之情味有不引人入勝者哉？

若乃山林皋壤至抑亦江山之助乎　此言物色之有助於文思也。彼靈均之賦，隱深意於山阿，寄遙情於木末，煙雨致其綿渺，風雲托其幽遐，所謂得助江山，誠如劉說。他若靈運山水，開詩家之新境，柳州八記，稱記體之擅場，並皆得自窮幽攬勝之功，假於風物湖山之助。林巒多態，任才士之品題，川岳無私，呈寶藏於文苑。所謂取不盡而用不竭者，其此之謂乎。

贊曰山沓水匝至興來如答　此與本篇首節意同。紀昀曰：諸贊之中，此為第一。正因題目佳耳。